人民共和國文化與文學叢書

五 編

李 怡 主編

第 **30** 冊

時代重構與經典再造（人民共和國卷·1949～1976）
——國際青年學者專題學術論集

李浴洋 編

花木蘭文化事業有限公司

國家圖書館出版品預行編目資料

時代重構與經典再造（人民共和國卷·1949～1976）——國際
青年學者專題學術論集／李浴洋 編 — 初版 — 新北市：花木
蘭文化事業有限公司，2017〔民106〕
目 2+180 面；19×26 公分
（人民共和國文化與文學叢書 五編；第 30 冊）
ISBN 978-986-485-101-0（精裝）
1. 中國當代文學 2. 文學評論 3. 文集
820.8   106013301

特邀編委（以姓氏筆畫為序）：

吳義勤 孟繁華 張 檸

張志忠 張清華 陳思和

陳曉明 程光煒 劉福春

（臺灣） 宋如珊

（日本） 岩佐昌暲

（新西蘭） 王一燕

（澳大利亞） 鄭 怡

ISBN-978-986-485-101-0

9 789864 851010

人民共和國文化與文學叢書
五 編 第三十冊　　　　ISBN：978-986-485-101-0

時代重構與經典再造（人民共和國卷·1949～1976）
——國際青年學者專題學術論集

編　者　李浴洋
主　編　李　怡
企　劃　北京師範大學民國歷史文化與文學研究中心
　　　　四川大學現代中國文化與文學研究中心
總 編 輯　杜潔祥
副總編輯　楊嘉樂
編　輯　許郁翎、王　筑　美術編輯　陳逸婷
印　刷　普羅文化出版廣告事業
出　版　花木蘭文化事業有限公司
社　長　高小娟
聯絡地址　235 新北市中和區中安街七二號十三樓
　　　　　電話：02-2923-1455／傳真：02-2923-1452
網　址　http://www.huamulan.tw 信箱 hml810518@gmail.com
初　版　2017 年9月
全書字數　169105 字
定　價　五編30冊（精裝）台幣56,000 元

時代重構與經典再造（人民共和國卷‧1949～1976）
——國際青年學者專題學術論集

李浴洋　編

編者簡介

李浴洋，1987 年生，山東濱州人。北京大學中文系博士候選人，主要研究方向爲現代中國文學與學術。在《中國現代文學研究叢刊》、《當代作家評論》、《文藝爭鳴》、《文藝理論與批評》、《南方文壇》與《中國圖書評論》發表論文十餘篇，另在《文藝報》、《中華讀書報》、《文匯報》與《北京青年報》發表書評及學術評論數十篇。

提　　要

　　《時代重構與經典再造——國際青年學者專題學術論集》是在 2014 年 11 月 15 日至 16 日北京大學舉行的「時代重構與經典再造（1872 ～ 1976）——博士生與青年學者國際學術研討會」的基礎上編就而成的一部專題學術論集，分爲「晚清與民國卷，1872 ～ 1949」與「人民共和國卷，1949 ～ 1976」兩卷，共六冊，涉及「啓蒙與革命」、「戰時中國的世變與文運」、「現代學術的展開」、「重審周氏兄弟」、「詞章與說部」與「聲音與圖像」六個議題。

　　在傳統中國士人的精神世界與知識譜系中，「經典」長期處於核心位置。在近代史家看來，「經典淡出」乃是晚清以降「古今之變」的關鍵節點。在「西學東漸」的潮流衝擊下，傳統「經典」及其代表的價值秩序與制度想像不斷「解體」，部分就此湮沒，但也有部分轉化成爲了現代中國的思想與文化資源。在這一漸次展開並且綿延當下的歷史進程中，百餘年前的「事件」如今已然成爲了某種無法回避的「前提」與「背景」。

　　在現代中國的歷史轉型與變局中，任何關於「經典」問題的討論，作爲一種回應「現代問題」的重要途徑，近乎天然地內置了現代視野與現代立場，並且有效與有力地參與到了「現代精神」的建構中來。「經典」在現代中國「風流雲散」時，也自有「移步換形」。「時代重構」與「經典再造」在現代中國通常互爲表裡與因果，彼此支撐與發明，兩者相生相成。這部專題學術論集正是對於上述問題的認眞回應。

時代重構與經典再造

陳平原

當代的意識與現代的質地——
《人民共和國文化與文學叢書》第五編引言

李　怡

　　我們對當代批評有一個理所當然的期待：當代意識。甚至這個需要已經流行開來，成為其他時期文學研究的一個追求目標：民國時期的文學乃至古代文學都不斷聲稱要體現「當代意識」。

　　這沒有問題。但是當代意識究竟是什麼？有時候卻含混不清。比如，當代意識是對當代特徵的維護和強調嗎？是不是應該體現出對當代歷史與當代生存方式本身的反省和批判？前些年德國漢學家顧彬對中國當代文學的批評引發了中國批評家的不滿——中國當代文學怎麼能夠被稱作「垃圾」呢？怎麼能夠用作家是否熟悉外語作為文學才能的衡量標準呢？

　　顧彬的論證似乎有它不夠周全之處，尤其經過媒體的渲染與刻意擴大之後，本來的意義不大能夠看清楚了。但是，批評家們的自我辯護卻有更多值得懷疑之處——顧彬說現代文學是五糧液，當代文學是二鍋頭，我們的當代學者不以為然，竭力證明當代文學已經發酵成為五糧液了！其實，引起顧彬批評的重要緣由他說得很清楚：一大批當代作家「為錢寫作」，利欲薰心。有時候，爭奪名分比創作更重要，有時候，在沒有任何作品的時候已經構思如何進入文學史了！我們不妨想一想，顧彬所論是不是大家心知肚明的事實呢？

　　不僅當代創作界存在嚴重的問題，我們當代評論界的「紅包批評」也已然是公開的事實。當代文學創作已經被各級組織納入到行政目標之中，以雄厚的資本保駕護航，向魯迅文學獎、茅盾文學獎發起一輪又一輪的衝鋒，各

級組織攜帶大筆資金到北京、上海，與中國作協、中國文聯合辦「作品研討會」，批評家魚貫入場，首先簽到，領取數量可觀的車馬費，忙碌不堪的批評家甚至已經來不及看完作品，聲稱太忙，在出租車上翻了翻書，然後盛讚封面設計就很好，作品的取名也相當棒！

當代造成這樣的局面都與我們的怯弱和欲望有關，有很多的禁忌我們不敢觸碰，我們是一個意識形態規則嚴厲的社會，也是一個人情網絡嚴密的社會，我們都在為此設立充足的理由：我本人無所謂，但是我還有老婆孩子呀！此理開路，還有什麼是不可以理解的呢！一切的讓步、妥協，一切的怯弱和圓滑，都有了「正常展開」的程序，最後，種種原本用來批評他人的墮落故事其實每個人都有份了。當然，我這裡並不是批評他人，同樣是在反省自己，更重要的是提醒一個不能忽略的事實：

> 中國當代文學技巧上的發達了，成熟了，據說現代漢語到這個時代已經前所未有的成型，但這樣的「發達」也伴隨著作家精神世界的模糊與自我偽飾。而且這種模糊、虛偽不是個別的、少數的，而是有相當面積的。所謂「當代意識」的批評不能不正視這一點，甚至我覺得承認這個基本現實應當是當代文學批評的首要前提。

因為當代文學藝術的這種「成熟」，我們往往會看輕民國時期現代作家的粗糙和蹣跚，其實要從當代詩歌語言藝術的角度取笑胡適的放腳詩是容易的，批評現代小說的文白夾雜也不難，甚至發現魯迅式的外文翻譯完全已經被今天的翻譯文學界所超越也有充足的理由。但是，平心而論，所有現代作家的這些缺陷和遺憾都不能掩飾他們精神世界的光彩——他們遠比當代作家更尊重自己的精神理想，也更敢於維護自己的信仰，體驗穿梭於人情世故之間，他們更習慣於堅守自己倔強的個性，總之，現代是質樸的，有時候也是簡單的，但是質樸與簡單的背後卻有著某種可以更多信賴的精神，這才是中國知識分子進入現代世界之後的更為健康的精神形式，我將之稱作「現代質地」，當代生活在現代漢語「前所未有」的成熟之外，更有「前所未有」的歷史境遇——包括思想改造、文攻武衛、市場經濟，我們似乎已經承受不起如此駁雜的歷史變遷，猶如賈平凹《廢都》中的莊之蝶，早已經離棄了「知識分子」的靈魂，換上了遊刃有餘的「文人」的外套，顧炎武引前人語：「一為文人，便不足觀」，林語堂也說：「做文可，做人亦可，做文人不可。」但問題是，我們都不得不身陷這麼一個「莊之蝶時代」，在這裡，從「知識分子」

演變爲「文人」恰恰是可能順理成章的。

在這個意義上，今天談論所謂「當代性」，這不能不引起更深一層的複雜思考，特別是反省；同樣，以逝去了的民國爲典型的「現代」，也並非離我們「當代」如此遙遠，與大家無關，至少還能夠提供某種自我精神的借鏡。在今天，所謂的批評的「當代意識」，就是應該理直氣壯地增加對當代的反思和批判，同時，也需要認同、銜接、和再造「現代的質地」。回到「現代」，才可能有眞正健康的「當代」。

人民共和國文學研究，我以爲這應當是一個思想的基礎。

目次

代序：彈性的「經典」與流動的「讀者」

陳平原

（北京大學中文系教授）

今天的演講，就從這「鐵打的營盤流水的兵」說起。去年五月七日，為紀念王瑤先生誕辰一百週年，我們在北大召開了「精神的魅力——王瑤與二十世紀中國學術」研討會；昨天下午，為祝賀孫玉石先生八十華誕，我們舉辦了「中國現代文學研究的傳統」研討會。再加上此前錢理群教授高調宣布「告別學界」，所有這些都促使我思考，在中國的大學、中文系、現當代文學專業這個營盤裏，老兵不斷離去，大批新兵正意氣風發地走過來了。我不會有「斷檔」之類自作多情的憂慮，但關心是什麼東西維繫著這個營盤的存在價值——武器、技能還是修養？

在「文學教育」這個營盤裏，有很多耀眼的新式武器，但最值得誇耀的、可承傳的「武功」，很可能就是選擇、闡釋、承傳「文學經典」的志趣與能力。那麼，什麼叫「經典」，這概念現在是否還有效，以及如何因應時勢變化而自我更新，是我想討論的話題。所謂「經典」，不只因自身具有長久的閱讀或研究價值，可作為同類書籍的標準與典範，而且，往往代表一時代的精神價值與文化取向。十五年前，我寫過一篇長文〈「經典是怎樣形成的——周氏兄弟等為胡適刪詩考」〉，後收入《觸摸歷史與進入五四》（北京大學出版社，2005年）。先摘引兩段話，再做進一步闡釋。「兩千年前的『經典』，也會面臨陰晴圓缺，但有朝一日完全被遺忘的可能性不大；反過來，二十年前的『經典』，則隨時可能因時勢遷移而遭淘汰出局」。「一部作品之成為『經典』，除了自身的資質，還需要歷史機遇，需要時間淘洗，需要闡釋者的高瞻遠矚，更需要廣大讀者的積極參與。」

上面說的，主要是時過境遷，各種力量的對比發生變化，各文化因素交互作用，導致經典的興衰起伏。可我越來越深刻地體會到，即便同一時期，不同民族、不同階層、不同政治信仰、不同文化立場，不同性別取向的人，各自心目中的經典（包括所謂的「文學經典」），已經高度分化了，很難再有「一統天下」的閱讀趣味。

二十五年前，我撰寫了《千古文人俠客夢》，此書人民文學出版社 1992 年初版，日後有各種版本及譯文，我從司馬遷談到了金庸，但那屬於類型研究，不涉及經典確認，也沒讓〈聶隱娘〉與李杜詩篇比高低。書出版兩年後，那時的北師大教授王一川等編輯《二十世紀中國文學大師文庫》（海口：海南出版社，1994 年），將金庸列爲小說家第四，位在魯迅、沈從文、巴金之後，老舍等之前；至於茅盾，則名落孫山。此舉引起激烈爭辯，不斷有人誘惑我參戰，問我到底是《笑傲江湖》好，還是《紅樓夢》更偉大，還有，金庸排名到底該提前還是推後，我眞的哭笑不得，只能高掛免戰牌。

十五年前，學生送我聖埃克蘇佩里的《小王子》中譯本，還題上「希望老師 每一個日子都能開出花來」。我讀了，也很感動。但對於這部「哲理童話」算不算文學經典，在法國文學史上地位如何，我沒想過。近日因電影上映而鋪天蓋地的文宣，有說不讀《小王子》的，就不是地球上的正常人，這讓我很驚訝。即便眞像媒體所說的，該書在全世界銷售 1.45 億冊，也沒必要如此霸道。連最個人化的「閱讀」，也都被綁架了──政治的、道德的、宗教的、文化的，如今再加上商業的──這可不是好兆頭。

前兩年，在國外講學，被問及中國當代「生態文學」的「經典」，我眞的不知道怎麼回答。以前不好回答的，往往是政治性提問，如西藏問題、計劃生育、八九風波等，現在答不出來的，則因知識繁複、話題紛紜，眞的不懂。我知道最近十幾年中國學界熱衷生態文學、生態美學，如山東大學曾繁仁教授就有《生態美學導論》（北京：商務印書館，2010 年）。可中國生態文學有哪些代表作，我確實不清楚。梭羅 1854 年初版的《瓦爾登湖》，以及蕾切爾・卡森 1962 年刊行的《寂靜的春天》，這些書對人類的生活態度與精神世界影響極爲深遠，但到底是放在文學史，還是在文明史、思想史、科學史上談論更合適，我有點困惑。

今年是新疆維吾爾自治區成立六十週年，六月間，我應邀參加「中華文化四海行」活動，在新疆大學演講，得到自治區政府贈送的精美圖書《福樂

智慧》。此書乃十一世紀維吾爾族詩人、思想家、政治活動家玉素甫·哈斯·哈吉甫所撰，共 85 章，13290 行。如此結構完整、文辭優美的鴻篇巨製，在維吾爾文學史上乃「頂天立地」之作。可我作為中國文學教授，竟然沒讀過，實在慚愧之至。接到書的當天晚上，除了趕緊補讀，再就是反省我作為一個文學教授的知識體系。

前兩天看「騰訊文化」，知道 1995 年在巴黎自殺身亡、年僅 26 歲的臺灣女作家丘妙津的《蒙馬特遺書》譯成英文出版了。報導稱此舉「將她的作家身份置於一個新的高度：在《紐約書評》的『經典系列』之中，除她以外，只有一位漢語作者，便是中國二十世紀最具盛名的作家張愛玲。」我知道《蒙馬特遺書》是「一部女同志的聖經」，在臺灣影響很大，但這是「文學經典」嗎？我不敢開口。

上述挑戰，終於讓我逐漸明白，在一個價值多元的時代談論「文學經典」，而且希望別人大致接受，是何等困難的事。有的是立場問題，有的是趣味問題，有的是學養問題，各有各的一套，憑什麼聽你的。比起數學、物理或法學、經濟學來，很不幸，「文學經典」的彈性是最大的——只要讀書識字的，不管學什麼專業，都敢跟你爭。

某種意義上，在今天這個時代談論「文學經典」，而且還想將其作為教學或研究的重鎮，會被扣上「保守主義」乃至「冥頑不化」的帽子。比如美國著名批評家哈羅德·布魯姆的《西方正典：偉大作家和不朽作品》（江寧康譯，南京：譯林出版社，2005 年；此書英文本初版於 1994 年），在很多追求「政治正確」的激進學者看來，不說反動，也是老朽。此書以莎士比亞為標尺，來選擇並建構西方文學正典。對這 26 位大師作品的精細解讀——但丁、喬叟、莎士比亞、塞萬提斯、蒙田、莫里哀、彌爾頓、約翰遜、歌德、華茲華斯、奧斯汀、惠特曼、狄金森、狄更斯、艾略特、托爾斯泰、易卜生、弗洛伊德、普魯斯特、喬伊斯、伍爾芙、卡夫卡、博爾赫斯、聶魯達、佩索阿和貝克特，在布魯姆是全身心地投入，但並非所有人都領情。不是技術問題，而是立場，在布魯姆看來，學術界追求「無休止的文化多元主義」，「已經變得走火入魔了」，這使得西方文學經典的閱讀、教學與承傳分崩離析。

面對如此「經典悲歌」，我的態度頗為騎牆：既承認「文學經典」具有彈性，並非只有你認可的這十幾或幾十家，作為文學教授，閱讀趣味不能太狹隘；但也不主張拆掉所有藩籬，任由讀者自由裁斷，說什麼好壞全憑嘴一張。

據說曾有大師誇口，他掌握先進的理論武器，即便給他一張賬單，也能寫成很好的文學論文。若真到這個地步，不要說「經典解讀」，就連「文學批評」是否值得存在，也都讓人懷疑。「文學是什麼」、「何為好作品」、「如何閱讀經典」，此乃最基礎的問題，作為文學教授，你必須回答。若我們這些文學教授，整天擺弄各種莫測高深的理論，面對「經典閱讀」這麼急迫的社會話題，不敢發言，或沒辦法說出個子丑寅卯來，怎能讓讀者信任呢？

在這方面，古典文學與現代文學的困境恰好相反。前者是太凝固，後者又太疏鬆。記得陳西瀅曾嘲笑英國人開口就是莎士比亞多麼偉大，但很多人其實沒認真讀過其劇作（〈聽琴〉，《凌叔華、陳西瀅散文》第 257 頁，北京：中國廣播電視出版社，1992 年）。中國人也一樣，不敢承認自己不喜歡那些大名鼎鼎的文學經典。記得我在鄉下插隊時，周圍不太識字的老農都說《紅樓夢》好。因為，1973 年的某一天，在接見即將互換崗位的八大軍區司令員時，毛主席問許世友讀了《紅樓夢》沒有，許回答「讀了」；毛問讀「幾遍」，許答「一遍」；毛說「一遍不夠，最少要五遍！」最高指示傳達下來，我們積極響應。大隊書記要我春節期間給鄉親們說書，就講《紅樓夢》。我準備了好幾天，最後落荒而逃。除了斷定自己講不好，還有就是深刻懷疑貧下中農愛不愛聽。《紅樓夢》確實偉大，但不是山村曬穀場上說書的本子。再說了，不喜歡《紅樓夢》又怎麼樣？為什麼一說是「經典」，就非讀不可，還要讀五遍？作為文學教授，面對古今中外諸多文學經典，有的我很喜歡，有的則一點感覺也沒有，怎麼辦？公開場合不說，免得露怯；若需要講課，那就照本宣科吧。

至於現當代文學，潮起潮落，花開無期，這裡的故事太多了，大家都很熟悉，我就不說了。其實，還應該關心經典的確立、演進、推廣、衰落過程中各種政治、社會、文化、心理的因素。「興」是重大話題，「衰」也值得認真對待。

回過頭來，再說這閱讀的自主性。作為讀者，你學養再好，讀書再認真，也都有盲點。所謂「不帶偏見」，很可能就是隨大流。以前，因外界壓力大，很多人不敢公開表達自己的閱讀感受，面對如雷貫耳的「經典」，不好說自己不喜歡，最多說是「讀不懂」。現在不一樣了，我們承認階級、種族、性別、教養等政治立場對於「文學閱讀」的深刻制約，那麼，原先設定的「經典」，就不再是天經地義、非讀不可的了。

理解並同情不同政治及文化立場的讀者對具體文本天差地別的感受，會不會導致「文學經典」的土崩瓦解呢？這就看「教育」的功效了。單從大眾

傳媒看，今天影響讀者趣味的，主要是明星，而不是教授。粉絲製造了如此的閱讀及收視奇蹟，在我看來，是對「經典」這個詞的絕大嘲諷。今天中國的閱讀市場，若想引起關注，除了粉絲，就是話題或廣告。書評已經基本不起作用了，因為，借用導演馮小剛的話：「這年頭，誰還聽專家的？」再說，專家很可能也已經墮落，成了作者或書商十分優雅的「託」。

影響「文學經典」的形成與轉移的，在我看來，有三大力量。一是政治的力量（如中宣部的表彰或懲罰），二是資本的力量（互聯網在傳播信息的同時，有效地影響讀者趣味），三是學術的力量。具體到中國現當代文學的生產與傳播，最大的制約因素，此前是政治，目前是資本。專家唯一還能起作用的，那就是校園裏的閱讀了。經由制度化的課堂教學，中學的語文老師及大學裏的文學教授，還能潛移默化地影響社會的閱讀趣味。每年將近 2800 萬大學生及研究生（2014 年）在校園裏讀書，不說那些專攻中國文學或外國文學的，借助大學語文、通識課程以及課外閱讀，多少都會接觸一些「文學經典」的。那麼，在此過程中，文學教授到底起多大作用呢？

不管是大學裏的文學教授，還是中小學的語文老師，首先自己必須是好讀者。在我設想的「一般讀者」、「優秀讀者」、「理想讀者」三層級中，肩負著闡釋與推廣重任的語文教師及文學教授，毫無疑問屬於最高等級。那麼，我們如何確立自己的閱讀趣味，並將其傳遞給學生們，進而影響「文學經典」的形成、修正與重構呢？

不說遠的，就說「中國現當代文學」這個學科吧。九十年來，從「新文學」到「現代文學」到「當代文學」，再到「現當代文學」或「二十世紀中國文學」，已經發展成一個龐大的學問體系。但很遺憾，那個早已被學者們拋棄的「魯郭茅巴老曹」，依舊糾纏著我們——某大學教師上課時沒有照此排名講述，居然受到了批評。雖說是茶杯裏的風波，可印證了我的直覺：改革開放以後，我們這一代及上一代學者通力合作，左衝右突，拆解了原來的「英雄譜」，但並沒有建立起一套被廣泛認可的新的「文學經典」。

若深入到大學中文系課堂，共同形塑我們的「文學經典」的，主要是以下三種教學手段：文學史、文學讀本、必讀書目。

幾年前，我在《作為學科的文學史》（北京大學出版社，2011 年）中，認真辨析作為知識生產的「文學史」，深刻體會其中體制與權力的合謀，意識形態與技術能力的縫隙，還有個體學者與時代氛圍的關係。而在眾多努力

中，教授與課堂依舊是關鍵性因素，這也是我對「文學教育」依舊抱有信心的緣故。

「文學史」是個常說常新的話題，去年就發生一件趣事——怎麼看待錢穆 1955 年在新亞書院講授的《中國文學史》。《深圳商報》將此系列訪談集結成書，題爲《再提「重寫文學史」》，囑我寫序，我說：「談論文學史的前世今生、得失利弊，商量到底是繼續前行，還是盡早脫身，在一旁『看熱鬧』的讀者，欣賞的或許不是精彩的結論，而是受訪者的姿態與神情、自信與反省。而所有這些，只有將受訪者的學術簡歷考慮在內，才能顯示一代人的學術姿態，也才能理解他們的窘迫、惶惑與掙扎。」

爲何強調文學史家的「窘迫、惶惑與掙扎」，有興趣的朋友，可參閱我 2011 年在三聯書店出版的《假如沒有文學史……》，還可參閱我初刊《河北學刊》2013 年第 2 期的〈文學史、文學教育與文學讀本〉。後者談及：「對於生活在網絡時代的中文系學生來說，知識爆炸，檢索便捷，記憶的重要性在下降，如何培養閱讀、品鑒、闡發的能力，成了教學的關鍵。以精心挑選的『讀本』爲中心來展開課堂教學，捨棄大量不著邊際的『宏論』以及很可能唾手可得的『史料』，將主要精力放在學術視野的拓展、理論思維的養成以及分析能力的提升——退而求其次，也會多少養成認眞、細膩的閱讀習慣。」

至於如何促成「批判性、聯想性、拓展性、個人性」的「文學閱讀」，除了「重建文學課堂」，還有就是思考專業教育中的「必讀書目」。爲何關注需不需要「必讀書目」這樣瑣碎的問題？因我在研究生入學口試以及論文答辯時，發現學生普遍不怎麼讀作品，但又都說得頭頭是道，而且，頗有以此爲榮的。有些是偷懶，有些則是趨新——對於今天中國各文學專業的研究生來說，讀理論而不讀作品，成了新的時尚。

大概二十年前，我接手北大中文系現代文學教研室主任，錢理群教授給了我他們那一屆研究生的「必讀書目」。我一看實在太多了，刪節後發給了研究生。此書目使用了十幾年，輪到我的學生輩吳曉東、王風他們來權衡，據說又大爲刪減。但到了學生手中，估計還會三折九扣。學科範圍的拓展以及學術熱點的轉移，促使新一代學者需要讀很多新書；但即便如此，若干本專業的基本書籍，我以爲還是非讀不可的。

「必讀書目」遠比「文學經典」的範圍大，可以伸縮，但不宜完全拋棄。承認社會閱歷、生活體驗、文化修養、審美趣味的巨大差異，導致學生們對

不同的文學作品，有的極為痴迷，有的毫無興趣。作為一般讀者，「好看不如愛看」，你願意讀什麼都可以。但專業訓練不一樣，有些書是無論如何繞不過去的。單從寫論文的角度，選冷門、讀僻書，是比較容易出成果的。可太在意發表，容易劍走偏鋒，不去碰大家或難題。長此以往，很可能趣味偏狹且低下。讀書的人都明白，長期跟一流人物、一流文章打交道，是能提升自己的精神境界的。用老話說，這就叫「尚友古人」。

這就說到文學教育的目的，到底是培養有技藝、善操作、能吃苦的專門家，還是造就有眼界、有趣味、有才華的讀書人。以目前的發展趨勢，後者幾成絕響。我常感歎，老一輩學者的見識遠遠超過其論著，而新一代學者則相反。這一點，聊天時看得最清楚。今天的學術界，不是「為賦新詞強說愁」，而是「為寫論文強讀書」，基本上不讀與論文寫作無關的書籍，這實在太可惜了。圍繞學位論文來閱讀，從不走彎路，全都直奔主題，這不是「讀書」，應該叫「查書」。多年前我說過，我喜歡陶淵明的「好讀書，不求甚解」，而不太欣賞眼下流行的「不讀書，好求甚解」。

當然，這裡談的是專業訓練，而不是通識課程。而且，與「文學史」、「文學讀本」並行的「必讀書目」，須仔細斟酌。若漫山遍野、大而無當，學生肯定不幹，而且會追問：老師，你自己讀過了嗎？說到這，我必須提醒，「必讀書目」不是要求你每本都認真閱讀。有興趣的朋友，不妨看看魯迅的〈隨便翻翻〉。

借助於不斷更新的史家眼光與閱讀趣味，將「經典閱讀」與「隨便翻翻」結合起來，或許可以更好地達成教學目標。

最後，請允許我回到「營盤」的意象。三十年前，具體說是 1985 年 5 月 6 日至 11 日，在北京萬壽寺的中國現代文學館舉辦了「中國現代文學研究創新座談會」，我代表錢理群和黃子平在會上提出「20 世紀中國文學」的設想。此影響深遠的論述，主要構思者是錢理群，我和黃子平起的是羽翼作用。但老錢說，這個會是專門為年輕人組織的，應該你發言。我們這一輩學者，好多人借助這次會議登上學術舞臺，因此很珍惜此記憶。三十年後，又一次營盤交接，盡可能為年輕人提供更好的學術環境與精神氛圍，是我們義不容辭的責任。

（此乃作者 2015 年 11 月 15 日在北京大學召開的「時代重構與經典再造（1872 ～1976）——博士生與青年學者國際學術研討會」上的主旨演說）

建國十七年時期
選本出版與文學一體化進程

徐 勇

（浙江師範大學人文學院）

如果說建國後十七年文學是一體化進程逐漸形成並不斷鞏固的發展過程的話，那麼文學出版作爲其重要組成部分也是這一內在進程的體現。在這當中，文學選本的出版也是如此。只不過，選本出版與一般意義上的文學出版不太一樣。對於文學選本而言，其一體化的進程更多體現在「選」（作品）和「編」（前言、後記和編排方式）之間的關係的演變上。具言之，主要體現在其編纂過程中選家的認定及其位置變遷、導言（或前言）寫作的意識形態呈現、作家與作品的選擇及其編排、選本格局的建構與鞏固等幾個方面。大體上說，建國後十七年時期選本出版的一體化大致呈現出一個歷時化的演變過程。

一

建國前後，較早出現而又有症候性的，是邵荃麟和周揚編選的選本。兩人選本的特點在於，這既是個人選本，又不僅僅是個人選本。雖然說選家是個人，但其背後的身份不可小覷。這兩部選本的意義在於建立了權威選本的模式。選家雖是個人，但其代表的毋寧說是其背後的意識形態色彩。

周揚編《解放區短篇創作集》（1946）中所選小說一共 10 篇，依次包括丁玲〈我在霞村的時候〉、孔厥〈一個女人翻身的故事〉、康濯〈我的兩家房東〉、葛洛〈衛生組長〉、束爲〈租佃之間〉、丁克辛〈李勇大擺地雷〉、劉石〈眞假李板頭〉、韋君宜〈龍〉和高明亮〈陝北遊擊隊歷史故事〉。周揚和丁

玲的矛盾人所共知，但這本選本中把丁玲放於篇首，足見丁玲在解放區文學中的位置。但若按照通常的理解和文學史慣例，丁玲在解放區的短篇代表作是〈在醫院中〉，周揚不選這篇，而取〈我在霞村的時候〉這篇，表面的原因是後者創作於 1940 年，深層的原因則可能是〈在醫院中〉曾引起爭議。這是其一。其二，既為解放區短篇創作，卻不選趙樹理。這說明了什麼？雖然選編者周揚強調「由於交通條件的限制，編輯時間的倉促，很多解放區這方面的創作我們一時無法收集，因此，我們的選擇就不能不以延安所發表的為主。」（〈編者的話〉）編者寫段話的時間是 1946 年 6 月 25 日，這時的周揚是否沒有讀過趙樹理的小說，或者說不熟悉趙樹理？答案顯然是否定的。因為同年度的 8 月 26 日的《解放日報》中發表有他的〈編者的話論趙樹理的創作〉。兩者間的時間相距僅僅 2 個月。而我們也知道，編輯時間是 6 月 25 日，這時距印刷出版還有一段時間，這中間完全可以把趙樹理的小說收入其中。趙樹理小說的闕如說明什麼？這並不是說趙樹理的小說地位不高，而是表明這是一部延安解放區的短篇創作集。那為什麼不叫《延安解放區短篇創作集》而取名《解放區短篇創作集》呢？其原因可能還在於延安在解放區中的核心地位和象徵色彩。事實上，在這之後的 1948 年，出版過《東北解放區短篇創作選》。在〈編者的話〉中，周揚說道：「好在將來還繼續選下去，希望以後能彌補這個缺點」，但事實上，建國後這本選本重版時，編者既沒有過改動，也無意去彌補其中的「缺點」，仍復以原來的面目示人。

　　儘管如此，這一選本還是奠定或預示了建國十七年文學的基本面貌。首先，其所選作品大都寫作於毛澤東召開的延安文藝做談話之後，「這些作品，主要是文藝座談會以後的東西，或者更正確的說，是文藝座談會講話的方向在創作上具體實踐的成果。」（〈編者的話〉）也就是說，這些作品是〈在延安文藝座談會上的講話〉精神的體現，是新的時代的文學的精華。其言外之意似乎是，這些作品具有承前啟後的價值，預示著一個新的文學的時代的誕生。「在內容上，這些作品反映現實雖然還是非常不夠，但他們究竟反映出了中國歷史上從來沒有的新的生活與新的人物。在形式上，我們也已經可以從這些作品中看出一種新的風格，民族的、大眾的風格，至少是這種風格的萌芽。」（〈編者的話〉）這段話讓人想起周揚在第一次文代會上的講話，其間的聯繫一目了然。可以說，這是延安文藝座談會召開以後的作品的最早的結集之一，其建構新的時代的文藝的意圖十分明顯。其次，這一選本以「選

擇的標準」的形式初步確定了建國後文學的題材等級及其選本選擇作品的側
重點。「我們把選擇的標準放在這樣一個重點上：要求一個作品比較眞實，
比較生動地反映出抗日戰爭與農村改革，反映出工農兵的鬥爭與生活。」綜
合這兩點，可以看出，這一選本的意義在於，這是對延安文藝座談會和〈在
延安文藝座談會上的講話〉之後的延安文學創作的檢閱，也是通過文學選本
的形式建構新的文學秩序，再一次重申和強調了〈在延安文藝座談會上的講
話〉的精神。

　　如果說周揚的《解放區短篇創作集》建構了建國後文學的新的秩序的話，
那麼邵荃麟和葛琴編選的《創作小說選》（1947）和《文學作品選讀》（1949
年 6 月）則建構了如何閱讀以及怎樣閱讀的閱讀引導機制。與周揚的選本針
對面向解放區的讀者不同的是，邵荃麟的兩部選本面對的是解放區之外的讀
者，《創作小說選》在香港發行，《文學作品選讀》在上海出版。這一讀者的
不同構成，決定了邵荃麟選本的訴求不僅表現在對進步文藝的肯定上，還表
現在如何引導讀者閱讀的閱讀引導機制的建構上。這一閱讀引導機製表現在
以下幾個方面：第一是對文學實用價值的肯定上。「文學不僅是表現人生、反
映人生的，並且是創造人生的；不僅是供人欣賞的，並且是社會革命實踐的
一種有力武器。文學創作實踐和我們的政治實踐是互相一致的。文學和其他
科學一樣，都是客觀現實發展中間，去追求人類的眞理，去創造人類生活眞
善美的最高一致。」（〈創作小說選·序〉）第二，要聯繫「現實的日常生活」，
透過作品曲折的情節「去探求它本質的社會意義」，以期「轉化爲一種生活鬥
爭和創造的力量」。（〈創作小說選·序〉）第三，階級分析法的閱讀運用。「文
藝不只是一種抒情的形式，主要是一種思想的形式。每一時代的文藝作品，
大抵都反映了那一時代的思想和精神，同時每一時代的作品，又有它的階級
性。從不同階級與生活的作家身上，反映出不同的階級意識。所以瞭解一個
作家的生活與其思想，對於閱讀作品是必要的」〔註1〕。就建國後十七年文學
選本的編輯出版而言，邵荃麟的選本編纂具有奠基性的意義。這一意義表現
在，其建立了選本編纂的形式，即前言的閱讀引導機制。這一形式被建國後
的文學選本所沿用。

〔註 1〕邵荃麟、葛琴，〈給學友們的一封信〉，收於邵荃麟、葛琴編，《文學作品選讀》，
　　　　（北京：生活·讀書·新知三聯書店，1949 年 6 月），第 707 頁。

二

　　建國後的文學選本中，選家爲個人的並不多見。臧克家的《中國新詩選》
（1956）和郭沫若、周揚編選的《紅旗歌謠》是其中代表。臧克家編《中國
新詩選》的最大特點是，這是一部帶有文學史意識的詩歌選本，其與王瑤編
著的《中國新文學史稿》可以對照閱讀。雖然說臧克家是詩人，這部新詩選
難免帶有詩人選詩的主觀傾向，但選本中的真正主觀傾向不是體現在詩人的
個人趣味和詩學觀點上，而毋寧說是其背後的意識形態色彩。首先，這部《中
國新詩選》中，七月派詩人的詩作，一篇都沒有選入。同樣，在代序中，臧
克家更是對七月派不置一詞。代序寫於 1954 年 11 月 14 日，選本 1956 年出版。
在這期間，正好是對胡風文藝思想展開批判的時期，臧克家在這部詩選中略
去胡風和七月派不提，其背後的主流意識形態色彩十分明顯。第二，詩選的
序言（代序）〈「五四」以來新詩發展的一個輪廓〉是一篇詩歌史方面的文章。
這一篇文章的邏輯很明顯，其以 1949 年作爲預設的終點，「五四」以來的新
詩發展自然都是奔向這一目標而來。顯然這是一種回顧式的回溯敘述，用柄
谷行人的話說，就是風景發現後的歷史的回溯〔註 2〕。「回顧了三十年新詩的
發展，是爲了更好的前進。現在新詩方面雖然還存在著對形式方面不同的看
法，和創作上的一些問題，但其基本方向和任務，是確定了的。那就是詩人
如何深入熱火朝天的鬥爭生活、徹底改造自己的思想感情，唱出對新中國的
偉大現實的動人的頌歌來。」這雖是文章的結語，但其實是邏輯的起點。正
是運用這一邏輯，選本中所詩作大都是反映現實生活，具有現實意義的作品，
與此相悖的則不被選入。而對於那些象徵主義詩人如李金髮、現代主義詩歌
流派九月詩派，等沒有被選入。而即使是馮至，選入其中的也只是他的早期
的詩歌〈蠶馬〉和〈「晚報」〉，至於他的《十四行集》則被忽略不計。徐志摩
的詩歌，則選了〈大帥〉和〈再別康橋〉（1956 年第 1 版中沒有，只是在 1957
年第 2 版中才被收入），也是偏於「具有現實意義的作品」（〈「五四」以來新
詩發展的一個輪廓〉）。可以說，〈「五四」以來新詩發展的一個輪廓〉既是三
十年來的詩歌史論，也是選本選詩的原則，選本中所選詩歌皆按其評價和詩
歌史上地位的高低，來確定篇目和數量。因而可以說，數量的多寡其實也就
是詩人在文學史地位的表徵。按照數量多寡，依次爲郭沫若 9 首，艾青 7 首，

〔註 2〕參見柄谷行人，《日本現代文學的起源》（北京：生活·讀書·新知三聯書店，
　　　2006 年），第 10 頁。

聞一多 5 首，殷夫 5 首，田間 5 首，臧克家自己 4 首。可以說，正是這部詩選，確立了現代詩歌發展的文學史秩序。第三，《中國新詩選》通過詩選和序言互證的方式，建構出中國新詩三十年的發展路線圖。用臧克家自己的話說是「『五四』以來三十年的詩壇上，有名的詩人很多，他們在不同的時代裏，以不同的風格，反映了現實和鬥爭的各個側面。」（〈關於編選工作的幾點說明〉）換言之，三十年的詩壇，各種流派如象徵主義、現代主義、現實主義和浪漫主義彼此競逐，最後都匯入到現實主義的主潮中來。

郭沫若和周揚編選的《紅旗歌謠》（1959）是 50 年代中後期影響很大的一部詩歌選集。1959 年前後，當時有無以計數的詩歌選集出版，各種名目繁多的民歌選本之外，還有很多作家的個人詩選，工人詩選，軍人詩選，農民詩人詩選，等等。大躍進以及新民歌運動催生了民歌的極大的「繁榮」景象，《紅旗歌謠》正是各種民歌和民歌選的「結晶」。在這裡，比較《紅旗歌謠》和《1958 年詩選》（1959）是很有症候性的。兩部詩選都是 1959 年出版，因而所選詩歌有部分重合。但兩部詩選面貌又截然不同。《1958 年詩選》是詩歌年選，其選詩不限於民歌，其中收錄有毛澤東的〈送瘟神〉和〈蝶戀花〉，民歌 34 首，其餘絕大部分都是有名有姓的詩歌，這些詩歌的作者構成相當複雜，有詩人，有小說家散文集，也有文藝界領導，有農民詩人（如王老九），有民主黨派人士（如李濟深），有將軍（如葉劍英），有少數民族詩人，等。可以說，幾乎代表了「人民」的各個構成部分。這樣的感覺就是，這是一部全民詩歌創作的彙編和精選。相比之下，《紅旗歌謠》則純粹是民歌。《紅旗歌謠》的〈編者的話〉有這樣的話：「歷史將要證明，新民歌對新詩的發展會產生愈來愈大的影響……今天在建設社會主義總路線的光輝照耀之下，勞動人民這樣昂揚的意志，躍進歌謠這樣高度的熱情，必然會在文藝創作上引起反應。我們的作家和詩人將從這裡得到啓示，只要我們緊密和勞動人民生活在一起，認真努力，就一定能夠不斷產生出毋愧於時代的作品，把我們的文藝引向新的高峰。」這段話孤立起來看，只是一種期望，但若聯繫《1958 年詩選》的編選來看，兩者間有其內在的關聯。《1958 年詩選》中編排順序如下：先是毛澤東的兩首詩，然後是沒有作者名的民歌，然後是署名詩歌。這樣一種順序，看似隨意，其實內含著某種秩序。其秩序表現在三者間的邏輯關係上。如果說毛澤東的詩歌是革命現實主義和革命浪漫主義的結合的典範，是標杆的話，那麼民歌則是這一兩結合的產物，而署名詩歌則是作家、詩人向民歌

學習並受啓發後的作品。三者間的先後順序是其邏輯關係的體現。但這樣一來也表明，新詩的發展，雖然取法借鑒於民歌，但其主體仍是作家或詩人，這從《1958 年詩選》中署名詩歌占絕大多數就可以看出。兩部詩選都是 1959年出版，很難看出其間的相互影響，但其間的共同性表明，新民歌運動雖寄情於民歌，其意還在於影響作用於文人詩歌，也即新詩的發展和走向。這與1958 年毛澤東提出中國新詩的道路在於古典加民歌的論斷〔註 3〕有內在的暗合之處。

三

建國十七年時期，選本出版的眞正繁榮是在 50 年代中後期，雖然說在建國初期出版的《中國人民文藝叢書》等中有不少選本。百花時期，有所謂年選本的大量出現。而後又有大躍進時期不計其數的詩歌（包括民歌）選本的出版，1959 年前後，又出現所謂的建國十週年系列選本的編輯出版，等等。各類選本此時浮現，並非偶然。這一方面與當時較爲寬鬆的環境有關，另一方面也是文學現代性的表徵。在經過了社會主義的改造以及第一個五年計劃的完成之後，國家迎來了時代的新的發展階段，而此時，又恰逢建國十週年在際，總結、回顧與展望融合在一起，某種程度上就催生了選本的繁榮景觀。在這當中，年選的出現尤其值得關注。

文學年選自民國時期即已出現，所謂《詩歌年選（一九一九年）》和《短篇小說年選（1931 年）》是其代表，建國以後較早浮現的年選是在 1953 年，當時工人出版社出版編選的《工人文藝創作選集》系列，有《工人文藝創作選集（1949～1951）》、《工人文藝創作選集（1952）》《工人文藝創作選集（1953）》、《工人文藝創作選集（1954）》、《工人文藝創作選集（1955）》，等。《工人文藝創作選集》年選的出版，一方面是政治政策上的鼓吹和提倡，一方面也是對工人文藝創作的期望。但因工人文藝創作的整體成就普遍不高，這套年選的出版並沒有收到預期的效果。建國十七年時期年選的集中出現還是在 50 年代中後期。年選的集中出現源於 1955 年中國作家協會開始的對第二次文代會（1953）年來文藝創作的檢閱，「爲了集中地介紹文學短篇創作的

〔註 3〕1958 年 3 月 22 日，在成都召開的一次中央工作會議上，毛澤東指出：「我看中國詩的出路恐怕是兩條：第一條是民歌，第二條是古典，這兩面都要提倡學習，結果要産生一個新詩。」參見《建國以來毛澤東文稿》第七冊（北京：中央文獻出版社，1993 年），第 124 頁。

新成果，以便更好地把它們推廣到廣大讀者群眾中去，並便於文藝工作者的研究，我們編輯出版這個選集。各選集所選的都是一九五三年九月第二次全國文學藝術工作者代表大會以來所發表的一些我們認為較好的作品。以後我們打算每年編選一次。」「這次編選的文學作品包括兒童文學、詩、短篇小說、散文特寫、獨幕劇，按其體裁分別編為五本。長篇、中篇小說（報告）、長詩、多幕劇，不在編選之列。」（〈短篇小說選（1953.9～1955.12）‧編選說明〉）編選從 1953 年 9 月開始，一方面是因為第二次文代會的召開，和總路線的提出，另一方面也與文藝界對建國後文藝創作的估計和評價有關。

這一系列年選的編選，從 1956 年到 1958 年，一共只延續了三年。今天看來，這部分的原因是 1959 年開始，有大量的建國十週年選本出現，另一方面也是因為標準的易變。以《1957 年短篇小說選》的編選為例。〈1957 年短篇小說選‧序言〉中這樣寫道：「一九五七年……這一年，在全國範圍內，進行了一次空前未有的思想戰線上和政治戰線上的社會主大革命，徹底揭露了資產階級右派分子的醜惡面目，狠狠打擊了他們的猖狂進攻，取得了輝煌的勝利。而文藝界的鬥爭，表現得更為尖銳、更為突出……早在一九五六年的後半年，正當國際上的現代修正主義思潮掀起一股惡浪的時候，在我國，未經很好改造的資產階級知識分子和作家也就起而回應了。秦兆陽……極力主張文學作品要揭露所謂的『生活的陰暗面』，要作家用資產階級的觀點來『干預生活』、『寫真實』。同時，他還利用『人民文學』副主編的職權，以毒草作為鮮花，向讀者推薦了附合他的修正主義文藝思想的臭名遠揚的劉賓雁的『特寫』。」〔註 4〕比較 1956 年的選本就會發現，所謂「干預生活」的代表作〈組織部來了個年輕人〉和劉賓雁的「特寫」〈在橋梁工地上〉就分別被收錄在《1956年短篇小說選》和《1956 年特寫選》中。從這互文的角度看，1957 年年選對1956 年年選的批判和否定的意味十分明顯。雖然說現代性的邏輯是新比舊好，但標準的相對穩定和文學環境的相對寬鬆，仍是年選的編纂及其能夠延續下去的重要前提。50 年代中後期越來越激進的文學激進思潮，使得文學的標準一變再變，這種情況下，年選的難以為繼就是情理之中的事情了。

年選的面貌的大變，在詩歌年選中尤其明顯。《詩選（1953.9～1955.12）》中以題材為標準將幾年來的詩歌創作大致分為愛國主義詩歌、工業題材詩

〔註 4〕作家出版社編輯部，〈1957 年短篇小說選‧序言〉，收於作家出版社編輯部編，《1957 年短篇小說選》（北京：作家出版社，1958 年），序言第 1～2 頁。

歌、農業題材詩歌、戰士詩歌（包括描線抗美援朝在內），以及國際友好題材和少數民族題材等幾大類。這一分類標準，到《詩選（1956）》中雖有延續，但這一分類只是新詩部分的分類標準。《詩選（1956）》編選的重大變動是將舊體詩也納入了進來。「這個選集裏，選入了一部分舊詩詞，新舊詩合成一集，該是一個創舉吧？去年，關於新舊詩關係的問題，有過許多爭論，而而毛主席的那幾句話，應該是一個公允的結論。『五四』以來，我們反對過舊詩，可是，那是怎樣的一種舊詩呀。死板的形式裝著封建思想意識，像棺材板裏裝著僵尸。我們為什麼不應該反對它？而今天的舊詩呢？今天的舊詩在為社會主義服務！凡是為祖國建設盡力的東西都是好的，都應該肯定。」〔註5〕再來看《1958年詩選》，變化就更其明顯。其不僅收錄了毛澤東的兩首舊詩，還收入大量的民歌。而即使是其中的署名新詩，其中很多都並不是詩人，如李濟深、葉劍英等等。在這部詩歌年選中，舊詩、民歌和文人新詩並置一處，創造了一種大雜燴式的年選編選標準。而一旦編選標準的過於寬泛，其實也就意味著編選標準的失效。從這個角度看，年選終止於1959年就不難理解了。在這之後，1962年北京出版社編輯出版了《雪浪花——1961年散文選集》，等。1964年，萌芽雜誌社計劃「自一九六四年起，每年一次，按小說、散文、詩歌分類編印成集」〔註6〕，1965年出版了短篇小說、散文特寫和詩歌的年選本，但因1966年「文革」的爆發，沒能繼續下去。

1959年對於選本的出版而言，是一個豐收年。全國各省市都有建國十週年的各種（文學）選本出版，如《山東十年短篇小說選》（山東人民出版社，1959年）、《「長江文藝」1949～1959短篇小說選》（長江文藝出版社，1959年）、《四川十年短篇小說選》（四川人民出版社，1959年）、《四川十年散文選1949～1959》、《短篇小說選》（廣西人民出版社，1959年）、《1949～1959江蘇短篇小說特寫選》、《1949～1959江蘇詩選》、《山西短篇小說選1949～1959》、《河南十年現代劇本選1949～1959》、《河南十年短篇小說選1949～1959》、《新疆十年小說選1949～1959》，等等。另外，還有十年專題文學選，如《肅反劇作選1949～1959》、《肅反小說選1949～1959》。當時影響較大的有上海文藝出

〔註5〕臧克家，〈詩選（1956）・序言〉，收於臧克家編選，《詩選（1956）》（北京：人民文學出版社，1957年），序言第8頁。

〔註6〕萌芽編輯部、人民文學出版社上海分社，〈1964萌芽短篇小說選・編輯例言〉，收於萌芽編輯部、人民文學出版社上海分社編，《1964萌芽短篇小說選》（上海：人民文學出版社上海分社，1965年），前言第1頁。

版社出版的一套《上海十年文學選集》（包括論文、短篇小說、特寫報告、散
文雜文、詩、兒童文學、話劇劇本、電影劇本、曲藝等十種）和中國青年出
版社出版的《建國十年文學創作選》（包括小說選、散文特寫選、詩歌選、戲
劇選、曲藝選五種）。

　　對於十週年選本而言，其關鍵的問題表現在，如何敘述這建國十年，及
其其中的歷次政治運動。以《上海十年文學選集》爲例。《短篇小說選》的序
言建構了總路線提出後，特別是大躍進以來的文學繁榮的景象和作家群體構
成：「首先我們可以驕傲地說，在這短短十年中，一大批工人階級的年青的作
者，已經在黨的培養下，茁長而迅速地成長起來。這裡有胡萬春、費禮文、
唐克新、張英等等。在這些人中，在解放以前，有的簡直就是半文盲，連一
封家信也寫不端正的。就是在解放初期，也還只能在工廠的黑板報上寫一兩
百字的短報導，而現在，從收入在這個集子裏的他們的作品來看……那種放
恣、雄偉的氣魄……這些作品，都是在黨的總路線的照耀之下產生出來，將
作爲我們上海在去、今兩年大躍進中的里程碑，而永遠留存在我們的文學史
上」。「也就是在黨的總路線的照耀之下，在去、今兩年的大躍進中，在別的
許多戰線上，也出現了和上述作者可以並駕齊驅的年青作者」，「我們的中年
作者，無論是解放後才顯露頭角的作者，或者解放前已經顯露了頭角的作者，
也都趁著大躍進的形勢，獻出了他們自己的禮物。」「在此之外，由於黨的總
路線的照耀，使得各行各業一齊躍進，因而也提供我們文學界以多種多樣豐
富多彩的題材。」〔註7〕如果說這是一種總的長時段的整體敘述的話，這中間
並非沒有轉折。「在我們這個選集中，雖然選的都是解放以來比較優秀的作
品，但以前後作比較，特別以整風反右前後來比較，以大躍進前後作比較，
就可以看出非常明顯的前後不同的痕跡。這並不關於這個作者和那個作者水
平的問題，即使在同一個作者的作品中，也是非常明顯地留有這麼一個顯然
的差別。……當作者把題材單單連串在故事情節上或者單單連串在一個主題
上，儘管作品中的故事或人物，有著千變萬化，結果卻總是在幾個差不多相
同的圈子裏轉來轉去，難以分清作品中人物的面貌，也難以分清作品中的主
題思想有什麼特別重要的意義。這裡難道只是創作中的藝術手段的問題麼，

〔註7〕魏金枝，〈上海十年文學選集・短篇小說選（1949～1959）・前言〉，收於上海
　　　十年文學選集編輯委員會編，《上海十年文學選集（1949～1959）・短篇小說
　　　選》（上海：上海文藝出版社，1959年），前言第1～3頁。

我並並不是的，主要的卻是作者思想水平提高的問題。換句話說，那就是在反右整風的鬥爭中，在大躍進的沖激中，作者們的思想認識都提高了，而同時在藝術修養上也有長足的進步，因而就發生這麼深刻的變化。」〔註8〕這樣一種敘述在十年中每一年篇目數量的選擇上表現明顯。1953 年總路線提出以前的作品只有 1 篇，反右運動的 1957 年只選了 4 篇。其餘如 1953 年、1954年都是 4 篇，1955 年 8 篇，1956 年 7 篇，1958 年 13 篇，1959 年 10 篇，總共 51 篇。從這裡的數量的選擇不難看出其建構的建國十年短篇小說的發展路線圖。其路線圖如下：1953 年是一個轉折點，1954 開始呈現快速發展的趨勢，1956 年到 1957 年，因爲整風反右運動，出現了一定的波折，但基本上保持在1953、1954 年的水平線及其以上。1958 年因爲大躍進運動的展開，短篇小說迎來了創作的高峰期，收入 13 篇，占據總量的四分之一強；1959 年繼續保持高速發展的勢頭，截止到編選時的 59 年 9 月，就選出 10 篇，足見發展之迅猛。通過前面的分析可以看出，建國十年選本，不僅僅是在檢閱回顧建國十年的文學發展現狀，也在建構十年文學的發展歷史。這與一般的文學選本如年選是截然不同的。

四

如果說 1959 年到 1960 年是建國十七年時期選本出版的黃金時期的話，1960 到 1965 年出版的選本則相對來說要少得多。其中較有影響的有人民文學出版社出版的《新人新作選》（1965）5 集，中國青年出版社出版的《新人小說選》，作家出版社出版的「農村文學讀物叢書」《短篇小說》3 集、《報告文學》4 集（前 3 集 1964 年出版，第 4 集 1965 出版），《工人歌謠選》（1961）、《革命戰士歌謠選》（1961）、《工人戲劇選》（1962）和《工人短篇小說選》（1963），《1964 萌芽短篇小說選》、《1964 萌芽詩選》和《1964 萌芽散文特寫選》，等等。其他地方出版的也有，如四川人民出版社出版的《1959～1962 四川短篇小說選》（1963）和《1959～1962 四川散文特寫選》，等。從這些選本來看，很多都是以叢書的形式出版的，從中不難看出與 50 年代中後期間的關聯。叢書出版不同於一般的單獨的選本編纂的地方在於，這是有組織有意識

〔註 8〕魏金枝，〈上海十年文學選集‧短篇小說選（1949～1959）‧前言〉，收於上海十年文學選集編輯委員會編，《上海十年文學選集（1949～1959）‧短篇小說選》（上海：上海文藝出版社，1959 年），前言第 6 頁。

的選本編纂，其背後的意圖和意識形態色彩十分濃厚與明顯。僅從這些選本名及其編選說明即可以看出，這些選本突出的是對業餘作者和新人的推崇與培養。《新人新作選》、《萌芽叢書》和《工人系列》等自不必說，即使是《1959～1962 四川短篇小說選》和作家出版社出版的《文藝作品選》（1958）系列，也是如此。《文藝作品選》是一些以很薄的單行本的形式出版的作品系列，1958年出版 4 輯 32 冊，1959 年更名為《文學作品選》，其中有短篇小說選，有中篇單行本，有特寫選，有工農躍進歌謠，等等，其中很多作家如費禮文、張英、陸俊超、李雲德、萬國儒等都是工人或農民出身，其針對或面向工農兵讀者的意識比較明顯。《1959～1962 四川短篇小說選》的編選說明中這樣寫道：「本會現將一九五九年至一九六二年，四川作者在省內外報刊發表的一部分優秀短篇作品，分別編為《四川短篇小說選》《四川散文特寫選》各一集，獻給親愛的讀者們。這兩本選集，選入了四川專業和工廠、農村、軍隊、機關、學校不同崗位的業餘作者的作品」〔註9〕。

這裡有一個背景，就是新民歌運動，及其文藝的大眾化傾向。工農兵作者的大量涌現一方面是受了時代潮流的鼓舞，另一方面也為主流意識形態所提倡：「我們的文藝是為工農兵的，供他們欣賞，也由他們自己來創造。我們的文藝不同於過去任何時代的文藝，它是全民的、群眾的文藝，是勞動人民自己的文藝，而不是少數人的文藝。我們正面臨一個偉大的群眾創造的時代。在文藝上應該積極發展群眾創造和群眾批評。」〔註 10〕另一方面我們還要看到，業餘作者和工農兵作者的大量出現並被積極提倡，也表明了這樣一種態度，即對知識分子寫作的不滿。正如《新人新作選》的前言所說：「同那些旁觀者的文學截然不同，這些作品的作者本身，大都是他們所描繪的鬥爭生活的實際參加者；他們所熱情歌頌的人物，也大都是和他們並肩作戰的親密的同志和戰友。他們用自己的創作生動地、親切的、廣泛地反映了我們社會主義革命和建設的新面貌，真實而具體地展現了我們偉大的祖國在黨的領導下所發生的翻天覆地的變革，而且幾乎每一篇作

〔註 9〕 中國作家協會四川分會，〈四川短篇小說選·編選說明〉，收於中國作家協會四川分會編，《四川短篇小說選》（成都：四川人民出版社，1963 年），前言第 1 頁。

〔註 10〕《人民日報》社論，〈爭取文學藝術的更大躍進〉，《人民日報》第 1 版，1958 年 10 月 30 日。

品都洋溢著熾熱的社會主義的時代激情」。「同文藝界某些堅持資產階級文藝路線的人所主張的正相反，同那些『寫中間人物』和『現實主義深化』論者提倡的正相反，我們的大多數工農兵業餘作者所創造出來的作品，都是響亮高亢的社會主義時代的頌歌，是激動人心的共產主義的革命英雄譜。」〔註 11〕顯然，所謂「旁觀者的文學」某種程度上即那些脫離群眾生活的知識分子寫作，而「文藝界某些堅持資產階級文藝路線的人」也直指邵荃麟一夥，這一說法讓人想起 1964 年毛澤東做出的對文學藝術的批示：「這些協會和他們所掌握的刊物的大多數（據說有少數幾個好的），十五年來，基本上（不是一切人）不執行黨的政策，做官當老爺，不去接近工農兵，不去反映社會主義的革命和建設」〔註 12〕。毛澤東的批示針對周揚分管的文藝工作，兩段話對照閱讀，不難看出對建國以來的文學寫作特別是知識分子寫作的不滿情緒來，這一情緒發展到「文革」期間，就成為所謂的「文藝黑線專政論」。可見，提倡新人新作，在這個時候就不僅僅是提倡或「立」的問題，其背後指向的是批判和「破」。

而至於像《短篇小說》等「農村文學讀物叢書」，則是配合中央提出的「文化藝術工作要更好地為農村服務」的號召而編輯出版的，「為了加強文化藝術支持農業，為農村服務，文化藝術部門必須做出具體的規劃，訂出有效的措施，認真地加以執行。積極組織力量，創作、整理和改編適合群眾需要的文化藝術作品，並且把這些精神食糧輸送到農村去，這是當前刻不容緩的工作」〔註 13〕。「在短篇小說裏更能迅速地看到今天的鬥爭和建設生活、看到今天勞動群眾在思想和精神面貌上的新變化，因之，對於教育鼓舞讀者投入當前火熱鬥爭也會起到更直接一些的作用。」〔註 14〕

〔註 11〕 中國作家協會、中國戲劇家協會和中國曲藝家協會，〈新人新作選・序言〉，收於中國作家協會、中國戲劇家協會和中國曲藝家協會編，《新人新作選》（北京：人民文學出版社，1965 年），序言第 2 頁，第 2～3 頁。

〔註 12〕 毛澤東，〈毛澤東對文學藝術的批示〉，收於洪子誠編，《中國當代文學史・史料選（1945～1999）》（武漢：長江文藝出版社，2002 年），第 513 頁。

〔註 13〕 《人民日報》社論，〈文化藝術工作要更好地為農村服務〉，《人民日報》第 1 版，1963 年 3 月 25 日。

〔註 14〕 中國作家協會農村讀物工作委員會，〈短篇小說・開篇之前〉（1963 年 10 月），收於中國作家協會農村讀物工作委員會編，《短篇小說》（北京：作家出版社，1963 年），前言第 2 頁。

五

　　從前面的分析可以看出，十七年時期選本的出版，與社會語境之間的關係十分密切。50 年代中後期到 1959 年前後，出現了一次選本出版的高峰。1960 年後相對沉寂，而到了 1963 年，又有了一定的恢復，一直到 1966 年「文革」的爆發。選本出版的這樣一種趨勢，與當代中國的政治、文學/文化的走向息息相關，可以說，選本的出版某種反映了文學一體化的走向及其演變過程。具言之，這樣一種關係，主要表現在，第一，並不是什麼人都可以充當編選者的。編選者是一個位置或功能，其代表的是人民的主體性，因而充當編選者的，要麼是文藝界領導，要麼是權威機構、職能部門，或出版社。十七年時期，真正意義上的個人選本是不存在的。而事實上，個人選編者或署名個人寫的選本序言，總有一個個人情感立場和意識形態表達之間的矛盾；兩者之間的矛盾，如果不能很好地加以處理，便會遭致批判，因而隨著「左傾」思潮的愈演愈烈，個人選編者和署名個人寫的序言逐漸被署名集體、（三結合或大批判）寫作組甚至化名（如方澤生）所取代。編纂方式的演變，某種程度上是文學一體化進程的表徵，兩者間的聯繫比較顯見。這是第一。第二，選本和選本之間，不同時期的選本之間，彼此構成一種對話關係。臧克家編的《中國新詩選》的兩個版本間，《中國新詩選》與郭沫若、周揚編的《紅旗歌謠》之間，《紅旗歌謠》與當時出版的大量的民歌選本之間，等等，都有一種潛在的互文或對話關係。這一點尤其表現在年選的編選之中，1957 年年選即明顯表現出對 1956 年年選的否定和批判。第三，選本出版的叢書化傾向。50 年代中期以前的很多選本，很多都是以單個選本的形式出現。50 年代中期以後，選本開始呈現出叢書化的傾向。叢書出版與單行本出版的區別在於，前者是有組織有意圖的出版行為，意識形態濃厚，且具有連貫性，而後者的出版則常常出於某種偶然原因且不成系統。第四，選本編纂所表現出的激進現代性的想像和重構文學秩序的演變。綜觀十七年時期文學選本的編撰出版，不論是從編選者和前言作者的認定，還是從所選作品作者、題材的構成，抑或其所反映文學觀的演變來看，總體上都表現出一種不斷激進的傾向。這樣一種不斷激進的想像，某種程度決定了文學選本表現出不斷重構文學秩序的傾向。1956 年年選同 1957 年年選之間是這樣，《新人小說選》對新人的推崇與對文學秩序的批判之間的關係也是這樣。

主要參引文獻

1、丁景唐主編，《中國新文學大系（1949～1976）・史料・索引卷》（1～2），
上海：上海文藝出版社，1997 年。

2、中國出版科學研究所、中央檔案館編，《中華人民共和國出版史料》（1
～15），北京：中國書籍出版社。

3、王秀濤，《中國當代文學生產與傳播制度研究》，北京：文化藝術出版社，
2013 年。

4、王本朝，《中國當代文學制度研究》，北京：新星出版社，2007 年。

5、〔德〕加布里埃・施瓦布，《文學、權力與主體》，北京：中國社會科學
出版社，2011 年。

6、李庚、許覺民主編，《中國新文藝大系（1976～1982）・理論一集》，北
京：中國文聯出版公司，1986 年。

7、李潔非、楊劼，《共和國文學生產方式》，北京：社會科學文獻出版社，
2011 年。

8、朱寨主編，《中國新文藝大系（1976～1982）・理論二集》，北京：中國
文聯出版公司，1986 年。

9、吳義勤，《文學制度改革與中國新時期文學》，北京：文化藝術出版社，
2013 年。

10、張均，《中國當代文學制度研究》，北京：北京大學出版社，2011 年。

11、鄒雲湖，《中國選本批評》，上海：上海三聯書店，2002 年。

12、羅執廷，《民國社會場域中的新文學選本活動》，濟南：山東文藝出版社，
2015 年。

13、孟繁華，《傳媒與文化領導權：當代中國的文化生產與文化認同》，濟南：
山東教育出版社，2003 年。

14、洪子誠，《中國當代文學史》，北京：北京大學出版社，1999 年。

15、洪子誠，《問題與方法》，北京：生活・讀書・新知三聯書店，2002 年。

16、黃發有，《中國當代文學傳媒研究》，北京：人民文學出版社，2014 年。

（原刊《青海社會科學》2015 年第 4 期）

政治與文化的雙重建構：
論《茶館》的經典化

何明敏

（上海師範大學人文與傳播學院）

　　老舍的《茶館》是中國百年話劇史上最負盛名的作品之一。然而，自北京人民藝術劇院 1958 年首演《茶館》以來，在長達近六十年的話劇舞臺上，《茶館》的演出仍然僅有兩個班底。以老舍的文學劇本爲基礎，在焦菊隱、夏淳的執導之下，由於是之、鄭榕、藍天野、黃宗洛、英若誠等老一輩藝術家共同出演的《茶館》是中國當代戲劇史上公認的經典之作。1992 年 7 月 16 日，這一版本的《茶館》在結束了第 374 場演出之後就此告別舞臺。在時隔七年之後，林兆華於 1999 年重新排演《茶館》，梁冠華、濮存昕、楊立新、馮遠征等成爲該劇的第二代演員。向來敢於挑戰經典的林兆華，面對重排《茶館》，卻自言是顫顫巍巍，不敢大動。〔註1〕新版《茶館》雖然僅以保守的姿態做了些「雕蟲小技」〔註2〕式的改動，卻仍然引發了不小的爭議。2005 年北京人藝復排的《茶館》又回到了 1958 年的演出版本，林兆華的身份則由導演變爲復排藝術指導。也正是因爲《茶館》不可動搖的經典地位，它在某種程度上意味著北京人藝的一個傳統，任何創新或是改動都顯得步履維艱。扮演「松二爺」的演員馮遠征稱：「《茶館》太經典了，以至於沒有人敢觸碰」〔註3〕，足見《茶館》的權威性。林兆華曾在訪談中公開表示「將《茶館》

〔註1〕 林兆華，〈劇院關門啦！〉，《導演小人書》，武漢：長江文藝出版社，2014 年，第 26 頁。
〔註2〕 潘軍，〈重排《茶館》之我見〉，《讀書》2001 第 5 期。
〔註3〕 曹嵩博、馮遠征，〈《茶館》太經典了，以至於沒有人敢觸碰〉，《每日新報》2014 年 3 月 14 日。

作爲里程碑是戲劇的恥辱」。〔註4〕但他可能沒有意識到以《茶館》爲里程碑並不表示當代的戲劇作品無出其右，也不意味著當前戲劇界的評價體系停滯不前，因爲《茶館》的經典化背後有著更爲複雜的政治和文化意義。

作爲一部學界公認的當代經典，老舍的《茶館》自問世以來，相關研究成果層出不窮。其中對於老舍文學劇本的探討，主要集中於作品的主題意蘊、人物形象、語言藝術、戲劇結構、戲劇風格及其劇本翻譯等方面。對於經由北京人藝二度創作的舞臺作品，《茶館》的導演處理、表演方式、舞美風格、觀眾接受等也爲研究者所關注。如果從經典研究的角度來看，以上研究主要在於回答《茶館》爲什麼是經典或者說其經典意義何在。20 世紀 90 年代以來，從「什麼是經典」到「經典是如何建構的」，關於經典問題的討論一直持續不斷。所謂「經典」及其價值備受挑戰，對於「經典」的解構與顛覆也是屢見不鮮。尤其對於中國當代文學而言，始終面臨著經典化的困境。至於《茶館》，卻仍然是「鐵打的《茶館》，流水的觀眾」。〔註5〕關於《茶館》的研究，多是以其「經典」身份爲前提，卻較少提及它的經典化問題。本文則是以《茶館》爲研究對象，通過梳理《茶館》的經典化歷程來揭示背後的意識形態，探討《茶館》文本內外的多重意蘊與歷史語境的相互關係。

關於經典化理論，簡而言之，可化分爲本質主義和建構主義兩種路徑。〔註6〕前者以美國學者哈羅德・布魯姆爲代表，認爲經典之所以爲經典必然存在著一種內在的審美價值。後者則以布魯姆所強烈反對的「憎恨學派」爲代表，他們拒絕承認存在普遍的美學法則，主張文學經典的建構取決於權力話語的作用。〔註7〕本質主義者的尷尬在於無法提出一個普遍的美學標準，而建構主義者則過於重視外在因素而忽略了經典的內在特質。所以，正如童慶炳、陶東風所言，「我們不應該陷入絕對的本質主義或相對主義，而應該在兩者之間保持一種張力，進而具體考察經典建構過程中兩者的作用方式」。〔註8〕更

〔註4〕林兆華，〈將《茶館》作爲里程碑是戲劇的恥辱〉，
　　　　http://culture.ifeng.com/a/20140606/40620802_0.shtml
〔註5〕新一代秦仲義的扮演者楊立新語。參見翟志鵬：〈「演《茶館》是個特殊的挑戰」〉，《天津日報》2014 年 2 月 21 日。
〔註6〕朱國華，〈文學「經典化」的可能性〉，《文藝理論研究》2006 年第 2 期。
〔註7〕參見哈羅德・布魯姆，《西方正典》，江寧康譯，南京：譯林出版社，2011 年。
〔註8〕童慶炳、陶東風，〈文學經典的建構、解構和重構〉，北京：北京大學出版社，2007 年，第 5 頁。

爲有效的經典化研究應該是從歷史的維度切入經典的生成語境來考察經典文本及其建構過程。本文從建構主義的視角出發，但並不否認《茶館》內在的藝術價值，而是試圖重返《茶館》的創作語境以及回顧它的經典化歷程，同時結合具體文本來探討《茶館》的經典化問題。

一、「是香花，不是毒草」：作爲意識形態的《茶館》

回顧《茶館》的歷史命運，它或許是與當代中國的政治形勢關係最爲緊密的文藝作品之一。進入 1949 年之後，熱衷於描寫新人新事題材的老舍終於在 1956 年的「百花時代」回歸了他所熟悉的舊人舊事，以一部《茶館》反映從 1898 年戊戌變法失敗後至 1948 年北京解放前夕的社會變遷。老舍稱他之所以決定寫《茶館》，是因爲他只認識一些經常下茶館的小人物，「把他們集合到一個茶館裏，用他們生活上的變遷反映社會的變遷」，以此「側面地透露出一些政治消息」，目的則在於「葬送三個時代」。〔註 9〕1957 年 7 月，《茶館》的劇本發表於《收穫》雜誌的創刊號。此後，《人民文學》《戲劇報》等重要刊物紛紛發表劇評，《文藝報》組織專家開展座談會進行討論。1958 年 3 月 29 日，北京人藝排演的《茶館》正式公演，反響熱烈。雖然，當時也有文章指出《茶館》調子低沉，但是總體而言，「它有思想價值也有藝術價值」〔註 10〕，「無論在劇作上或演出上都是很成功的」〔註 11〕。文藝界普遍認爲《茶館》是「文學與戲劇方面近年來一個重大的收穫」〔註 12〕。然而，隨著稍後大躍進運動的展開，關於《茶館》的輿論開始發生轉向，報刊上開始大肆批判這齣戲。〔註 13〕畢竟，《茶館》低沉的敘事基調與當時高亢激昂的政治氛圍顯得如此格格不入。1958 年 7 月 10 日，文化部副部長劉芝明點名批評北京人藝和《茶館》，強調「一個劇院的風格首先是政治風格，其次才是藝術風格」〔註 14〕，於是僅演出 49 場的《茶館》被迫停演。

〔註 9〕老舍，〈答覆有關《茶館》的幾個問題〉，《老舍全集》第 17 卷，北京：人民文學出版社，2008 年，第 758～759 頁。

〔註 10〕梨花白，〈也談《茶館》〉，《戲劇報》1958 年第 11 期。

〔註 11〕張庚，〈「茶館」漫談〉，《人民日報》1958 年 5 月 27 日。

〔註 12〕李健吾，〈讀「茶館」〉，《人民文學》1958 年第 1 期。

〔註 13〕趙起揚，〈老舍與《茶館》(摘錄)——紀念老舍誕辰 95 週年〉，《新文化史料》1994 年第 3 期。

〔註 14〕于是之，〈關於《龍鬚溝》和《茶館》〉，《中國現代文學研究叢刊》1996 年第 4 期。

　　其實，在 1957 年的排練過程中，焦菊隱已意識到劇本所呈現的社會積極因素不夠。面對這齣寫舊社會的戲，他強調「應該站在時代的角度對待過去」〔註 15〕。換句話說，這齣戲「雖然只寫到解放前，沒有寫到解放後，但是要使讀者（觀眾）感到社會非變不可」，從而能在新舊對比之下更加熱愛新社會。〔註 16〕焦菊隱的導演處理一方面重視突出人物形象，以此強化人物的階級身份以及不同階級之間的矛盾衝突；另一方面借助臺詞、音響、服飾、道具、布景等手段渲染時代背景，從細節到整體都注意暗示封建主義、帝國主義、官僚資本主義三股政治力量在五十年間的變化。更為重要的是，他主動提出為該劇尋找一條暗藏的「紅線」——共產黨領導的革命史。不過彼時的焦菊隱依然強調「從生活出發，從人物出發」，「更使觀眾感到這條紅線，不是加人物或是喊口號」。〔註 17〕為恢復《茶館》的演出，1963 年焦菊隱重排《茶館》之時，不得不違背自己的藝術理念，生硬地強化了劇中的革命「紅線」以「提高戲的思想性」〔註 18〕。針對一些指責該劇「消極」「低沉」「今不如昔」的批評，焦菊隱尤其突出了作為積極力量的學生的戲份，甚至將學生遊行示威的口號聲、歌聲處理為第三幕的主要音響效果。〔註 19〕儘管如此，《茶館》在當時仍被指與「大寫十三年」打對臺。緊迫的政治形勢讓《茶館》劇組人心惶惶，不得已主動撤了演出。「文革」期間，《茶館》更是被打成反黨反社會的「大毒草」。

　　政治服務的五六十年代，關於歷史題材的文藝作品主要重在表現革命歷史。「文革」期間，「文革」甚至成為唯一的想像歷史和講述歷史的方式。〔註 20〕《茶館》在當時的合法性在於強調它是「一曲舊時代的葬歌」。然而，老舍選取大歷史之下小人物的悲劇命運來表現五十年間的社會變動，這一種「側面

〔註 15〕 焦菊隱，〈導演的構思〉，參見劉章春：《〈茶館〉的舞臺藝術》，北京：中國戲劇出版社，2007 年，第 11 頁。

〔註 16〕 焦菊隱、趙少侯、陳白塵、夏淳、林默涵、王瑤、張恨水、李健吾、張光年，〈座談老舍的《茶館》〉，《文藝報》1958 年第 1 期。

〔註 17〕 焦菊隱、趙少侯、陳白塵、夏淳、林默涵、王瑤、張恨水、李健吾、張光年，〈座談老舍的《茶館》〉，《文藝報》1958 年第 1 期。

〔註 18〕 陳徒手，《人有病天知否：1949 年後中國文壇紀實》，北京：生活・讀書・新知三聯書店，2013 年，第 125～126 頁。

〔註 19〕 陳徒手，《人有病 天知否：1949 年後中國文壇紀實》，北京：生活・讀書・新知三聯書店，2013 年，第 125～126 頁。

〔註 20〕 黃子平，《「灰闌」中的敘述》，上海：上海文藝出版社，2001 年，第 8 頁。

地透露出一些政治消息」的隱晦書寫直接遮蔽了官方意識形態所高揚的革命話語。正如當時一篇具有代表性的批評文章所言，劇中所反映的三個歷史階段，既是「帝國主義對中國侵略不斷加劇，中國社會急劇變化的過程」，又是「中國人民逐漸覺醒，最後在共產黨領導下，爭取解放並終於取得勝利的過程」，「不能把革命的主流當作戲劇的『效果』，不鮮明地反映到舞臺前面來」。〔註 21〕對於作為二度創作者的焦菊隱而言，無論是出於對老舍及其劇本的尊重，還是出於他個人的藝術修養，都不可能將《茶館》改造成一曲共產黨的革命頌歌。然而，以舞臺效果表現革命紅線的導演處理並不能從根本上滿足文藝為政治服務的要求。極端的意識形態絕不允許革命歷史淪為幕後的故事。此外，這種老舍所熟悉的舊京題材內含了老舍的私人記憶，其內化的個體經驗也溢出了新政權所允許的歷史態度。老舍曾把北京比作母親，稱「關切她的缺欠正像關切一個親人的疾病」，而他所謂的「缺欠」，正是指向解放以前的那段歷史，造成「缺欠」的則是「過去的皇帝、軍閥與國民政府」。〔註 22〕然而，縱使他熱愛新北京，也無法在情感上割裂與這座城市血脈相連的過去。當時，戲劇家張庚在充分肯定《茶館》的劇本和演出之餘，指出作者「對舊時代是痛恨的，但對舊時代裏的某些人卻有過多的低徊憑弔之情」〔註 23〕，也不失為一種客觀的批評意見。茶館作為舊社會的一個象徵，其中的舊人舊事是亟待革命工作掃除的「垃圾」。老舍卻在不自覺中將個體的懷舊情緒流瀉於筆端。再者，不同於《龍鬚溝》的新舊對比模式，《茶館》缺乏新人新社會的「頌歌」式表現，其悲涼的敘事內核顯然是不合時宜的。1949年以後，文藝界倡導創作社會主義的新人新事。比起王利發之類的城市小市民，五六十年代的文藝創作更需要梁生寶這類突顯社會主義優越性的革命新人形象。可以說，在「政治標準第一」的文化環境之下，《茶館》的出現得益於「雙百」方針的「小陽春」氣候，而《茶館》的停演則是一種必然。這一時期，《茶館》經典化的可能也就為政治權力話語所剝奪。

1979 年 2 月 3 日，借紀念老舍 80 誕辰之際，《茶館》的第一幕在新時期首次公開演出。從此，《茶館》成為國內話劇市場上最為長盛不衰的經典劇目。

〔註 21〕 劉芳泉、徐關祿、劉錫慶等，〈評老舍的《茶館》〉，《讀書》1959 年第 2 期。
〔註 22〕 老舍，〈我熱愛新北京〉，《老舍全集》第 14 卷，北京：人民文學出版社，2008年，第 437 頁。
〔註 23〕 張庚，〈「茶館」漫談〉，《人民日報》1958 年 5 月 27 日。

此前，在北京人藝恢復建制後召開的第一屆藝術委員會第一次會議上，藝委會成員一致認爲，「《茶館》是『香花』，不是『毒草』」，「是埋葬舊世界的『葬歌』，不是『輓歌』」，「是一齣對人民有益的好戲」，於是院長曹禺決定將《茶館》列爲 1979 年恢復的保留劇目。〔註 24〕可見，《茶館》在「文革」結束之後的經典化歷程，首先得益於政治上的「撥亂反正」。《茶館》得以重新公演，既意味著官方意識形態對於老舍及其作品的重新評價，也是新時期「思想眞正開始得到解放的一個標誌」〔註 25〕。1979 年重排的《茶館》，刪去了 1963年爲配合政治形勢而硬加的「紅線」。這種去意識形態化的處理是文藝工作者在思想解禁初期的一次探索，但這並不代表當時對《茶館》的評價和認識是以其藝術性爲重的。關於如何看待《茶館》所謂的「紅線」問題，導演夏淳表示：所謂紅線，無非就是指作品的政治性和思想性，而這些東西，我們認爲應該就蘊藏在作品之中，包含在作者所描寫的人物與事件的發展過程中，應該是很自然地流露出來，不應該是附加上去的。〔註 26〕可見，此時《茶館》的重要性仍主要在於其葬歌主題，而這種「去意識形態化」的處理目的仍是意識形態化的。尤其，在經歷了「文革」的政治高壓之後，人們普遍對千篇一律的政治說教帶有牴觸情緒，而把政治表達以潛文本的形式加以展開的《茶館》顯然更具策略性。同時，作爲一部曾在「文革」時期遭到嚴厲批判的話劇，對《茶館》的重新肯定本身即意味官方權利話語對「文革」的否定。作者老舍在「文革」期間的不幸更是於無形中強化了這種否定，也使得《茶館》的上演帶有某種指控性。可見，《茶館》在新時期的重新公演具有多重的政治意義。

於 1979 年恢復演出的《茶館》，在當時有著鮮明的意識形態作用，而對其現實意義的強調主要表現在兩個方面。首先，《茶館》被表述爲一則可照見「文革」災難的政治預言。舞臺上所展現的關於舊社會「封建主義」「專制主義」和「反動統治」等種種歷史弊端都可被指認爲與「文革」時期的社會現實相對照。這一種「歷史的相似」昭示觀眾「文革」正是這舊社會的遺毒。《人民日報》的評論表示：從《茶館》裏所描繪的那些出場和未出場的反動人物

〔註 24〕 黃維均、周瑞祥，《輝煌的藝術殿堂——北京人民藝術劇院五十週年》，北京：中國書店，2002 年，第 169 頁。
〔註 25〕 夏淳，〈《茶館》導演後記〉，參見劉章春：《〈茶館〉的舞臺藝術》，北京：中國戲劇出版社，2007 年，第 20～21 頁。
〔註 26〕 夏淳，〈《茶館》導演後記〉，參見劉章春：《〈茶館〉的舞臺藝術》，北京：中國戲劇出版社，2007 年，第 20～21 頁。

身上，也可以看到林彪、「四人幫」及其餘黨的影子⋯⋯我們的新時代，是從
那樣醜惡、那樣漫長的舊時代走過來的。所以，出現林彪、「四人幫」那一小
撮壞人，並不奇怪。〔註27〕可見，《茶館》的現實啟示在於將「文革」歸咎為
「舊時代」的歷史遺留問題，而這與當時官方意識形態對「文革」的定位是
相一致的。20 世紀 60 年代，焦菊隱表示觀看《茶館》，「覺得這樣的舊社會非
消亡不可，從而更加熱愛我們今天的新社會」〔註28〕。在「文革」結束之後，
作家蘇叔陽、張鍥稱「它讓我們憎惡舊社會，使我們知道今天的新社會來之
不易！」〔註29〕可見，《茶館》的這種意識形態作用依然生效，甚至於得到強
化，儘管其中的「新社會」已然指向不同的社會主義時期。其次，對《茶館》
「葬歌」主題的重新確認，使得它成為一部新時期的歷史教科書。1949 年以
後，出於政治熱情的驅使，原本長於寫小說的老舍將主要精力轉向劇本創作，
其初衷即在於話劇的形式可以「收到立竿見影的教育效果」。〔註30〕如果說《茶
館》的教化功能和教育意義在五六十年代曾經遭到質疑和否定，在新時期之
初則受到了充分的重視。對於重新上演《茶館》，導演夏淳強調它的現實意義
在於對新時代青年的教育作用。〔註31〕老舍夫人胡絜青直接把《茶館》視為
一部教材，認為它是「沒有見過舊中國，對三座大山沒有親身感受」的新時
期青年所需要瞭解的，而《茶館》所揭露的三個舊時代充分說明「只有共產
黨才能救中國，只有社會主義才能救中國」。〔註32〕也有文章指出：「《茶館》
的演出和重演，在我國戲劇史上是一件大事。特別是今天重演，更有重大的
意義。它可以教育我們憎惡舊時代舊生活，愛護新時代新生活——我們多少
先烈為之流血犧牲才得來的社會主義新時代新生活。」〔註33〕可見，對《茶

〔註27〕 蘇叔陽、張鍥，〈葬歌‧鏡子及其他——重看老舍同志的《茶館》〉，《人民日
報》1979 年 4 月 16 日。
〔註28〕 焦菊隱，〈導演的構思〉，參見劉章春：《〈茶館〉的舞臺藝術》，2007 年，第
11 頁。
〔註29〕 蘇叔陽、張鍥，〈葬歌‧鏡子及其他——重看老舍同志的《茶館》〉，《人民日
報》1979 年 4 月 16 日。
〔註30〕 老舍，〈十年筆墨與生活〉，《老舍自傳》，南京：江蘇文藝出版社，1995 年，
第 262 頁。
〔註31〕 夏淳，〈寫在重排話劇《茶館》之時——紀念老舍先生八十誕辰〉，《人民戲劇》
1979 年第 2 期。
〔註32〕 胡絜青，〈關於老舍的《茶館》〉，劉章春：《〈茶館〉的舞臺藝術》，北京：中
國戲劇出版社，2007 年，第 288 頁。
〔註33〕 郭漢城，〈《茶館》的時代與人物〉，《文藝研究》1979 年第 2 期。

館》教化功能的肯定，前提在於它所講述的歷史是符合意識形態的現實需求的。而這部歷史教科書不僅適用於新時期以來的中國觀眾，也隨著《茶館》走出國門而作用於西方觀眾。

1980 年，在文化部的支持之下，《茶館》作爲中華人民共和國成立以來第一部出國巡演的話劇開始了轟動中外的訪歐演出。《茶館》在西德、法國、瑞士的演出之所以受到高度關注，與當時的國際政治形勢密切相關。一方面，改革開放初期，中國迫切地需要「走向世界」，參與現代化的歷史進程。另一方面，冷戰格局也導致西方對中國的認知僅停留於一個遙遠而陌生的東方國度。20 世紀 80 年代的中國，既渴望著瞭解外部世界，也期待著讓外部世界瞭解自身。因此，這趟歐洲之行，《茶館》劇組肩負重責，「要以老舍的《茶館》突破隔絕的障礙，促進外界對中國的瞭解」。〔註34〕現實主義的表現方式、東方風情的中國舞臺以及五十年的舊社會苦難史，《茶館》這部劇可以說是初步達成這種目的的最好選擇。積極促成這趟出國巡演的德國人烏韋・克勞特也表示，「《茶館》訪歐演出的影響甚至已超出了戲劇的範疇。簡要地說，那就是：現在國外產生了一種全面瞭解中國文化的要求。」〔註 35〕作爲當代中國向西方所展示的「東方舞臺上的奇跡」〔註36〕，《茶館》的歐洲之行意味著中國結束了長期封閉的局面而逐漸向西方國家開放。某種意義上說，《茶館》出國巡演，並不僅僅是一個中西文化交流活動，也是一次重要的政治事件。而面對外國觀眾和媒體的讚譽，《茶館》也爲 80 年代的中國增添了一種「絕不弱於世界上任何人」〔註 37〕的文化自信。這次訪歐演出形成的影響力，使得《茶館》作爲一部中國當代話劇得以躋身於世界一流戲劇的行列。可以說，80 年代的訪歐演出夯實了《茶館》在中國當代戲劇史上的經典地位。

〔註34〕（德）烏韋・克勞特，〈《茶館》在西歐〉，《人民日報》1981 年 1 月 13 日。

〔註35〕（德）烏韋・克勞特，〈《茶館》在西歐〉，《人民日報》1981 年 1 月 23 日。《人民日報》於 1981 年 1 月 8 日至 23 日分十次連載〈《茶館》在西歐〉，介紹《茶館》歐洲之行的演出盛況以及國外媒體的相關報導。1982 年這一系列集成《東方舞臺上的奇跡：〈茶館〉》在西歐》一書，由文化藝術出版社出版。

〔註36〕（德）馬爾蒂娜・蒂勒帕波，〈東方舞臺上的奇跡〉》，《萊茵・內卡報》1980 年 9 月 30 日，參見劉章春：《〈茶館〉在世界》，北京：中國戲劇出版社，2010 年，第 38 頁。

〔註37〕周巍峙，〈「絕不弱於世界上任何人」——《茶館》在西歐・代序〉，《人民日報》1982 年 1 月 12 日。此話原本來自於老舍，該文作者藉以用來評價《茶館》和當代中國話劇。

　　《茶館》文本內的歷史表述在新時期被重新肯定，而其文本外包括主創在內的歷史遭際又與新時期的官方意識形態不謀而合。因此，《茶館》文本內外的政治性在新時期的歷史環境下被充分激活。這一時期，以《人民日報》為代表的官方媒體積極參與推動《茶館》的經典化。不可否認，在除卻自身獨特的藝術魅力之外，《茶館》在新時期得以快速經典化得益於權力話語的作用。而如果說 20 世紀 70 年代末至 80 年代前期，《茶館》的經典化建構重在對其政治性的肯定，80 年代中期以後則轉向對其文化性的張揚。

二、從「葬歌」到「輓歌」：作爲文化記憶的《茶館》

　　1956 年 8 月，在聽取焦菊隱、曹禺等人的建議之後，老舍放棄了原本的四幕六場話劇《秦氏三兄弟》，轉而以其中第一幕第二場茶館裏的戲爲基礎創作了一齣《茶館》。〔註38〕《秦氏三兄弟》的劇本選取了戊戌政變、辛亥革命、1927 年大革命和 1948 年北京解放前夕四個典型的時代背景，以主人公秦伯仁「五十年的革命教訓」及其家庭變故爲主線表現中華人民共和國憲法的來之不易，意在「教育後代，配合憲法的宣傳和實施」。〔註39〕如果說後來的《茶館》是「側面地透露出一些政治消息」，此前的《秦氏三兄弟》則是正面地描寫了政治人物和革命歷程。可見，「不熟悉政治舞臺上的高官大人」的老舍也曾試圖「正面描寫他們的促進與促退」。〔註40〕在眾人的提議下，向來積極配合時事宣傳的老舍，明知此番將「配合不上」，仍選擇了自己所熟悉的題材。此外，老舍也曾試圖延續《龍鬚溝》的新舊對比模式，將解放後的茶館帶進自己的創作之中。然而，50 年代北京的大茶館已然遭到取締，生活經驗的缺失直接造成了老舍的創作困境。同樣在他人的建議之下，正在爲「沒有生活」而發愁的老舍立馬決意放棄這種既有的創作模式。〔註41〕然而，這並不意味是這種偶然性事件促成了《茶館》。在《茶館》的創作過程中，老舍對於意見的取捨有著自己的考量。與其說是老舍聽從提議，毋寧說是老舍在政治與文化的雙重訴求的矛盾中所做的取捨。他對《茶館》的修改與堅持其實是一個逐漸擺脫政治束縛的條條框框而轉向遵循自我創作經驗的過程。

〔註38〕舒乙，〈從手稿看《茶館》劇本的創作〉，《十月》1986 年第 6 期。
〔註39〕舒乙，〈從手稿看《茶館》劇本的創作〉，《十月》1986 年第 6 期。
〔註40〕老舍，〈答覆有關《茶館》的幾個問題〉，《老舍全集》第 17 卷，北京：人民文學出版社，2008 年，第 758 頁。
〔註41〕陳徒手，《人有病 天知否：1949 年後中國文壇紀實》，北京：生活·讀書·新知三聯書店，2013 年，第 101 頁。

　　進入 1949 年以後，老舍一直主張與時俱進的現代題材創作，也身體力行地寫出了《西望長安》《春華秋實》《一家代表》《全家福》《女店員》等多部劇作。老舍一方面急於歌頌新社會的新人新事，另一方面卻因爲缺乏生活經驗而感到力不從心。在〈十年筆墨與生活〉〈我的經驗〉〈題材與生活〉〈談現代題材〉〈生活與讀書〉〈深入生活，大膽創作〉等文章中，他多次提及自己幾年來勤於現代題材的戲劇創作，卻始終沒有寫出優秀的作品。他聲稱雖然自己沒有寫出優秀的作品，但並沒有因此感到泄氣，也爲自己的筆墨生活同社會生活的步伐一致而感到高興。〔註 42〕他表示自己「不肯棄新務舊」，認爲「舊事重提，儘管也有些教育價值，但總不如當前的人物與事物那麼重要。昨天總不如今天更接近明天。我喜愛別人寫的歷史戲和革命回憶錄，但我自己樂意描寫今天。」〔註 43〕然而，一系列失敗的劇本，也使老舍「深受題材與生活不一致之苦」，並且感悟到「題材如與自己生活經驗一致，就能寫成好作品；題材與生活經驗不一致，就寫不好」。〔註 44〕在創作環境有所寬鬆的 1957 年，老舍在〈自由和作家〉一文中表達了與他此前此後的發言都不太一致的言論：人人都該寫他或她所熟悉的東西。我們不該強迫自己去寫我們不大瞭解的事情。寫當今的社會是好的；但是寫歷史題材也同樣是好的。應該允許一位作家用他選擇的方式寫他愛寫的東西。〔註 45〕正是在這期間，老舍用他所熟悉的題材創作了《茶館》的劇本。其實，寫老北京的茶館，是老舍早在美國期間就已開始醞釀的。〔註 46〕正如他自己所言，《茶館》裏的人物好像都是他給批過八字兒似的。〔註 47〕消失多年的老北京茶館及那些舊人舊事，早已融入老舍的個體生命。在《茶館》文學劇本的第三幕，有這樣一個細節，當掌櫃王利發決意與裕泰茶館共存亡之後，從懷中掏出一張三十年前茶館的

〔註 42〕老舍，〈談現代題材〉，《老舍全集》第 16 卷，北京：人民文學出版社，2008 年，第 517 頁。老舍，〈十年筆墨與生活〉，《老舍自傳》，南京：江蘇文藝出版社，1995 年，第 262 頁。
〔註 43〕老舍，〈我的經驗〉，《老舍全集》第 18 卷，北京：人民文學出版社，2008 年，第 48～49 頁。
〔註 44〕老舍，〈題材與生活〉，《老舍全集》第 16 卷，北京：人民文學出版社，2008 年，第 513 頁。
〔註 45〕老舍，〈自由和作家〉，《老舍全集》第 14 卷，北京：人民文學出版社，2008 年，第 625～626 頁。
〔註 46〕林斤瀾，〈《茶館》前後〉，《讀書》1993 年第 9 期。
〔註 47〕老舍，〈戲劇語言——在話劇、歌劇創作座談會上的發言〉，《老舍全集》第 16 卷，北京：人民文學出版社，2008 年，第 531～532 頁。

舊相片，委託即將前往西山的孫女王小花轉交給兒子王大拴。對於王利發而言，茶館既是自己畢生的心血，也是個體生命所依附的環境，到如今終將不保。猶如茶館之於王利發，老舍對於老北京也懷著同樣一種難以割捨的感情，而《茶館》之於老舍，也就像相片之於王利發，都寄託了個體的深切懷念。

在收入《老舍自傳》的〈十年筆墨與生活〉一文中，常談及《茶館》的創作時，老舍如是寫道：我的較好的作品，也不過僅足起一時的影響，事過境遷就沒有什麼用處了。是的，起一時的影響就好。但，那究竟不如今天有影響，明天還有影響。禁不住歲月考驗的不能算做偉大的作品，而我們的偉大時代是應該產生偉大作品的。〔註48〕言外之意，老舍清楚地知道他關於新人新事的現代題材作品不過是應景式的寫作，對於《茶館》則是暗藏了一種經典化的期待。也正是因為如此，有人建議「用康順子的遭遇和康大力的參加革命為主，去發展劇情」，被老舍斷然拒絕。周恩來提議將《茶館》的時代背景改為更具典型性的辛亥革命、五四運動、二七年北伐、抗日戰爭和解放戰爭，而老舍也以沉默表示了拒絕。對於北京人藝第二次排演《茶館》所添加的「紅線」，老舍更是黯然無語。〔註49〕因為老舍雖然熱衷於新社會的政治宣傳，但是深諳創作之道的他也明白，「如果作家們在他們的作品中簡單地片面地強調政治，而看不到根據生活的經驗寫作的重要性，作品自然地會受到損害：充滿千篇一律的概念和乾巴巴的公式。」〔註50〕所以，面對這些關於如何提高《茶館》的革命性和政治性的意見，從來樂於接受意見的老舍都予以了拒絕。據曾扮演常四爺的演員鄭榕回憶，老舍曾表示「《茶館》要演出文化來」。〔註51〕可見，對於《茶館》，老舍在表達「葬送三個時代」的政治意圖之外，也暗含了一種再現老北京的文化訴求。

茶館是老北京市民生活的典型環境。上至達官顯貴，下至市井小販、地痞流氓，三教九流雲集此地。人們「有事無事都可以來坐半天」，養鳥下棋、說書唱戲、喝茶聊天等不一而足。正如老舍在劇本中所寫到的：在幾十年前，

〔註48〕老舍，《老舍自傳》，南京：江蘇文藝出版社，1995年，第269頁。
〔註49〕陳徒手，《人有病天知否：1949年後中國文壇紀實》，北京：生活·讀書·新知三聯書店，2013年，第116～117頁，第124頁，第127頁。
〔註50〕老舍，〈自由和作家〉，《老舍全集》第14卷，北京：人民文學出版社，2008年，第624頁。
〔註51〕陳徒手，《人有病 天知否：1949年後中國文壇紀實》，北京：生活·讀書·新知三聯書店，2013年，第116頁。

每城都起碼有一處。這裡賣茶，也賣簡單的點心與菜飯。玩鳥的人們，每天在遛夠了畫眉、黃鳥等之後，要到這裡歇歇腿，喝喝茶，並使鳥兒表演歌唱……這真是個重要的地方，簡直可以算作文化交流的所在。焦菊隱在導演《茶館》時，注重茶館氛圍的營造，強調以舞臺上的生活吸引觀眾。〔註52〕因此，在北京人藝的舞臺上，《茶館》的呈現如同一卷風俗畫般真實地再現了昔日的茶館生活，散發著濃厚的老北京文化氣息。然而，茶館的傳統市民文化屬性注定它無法兼容革命意識形態。凡政治事件一經市民話語的稀釋，其革命性也就為世俗性所浸染。面對「用康順子的遭遇和康大力的參加革命為主，去發展劇情」這類建議，老舍的回答是「抱住一件事去發展，恐怕茶館不等被人霸占就已垮臺了」。〔註53〕老舍深知老北京的茶館作為市民活動的公共空間，不可能轉變為無產階級革命的活動中心。這種老北京文化既與革命歷史的講述相悖離，又不符合新政權的社會建設工作。1949 年，北京被定為中華人民共和國的首都，從此以後，這座城市從象徵著封建專制皇權的故都一夕之間轉為社會主義新中國的首都。在新政權的領導之下，這座城市告別過去，開始了大刀闊斧的改造。在「消費的城市」轉向「生產的城市」的號召下，諸如遛鳥、泡茶館等老北京的消閒方式已遭到取締。〔註54〕「曾經遍布全城的茶館終於退出了市民的日常生活。它成為舊社會的象徵而與熱火朝天的社會主義生活不相適宜。」〔註55〕1960 年，發表於《人民日報》的〈新北京與北京人〉一文提到：在社會主義的新北京，「那些捧著鳥籠子坐公園，上茶館，或在天橋一帶靠魚肉人民過日子的『六虎』『四霸』一類的社會渣滓今天已經不存在了。」〔註56〕顯然，社會主義的建設工作絕不允許泡茶館這樣的封建陋習存在。可以說茶館的傳統市民文化屬性與當時新政權的意識形態導嚮之間存在著天然的牴牾，這直接造成了老舍的政治意圖與文化訴求的錯位。在這樣的政治環境之下，《茶館》的文化內涵及其文化價值必定遭到遮蔽。

〔註52〕 焦菊隱，〈排演茶館第一幕談話錄〉，《焦菊隱文集》第 3 理論卷，北京：文化藝術出版社，2005 年，第 71 頁。

〔註53〕 老舍，〈答覆有關《茶館》的幾個問題〉，《老舍全集》第 17 卷，北京：人民文學出版社，2008 年，第 759 頁。

〔註54〕 〈把消費城市變成生產城市〉，《人民日報》1949 年 3 月 17 日。

〔註55〕 楊東平，《城市季風：北京和上海的文化精神》，北京：新星出版社，2006 年，第 151 頁。

〔註56〕 田原，〈新北京與北京人〉，《人民日報》，1960 年 1 月 31 日。

　　自 1979 年以來的很長一段時間內，在意識形態話語的引導之下，對於《茶館》的主題闡釋被限定於「葬送三個時代」。然而，老舍對於《茶館》的文化訴求，使得它不再是一個單一的訴諸政治表達的文本。隨著時局的變遷，人們對《茶館》的關注，也開始從其政治性轉向文化性。1980 年，《茶館》應邀到西德、法國、瑞士訪問演出之際，以其展示的「中國人古老的文化傳統」和「中國氣派」而廣受歡迎，意味著其文化意義已開始浮出地表。〔註57〕如果說 1949 年前的三十年重在掃除北京的過去，此後卻開始追憶和尋找城市的過去。進入新時期，人們開始反思歷史，重新認識傳統，於是關於「老北京」的話題再度回到了這座城市。80 年代，京味文學蔚然興起。對於老北京的歷史記憶和傳統文化，也從政治批判開始轉向文化審美。正如王一川所言，「隨著對『文革』的政治反思迅速深化爲對中國過去更長時期歷史與文化傳統的審美反思，對行將衰敗的故都北京風情的尋覓與追挽，就成爲長期定居北京的作家如林斤瀾、鄧友梅、劉紹棠、汪曾祺、韓少華、陳建功等人不約而同的自覺選擇。」〔註58〕而老舍則被追溯爲京味文學的奠基人。這時候，作爲京味話劇的經典作品，《茶館》的文化性更爲突顯。尤其，隨著城市現代化進程的推進，老北京的城市景觀及其市民生活正在這座城市消逝。1999 年林兆華重排《茶館》，最爲明顯的改動是舞美處理上將茶館門口的街景搬上了舞臺，目的在於更爲充分地展示北京的歷史風貌，以營造更爲厚重的歷史氣息和文化氛圍。〔註59〕在全球化時代，面對城市同質化的威脅，老北京的文化記憶則可用來展示城市的獨特性以延續人們的城市認同。在關於老北京的記憶已然淡去的今天，《茶館》甚至承擔起保存、展示一個民族和一座城市的文化記憶的功能。也正是因爲舞臺上是一片濃鬱的京味文化，唯獨長於「京味」的北京人藝能勝任《茶館》的演出。

　　20 世紀 90 年代末，陳思和在《中國當代文學史教程》中指出，作爲中國當代戲劇舞臺上首屈一指的傑作，《茶館》的突出之處在於，「在與時代『共名』契合的同時，作家調動豐富的生活資源，展現了一副舊北平社會的浮世

〔註57〕周瑞祥、任寶賢，〈《茶館》在國外〉，《中國戲劇年鑒 1981》，北京：中國戲劇出版社，1981 年，第 135～136 頁。

〔註58〕王一川，〈京味文學：絕響中的換味〉，《北京社會科學》2006 年第 6 期。

〔註59〕夏晨，〈我不會克隆老《茶館》──林兆華訪談錄〉，劉章春：《〈茶館〉的舞臺藝術》，北京：中國戲劇出版社，2007 年，第 154 頁。

繪」。〔註60〕可見，經「重寫」之後的文學史已經開始肯定《茶館》的文化意義。進入 21 世紀之後，有學者更是直接對此前的葬歌主題提出質疑，認爲「與其說《茶館》的主題是『葬送三個時代』，不如說《茶館》的主題是憑弔被舊時代葬送的美好事物」。〔註61〕近年來又有文章將「葬送三個時代」視爲《茶館》的顯在文本，指出其深層的潛在文本是「對一種逝去的文化的挽悼」，而《茶館》之所以經久不衰很大程度上正是因爲這種文化。〔註62〕另有文章則直白地表示《茶館》的經典性「更多的歸功於顯性政治主題背後隱形的文化意蘊」。〔註63〕可見，在特定的歷史語境下曾起到重要作用的政治意義逐漸式微，而《茶館》內在的文化意義越來越受到重視。一方面是寬鬆的文化環境之下意識形態話語權威漸趨衰微，另一方面是現代化進程之下對於城市文化記憶的訴求漸趨高漲，於是對《茶館》的經典意義闡釋顯現出文化性壓倒政治性的傾向。

結　語

　　建構主義的經典化理論傾向於認爲經典的生成是一個不斷變動的建構過程，不同歷史時期的政治意識形態、文化權力、市場導向等外部因素及其變動都可參與並影響經典的生成。回顧《茶館》的歷史命運及其經典化歷程，可以發現作爲一部當代的藝術經典，對於《茶館》的闡釋和評價尤其受制於時代的文化環境。《茶館》的藝術成就自然毋庸置疑，但《茶館》在 1979 年之後的快速經典化首先得益於政治權力的選擇和推動。從意識形態策略出發，明確的政治主題及其在新時期歷史語境之下可供闡釋的多重意義共同構造了《茶館》的重要地位。然而，《茶館》後來的經典化表述傾向於把老舍的政治意圖理解爲一種表象，轉而將其經典性建立在對其文化內涵的肯定之上。《茶館》的政治性顯而易見，但在政治權力話語削弱之後，它的文化性又超越舊有的政治話語而賦予《茶館》以重要意義，從而共同促成了《茶館》在當代的經典地位。

〔註60〕陳思和，《中國當代文學史教程》，上海：復旦大學出版社，1999 年，第 83 頁。

〔註61〕周光凡，〈《茶館》的主題眞的是「葬送三個時代」嗎？〉，《戲劇藝術》2005 年第 3 期。

〔註62〕曾令存，〈《茶館》文本深層結構的再解讀〉，《中國現代文學研究叢刊》2009 年第 5 期。

〔註63〕曹書文，〈政治葬歌與文化輓歌的有機統一——重讀老舍的《茶館》〉，《文藝爭鳴》2014 年第 10 期。

　　《茶館》的政治性和文化性在不同時期對其經典化和經典意義的表述起著重要作用。但是意義的闡發必須植根於文本，但凡有力的意義建構也得依託文本。這歸根結底源自於《茶館》文本內部豐富的闡釋空間。一方面，老舍明確提出他的創作目的在於「葬送三個時代」，而這政治意圖又潛藏於老北京的人物性格和社會世相的刻畫之中；另一方面，對於本該加以批判的茶館及茶館裏那些「幫忙的或幫閒的人物」〔註 64〕，身處新社會的老舍又有著源自個體情感深處的懷念，於是筆下的《茶館》依舊呈現出老北京的傳統市民文化屬性。老舍將政治意圖和文化訴求的雙重動機寓於文本內部，其中的張力和錯位極大地豐富了《茶館》的主題意蘊及其可供闡釋的空間，並且二者在戲劇結構和審美內核上達成了一致。劇作所截取的歷史時段，從 1898 年的晚清到距此十餘年的民國早期，再到 1948 年北京解放前夕，既是中國社會動盪不安的五十年，也是本土文化急遽流失的五十年。從第一幕到第三幕，隨著時間的推移，一方面是世道衰敗，茶館裏的小人物生活每況愈下；另一方面是文化凋零，茶館裏的老北京氣息日漸黯淡。可以看到，殖民勢力的逐步深入，既加劇了舊社會的敗落，又嚴重侵蝕著本土文化，從最初劉麻子的洋布、鼻煙壺、懷錶到後來茶館裏的留聲機、香煙廣告、電燈和老楊倒賣的各路美國貨，西方事物越來越多地進入北京市民的生活之中，而老北京的穿著打扮、禮儀風度以及京劇、評書、字畫等「玩藝兒」卻日漸失傳。此時，老舍政治葬歌的悲劇性與文化輓歌的懷舊感達成了一種奇異的協調，共同構成了《茶館》悲涼的審美內核。此外，需要指出的是，一般普遍認為《茶館》的政治性損害了劇作內部的整體性，導致第二、三幕水準明顯依次下降。舒乙指出，「《茶館》最弱的就是上西山的戲，明顯的牽強附會，是戲外頭的一塊，硬拉進來，這是《茶館》的弱點。」〔註 65〕這略顯分裂的劇情，顯然受當時普遍流行的革命「頌歌」模式所影響，而非源自老舍所說的「葬歌」目的。

主要參引文獻

1、烏韋‧克勞特，《東方舞臺上的奇跡：〈茶館〉在西歐》，北京：文化藝術出版社，1983 年。

〔註64〕焦菊隱、趙少侯、陳白塵、夏淳、林默涵、王瑤、張恨水、李健吾、張光年，〈座談老舍的《茶館》〉，《文藝報》1958 年第 1 期。

〔註65〕舒乙，〈《茶館》是怎樣誕生的〉，劉章春：《〈茶館〉的舞臺藝術》，北京：中國戲劇出版社，2007 年，第 294 頁。

2、老舍，《老舍自傳》，南京：江蘇文藝出版社，1995 年。

3、老舍，《老舍全集》，北京：人民文學出版社，2008 年。

4、劉章春，《〈茶館〉的舞臺藝術》，北京：中國戲劇出版社，2007 年。

5、劉章春，《〈茶館〉在世界》，北京：中國戲劇出版社，2010 年。

6、陳徒手，《人有病　天知否：1949 年後中國文壇紀實》，北京：生活・讀書・新知三聯書店，2013 年。

7、焦菊隱，《焦菊隱文集》，北京：文化藝術出版社，2005 年。

8、于是之，〈關於《龍鬚溝》和《茶館》〉，《中國現代文學研究叢刊》1996 年第 4 期。

9、劉芳泉、徐關祿、劉錫慶等，〈評老舍的《茶館》〉，《讀書》1959 年第 2 期。

10、李健吾，〈讀「茶館」〉，《人民文學》1958 年第 1 期。

11、蘇叔陽、張鍥，〈葬歌・鏡子及其他——重看老舍同志的《茶館》〉，《人民日報》1979 年 4 月 16 日。

12、張庚，〈「茶館」漫談〉，《人民日報》1958 年 5 月 27 日。

13、林斤瀾，〈《茶館》前後〉，《讀書》1993 年第 9 期。

14、趙起揚，〈老舍與《茶館》（摘錄）——紀念老舍誕辰 95 週年〉，《新文化史料》1994 年第 3 期。

15、周光凡，〈《茶館》的主題真的是「葬送三個時代」嗎？〉，《戲劇藝術》2005 年第 3 期。

16、夏淳，〈寫在重排話劇《茶館》之時——紀念老舍先生八十誕辰〉，《人民戲劇》1979 年第 2 期。

17、郭漢城，〈《茶館》的時代與人物〉，《文藝研究》1979 年第 2 期。

18、焦菊隱、趙少侯、陳白塵、夏淳、林默涵、王瑤、張恨水、李健吾、張光年，〈座談老舍的《茶館》〉，《文藝報》1958 年第 1 期。

19、梨花白，〈也談《茶館》〉，《戲劇報》1958 年第 11 期。

20、曹書文，〈政治葬歌與文化輓歌的有機統一——重讀老舍的《茶館》〉，《文藝爭鳴》2014 年第 10 期。

21、舒乙，〈從手稿看《茶館》劇本的創作〉，《十月》1986 年第 6 期。

22、曾令存，〈《茶館》文本深層結構的再解讀〉，《中國現代文學研究叢刊》2009 年第 5 期。

（原刊《中國現代文學研究叢刊》2017 年第 1 期）

1960年代中國文學中的「物」與「心」
—— 細讀《艷陽天》

朱　羽

（上海大學文學院中文系）

　　在 1962 年八屆十中全會召開之後，「千萬不要忘記階級鬥爭」日益明確地與「物」的問題關聯起來。深究一下就會發現，這一「物」的難題呈現為無法簡單跨越的歷史必然性，以及在此歷史條件下對之進行辯證否定的嘗試與困局。譬如在當時圍繞「按勞分配」與「價值規律」的討論中皆能捕捉到此種難題性。這也構成中國社會主義實踐的某種深層焦慮。用更加明確的語言來表述，就是：「在社會主義制度下，在存在著個體私有制殘餘的歷史時期內，總還是存在著個體私有制殘餘超越必要限度，並由此滋生資本主義經濟的現實可能性。」〔註1〕當然，此種難題並不能直接「反映」在文學表徵當中。毋寧說這裡存在的是一種十分複雜的「轉碼」實踐。暫且用一種頗為圖示化的方式來表述：第一個層面坐落著社會主義實踐的結構性矛盾。第二個層面可稱之為「政教」機制，它為當時的多種話語實踐所共享，有時會表現為一種較為穩定的敘事結構：不僅凸顯矛盾並且提供解決矛盾的一般途徑。某些話語裝置則在此反覆出現，譬如「新舊對比」、激活「階級情感」等。政教機制從根本上呼應著歷史難題，但它所呈現的「矛盾」並不等同於第一層面的難題。這是一種特殊的「翻譯」（當然不是唯一的一種），而且嘗試給出示範性的解決途徑。比如，後 1962 年語境中的「國家」與「集體」之間的矛盾及其引導性的解決方式（國家認同的再次強化），就是一例。或許可以說，政教

〔註1〕 劉詩白，〈試論社會主義制度下的個體私有制經濟殘餘〉，《新建設》1964 年 1 月號，頁 14。

機制已然表達出一種「社會主義精神」的理想型。由此，文藝實踐才能確認其表達的邊界。在文藝實踐這個第三層面，具體的人物設置與敘事安排等會被政教機制反覆修改。不過，前者終究是一種特殊化與具體化的運作，因此必然會牽扯出一般政教敘事難以觸及的要素，比如地方風俗、維持下來的舊習慣、先進者與落後者共享的某些物質與文化前提等。同時，文藝實踐多少會繼承著已有的「傳統」，故而也會呈現自身的慣性與惰性。

在此種方法論框架中，激進化的 1960 年代文學獲得了一種新的可讀性。此種閱讀嘗試將文學文本放回到充滿著交互作用的、層級性的歷史總體當中，同時放棄簡單地在歷史難題與文學表徵之間尋找直接的對應關係，而是充分注意到政教機制不可忽略的中介作用。以《艷陽天》為例，它是「1960 年代危機」的某種重要表現——「分配」難題，因此暴露出那一時代國家、集體與個人之間難以消解的矛盾。〔註 2〕但我們同時需要注意到，小說本身已經表達出一種「解決」，此種解決即根源於政教話語，因此為那一時代的文藝作品所共享。在這個意義上可以說，《艷陽天》寫的是 1957 年的事，表達的卻是 20 世紀 60 年代的問題意識。進言之，小說在「分配」問題上證成國家的方式，一方面涉及國家與集體間的利益交換關係，如小說主人公東山塢農業社黨支部書記兼社主任蕭長春在一開始就挑明了：「去年的災荒，要不是國家支持，咱們過的來嗎？」〔註 3〕另一方面小說中的先進者們扣住了對於「犧牲者」的政治債務：「這個江山是千千萬萬個先烈用心血、用腦袋換來的。」〔註 4〕同時還強調只有國家才是現代化（物質豐裕是其結果之一）的根本保障：「不用最大的勁兒支持國家建設，不快點把咱們國家的工業搞得棒棒的，機器出產得多多的，咱農村的窮根子老也挖不掉哇！」〔註 5〕小說最終想要形塑的群眾的覺悟水平則如東山塢農業社副主任韓百仲所言：「國家是咱們自己的嘛！支持國家建設，也是支持咱們自己，一點不假。」〔註 6〕

但有必要強調的是，《艷陽天》亦需呈現在蕭長春等先進分子帶動下整個東山塢的「成長」，因此，必然呈現出一種更加細微而豐富的文學書寫層

〔註 2〕蔡翔，《革命/敘述——中國社會主義文學—文化想像（1949～1976）》（北京：北京大學出版社，2010 年），頁 325。

〔註 3〕浩然，《艷陽天》第一卷（北京：作家出版社，1964 年），頁 28。

〔註 4〕浩然，《艷陽天》第一卷，頁 43。

〔註 5〕浩然，《艷陽天》第一卷，頁 41。

〔註 6〕浩然，《艷陽天》第一卷，頁 490。

面的表達。這一「成長」即在於能將細微的日常經驗與根本問題聯結起來。《艷陽天》中充盈著一種轉型的時間。不僅是蕭長春這樣的「當家人」在政治上不斷成熟〔註7〕，而且呈現了各類人物（除了馬小辮這類懷有根深蒂固階級憤恨的「敵人」，以及馬之悅這種混進革命隊伍中的投機者）的轉型；包括自私而頑固的中農彎彎繞，至少敘事者對之是留下餘地的。〔註8〕從政教意識顯白化的敘述層面來說，《艷陽天》著力表現的是老軍屬喜老頭那句話：「這是奪印把子的大事兒，是咱們窮人坐天下、傳宗接代的大事兒呀！一代一代往下傳，不能斷了根兒。」〔註9〕但小說敘事所展開的不僅是貧下中農階級意識的強化，還有許多具有政治-倫理溫度的場景：諸如中農馬之悅在蕭長春關於「個體的日子就是你擠我、我擠你」的提點後動了心；落後婦女孫桂英在集體勞動中感受熱鬧與快樂等。〔註10〕因此，文學敘事遠非激進的「一分為二」哲學的轉寫，而是對整個政教機制有著很多增補。因此，1960 年代「物」的難題在小說敘事中尤其聯通了一個「物」的感性維度。《艷陽天》裏「物」的呈現——包括物的消費、物的區隔、物的揚棄等——一方面為政教機制所中介，另一方面也刻寫著已有生活世界的慣性與邏輯。

一、

首先必須承認，在《艷陽天》中，「物質享受」有其正當性。憧憬物質豐裕、陶醉於「物」所帶來的快感，本身並不一定是否定性的，反而成為東山塢普通群眾的念想。比如，青年積極分子馬翠清就談到她媽媽的狀態：「躺炕上還跟我叨咕半天：麥子收來了，咱們的日子越過越紅火啦！又盤算著給

〔註7〕 比如，「王國忠笑了：『……眼前東山塢的問題，不是多分點麥子、少賣點餘糧，或者要當個大幹部的問題，不是的，歸根到底是要不要社會主義的大問題。』……蕭長春被這句話震動了，心裏像開了一點縫：鬧土地分紅，不光是為了多分些糧食，是要不要社會主義的問題；馬之悅跟自己勾心鬥角，不光是要攬點權勢，是在支持走資本主義道路的人。對啦，對啦，根子就在這兒。」（《艷陽天》第一卷，頁 353。）

〔註8〕 可注意敘述者對彎彎繞（馬同利）勞動工具——鋤頭的描繪：「主人用它付出了多少辛苦，流了多少汗水呀！」（《艷陽天》第一卷，頁 125。）

〔註9〕 浩然，《艷陽天》第二卷（北京：人民文學出版社，1966 年），頁 782。

〔註10〕 關於蕭長春與馬子懷的對話，參看《艷陽天》第一卷，頁 505～507。孫桂英參與集體勞動，參看《艷陽天》第三卷（北京：人民文學出版社，1966 年），頁 1262～1276。

我買這樣、置那樣，絮絮叨叨，我都睡了一覺，她還在那兒叨咕。我當她說夢話，一捅她，她醒著，說是人得喜事精神爽，心裏高興睡不著。」〔註11〕但同時必須注意，小說中的「貧下中農」群體——尤其以住在溝南的韓姓與焦姓人家爲主——很少在此刻就去享受或想到去享受物質生活。與之形成對照的是，小說非常細緻地描繪了富農馬齋之子、社裏的會計馬立本家裏的「物」，而且富有意味的是，這是憑藉先進者韓百仲的視點帶出來的場景：

> 韓百仲不耐煩地等著。他看看炕上，炕上已經過早地鋪上了印著花的大涼席，一對在城裏才能見到的鑲著邊兒、繡著字兒的扁枕頭，炕一頭堆著好幾條新被子、毯子、單子、全是成套的；墙上又掛了一副新耳機子，又添了一個新的相片鏡框；櫃上放著漆皮的大日記本和一支綠杆鋼筆，那筆帽閃著光……
>
> 忽然，從外邊傳來「吱啦」一聲響。那是對面房子裏，油鍋燒熱了，正往裏放葱花和青菜之類的東西。接著，鏟刀聲伴著香味兒也傳過來了……〔註12〕

這一無言的觀視所呈現的「物」，關聯著韓百仲的某種懷疑：作爲會計，馬立本是否貪污了公家財產（作爲一種敘事設置，這一懷疑最終得到了確認：馬是個貪污犯）。但也可以說，韓的厭惡——比如「不耐煩」這種感覺——源於對此種生活方式的情緒性抵制。這以物的形象沉澱在趣味與審美之中。比如在他眼裏，「馬立本穿著那麼白的背心，那麼小的三角褲衩，非常不順眼。」〔註13〕馬立本的物質生活之所以顯得不合時宜，因爲他在此刻「消費」過多。與當時農村的生活標準相比，這一狀態是「溢出」的。有趣的是，在馬立本的視點裏，貧農的物質生活則令人感到極爲不適：

> 〔五保户〕五嬸對這個難得請到的客人來家裏，心裏高興。又拿煙，又倒水；拿笤帚掃掃炕，硬拉馬立本坐下。
>
> 馬立本一邁門檻，就覺著一股怪氣難聞，趕緊捂鼻子。往炕上一看，土炕沿，更怕髒了新衣服；又看看五嬸端碗的手，簡直是要噁心。〔註14〕

〔註11〕浩然，《艷陽天》第一卷，頁63。
〔註12〕浩然，《艷陽天》第二卷，頁767～768。著重號爲引用者所加。
〔註13〕浩然，《艷陽天》第二卷，頁767。
〔註14〕浩然，《艷陽天》第一卷，頁390～391。

此種圍繞「物」之享受的差異而產生的趣味、感覺與情感差別，早在解放初的小說《我們夫婦之間》中就已得到展示。在 1960 年代語境中，物質享受是否正當的問題一度成為青年（革命接班人）教育的議題。〔註 15〕而且已經被賦予了比較明確的政教解決方式。小說敘事中，對於「物」之富有政教意義的展示，落實在蕭長春這一「新人」的日常感受中：

> 焦淑紅又把這個不整潔的屋子裏裏外外掃一眼，又看看旁邊的一老一小，心裏像堵著一塊什麼東西，忍不住說：「唉，蕭支書，你這日子過得太苦了！」

> 蕭長春仰起臉，沉靜地一笑：「什麼，苦？」

> 焦淑紅激動地點點頭：「瞧瞧，你從工地回來，根本還沒有站住腳，忙了一溜遭，進家還得煙薰火燎地做飯吃……」

> 蕭長春說：「有現成的柴米，回來動手做做；做好了好吃，做不好歹吃，怎麼不裝飽肚子，這有什麼！淑紅啊，你知道什麼叫苦哇？」

> 蕭老大在一邊也半玩笑半抱怨地說：「不苦，甜著哪！淑紅，聽說沒有，你表叔說，日子越這樣，過著越有勁兒！」說著笑的噴出飯粒子。

> 蕭長春用筷子輕輕地拄著碗底說：「這樣的日子，過著沒有勁兒，還有什麼日子過著有勁兒呢？我七歲就討飯吃，下大雪，兩隻腳丫子凍得像大葫蘆，一步一挪擦，還得趕門口，好不容易要了半桶稀飯回來，過馬小辮家門口，呼地躥出一條牛犢子似的大黃狗，撕我的燈籠褲，咬我的凍腳丫子，打翻了我的飯桶，我命都不顧，就往桶裏捧米粒兒……」

> 焦淑紅聽呆了，兩個眼圈也紅了，她使勁兒把小石頭摟在懷裏。

> 蕭老大深有感觸地說：「要比那個日子，這會兒應當知足了，是甜的……」

〔註 15〕關於 1960 年代「幸福觀」論爭的簡明材料，可參考《南方日報》編輯部編，《幸福觀討論集》（廣州：廣東人民出版社，1964 年）。

　　蕭長春說：「這會兒的日子也是苦的，不過苦中有甜；不鬆勁地咬著牙幹下去，把這個苦時候挺過去，把咱們農業社搞得好好的，就全是甜了。所以我說，苦中有甜，爲咱們的社會主義鬥爭，再苦也是甜的。淑紅，你說對不對呀？」

　　這些話雖短，卻很重，字字句句都落在姑娘的心上了。〔註16〕

蕭長春的愛慕者、東山塢的中學生、中農之女焦淑紅在《艷陽天》中所處的位置正是「受教者」。此刻她的地位與小說預想中的讀者高度重合。因此這一段落具有相當明確的政教指向。從中可以看出 1960 年代揚棄此刻「物質享受」的基本方式。對於貧下中農來說（但不限於貧下中農），訴諸「新舊對比」是一種核心修辭裝置。然而，蕭長春並沒有強行把此刻的苦說成甜，而是將此刻無法直接享受物質生活的問題置於更高的政治—倫理使命之中（「爲咱們的社會主義鬥爭」）〔註17〕，同時他也許諾了「全是甜的」豐裕的未來。無疑，這裡既確認了物質享受的正當性，也暗示了此刻物質享受的不正當性或弱正當性。一種革命性的「物質享受」觀的強表述或許是：如果世界上還有任何一個貧苦者無法享受，那麼我就沒有理由提前享受。更爲關鍵的是，「物質享受」的整個難題性在小說主人公的心物關係中已經得到了改造。以下一段敘述蕭長春「滿意」，頗爲重要：

　　這間屋子好幾年不住人了，窗戶上糊的紙都已經被雨淋壞，外邊掛著個葦草簾子，陽光被遮住，裏邊顯得特別黑暗。炕上地下除了常用的傢具，就是盛吃的盆盆罐罐。他扳著小缸看看，裏邊盛的玉米麵；用手劃啦劃啦，不多了，小石頭他們爺倆吃，還能對付十

〔註16〕浩然，《艷陽天》第一卷，頁 231～232。

〔註17〕此種措辭在 1960 年代其他文藝作品中屢見不鮮。比如《豐收之後》裏趙五嬸的說辭：「這次在處理餘糧的問題上，你主要是把國家、集體、個人三者關係擺錯啦！要知道，我們國家富強了，對世界革命有多大的支持，咱們是共產黨員，不能只關心自己的事，心裏要想著全國、全世界。」（蘭澄，〈豐收之後〉，《劇本》1964 年第 2 期，頁 38。）在《祝你健康》裏，丁海寬的說辭：「我們總有一天，能讓全中國和全世界的人民，都穿上最好的衣裳！可是現在，世界上還有成千上萬的人，連最壞的衣裳都穿不上！你們不是看過《激流之歌》那部電影嗎？那裏面不就有很多非常的黑人奴隸赤身裸體嗎？哦，你們大概看過就忘了，可是不能夠忘記這個呀！要是你們光想著自己的毛料子，光惦記著多打幾個野鴨子，那你們就會忘了開電門，忘了上班，忘了我們的國家正在奮發圖強，忘了世界革命！」（叢深，〈祝你健康〉，《劇本》1963年 10～11 月合刊，頁 36。）

天半月的。他又拉過一條小布袋，伸進手去摸摸，裏邊裝的是豆子，掂了掂，也不多了，對付幾天沒問題。還有個大盆子裏邊盛的是豆麵。一個罐子裏有半下子麥麩子。

他輕輕地拍去手上的麵屑，心想：「行，還算富足，滿可以對付到分新麥子。」就滿意地從屋子裏走出來了。〔註18〕

雖然當時的社會主義實踐不否定物質享受，但顯然試圖形塑一種對於物質生活的全新態度乃至感覺結構。「新人」此處的「滿意」看似單純，卻由相當紮實的「心」之要素支撐。這也是社會主義實踐的最終賭注：建設新的物質基礎的同時必須養成新人，譬如形塑出無私、對於共同體的關注等新的「第二天性」以取代自私與自我導向的心性結構。〔註19〕不過，正如蕭長春的言說中始終保留了「物」之豐裕的維度，以其為必要的激勵要素；任何「心」的改造無法繞開「物」的中介，尤其是那些歷史條件給定的中介。因此，在社會主義實踐中，「物」之揚棄就顯得特別困難。特別是現代化、工業化進程不斷將「國家」本身建構為「物」的巨大吸納者。個人、集體與國家之間圍繞「物」所展開的爭執始終存在。同時由於短缺性經濟一時無法克服，社會勞動分工的持留乃至社會階級某種意義上的殘存，以及商品貨幣關係所施加的「物」之教育，就使單純以政教方式介入「物」之批判，顯得效力有限——特別當是這一教化想要真正掌握那些游移不定的「中間」人物的時候。而一旦革命性的「物質享受」觀的雙重賭注——政治——倫理使命的動員與

〔註18〕浩然，《艷陽天》第一卷，頁442。

〔註19〕對於此種意圖的當代解說，可參看萊博維奇（Michael A. Lebowitz）：「我的看法很簡單：正如切·格瓦拉所言，建設社會主義，隨同建設新的物質基礎一起，就是養成新人。……但是如何做到？我聚焦於許多要素。生產過程中的自我管理是根本要素：鑒於人們在其活動中生產了自身，從事生產民主化的過程，就是生產人之根本過程的一部分，對於這些新人來說，合作是為第二天性。然而，特殊生產單位中的自我管理並不是充分條件。在我看來，你需要用對於共同體和團結的關注，用一種對人類需要的自覺強調，來取代自私和自我導向；這就是說，滿足人類的需要，指向一種集體性的解決，參與這一活動，必須被視為所有個人的責任。任何置於公民社會之上的國家都未能實現對於此種新人的養成。相反，只有通過自主性的組織活動——在鄰里間、在社區以及在國家層面——人們才能改變環境，並改變自身。簡言之，所必需的是有意識地發展社會主義的公民社會。」Michael A. Lebowitz, *The Contradictions of "Real Socialism": The Conductor and the Conducted*（New York: Monthly Reviewr Pess, 2012）, pp.11～12.

豐裕未來的承諾——之中有一方出現危機，那麼，圍繞的「物」的革命性批判就會先行面臨分崩離析的危險。

因此，「物」之改造的成敗最終繫於一種更為穩固的感覺結構的塑造。由此而言，最具有症候意義的，倒並不是「新人」與「物」的關係，而是相對更為落後的群眾與「物」的關係。首先，在物之豐裕的未來向度上，蕭長春們對於彎彎繞之類頑固中農的批判，具有現代大工業相對於傳統小農的優勢。彎彎繞之「創業夢」無非是《創業史》裏梁三老漢曾做過的夢的重複；這一夢的實質內容無非是對曾經的剝削階級的下意識模仿：

> 彎彎繞心裏邊有一個「宏圖大志」，夢想將來自己家能有這麼一個場院，這麼多的大垜是他的，這麼多的麥子是他的，這麼多的人，也是他的——兒子、媳婦、孫子，還有長工、小半活、車把式，說不定還有他的護院的、做飯的；那時候，他是老太爺子，往場上一站，搖著芭蕉扇子，捋著嘴上的鬍子，就可以非常自豪地、自得其樂地說：「哼，孩子們，這家業，這財富，全是我給你們創出來的，好好地過吧，美美地過吧，別忘了我……」〔註20〕

與之相比，在小說一開始，蕭長春就清晰地交代了關於東山塢的「遠景圖」：滿村電燈明亮，滿地跑著拖拉機，那時全中國都是一個樣。〔註21〕一種有著平等訴求的現代化方案，帶來了神奇的黃金世界圖景。在小說第三卷，敘述者通過東山塢普通群眾之口傳遞出這一超越彎彎繞式地主夢的「未來」。而觸發這一願景的，正是社裏修水渠的方案。也正是這一方案使得前地主馬小辮的祖墳將不保，從而進一步激化了小說的矛盾——直接造成蕭長春兒子小石頭的死亡。

> 「聽蕭支書說，咱們還要修一個小型發電站哪！」

> 「嗨，那就要點電燈了！神！」

> 馬長山衝著韓百安說：「大叔，您看看，走合作化道路多有奔頭呀！要是搞單幹，　您就是買下多少房子，置下多少地，也不用想讓旱地裏長出大米來，更不用說發電用電燈了。您說對不對？」

> 韓百安低著頭，笑了笑說：「要是真能走到那一步，真是這麼一回事！」

〔註20〕浩然，《艷陽天》第三卷，頁 1225～1226。
〔註21〕浩然，《艷陽天》第一卷，頁 18～19。

馬長山說：「當然真能走到這一步啦！咱們農業社說到哪兒，就
辦到哪兒，有咱們蕭支書頭邊領著，大夥兒跟著幹，準能辦得到，
不信您等著，說話要到了。」小夥子說著，不知道怎麼想到地主身
上了，又轉了話題：「嗨，如今咱們農業社能辦到的事兒，不要說咱
們這些小門小户辦不到，就是過去專會剝削人的地主，也不用想辦
到！不信咱們擺擺看吧！」

人們附和著：「那是真的。過去財主們生著法兒發大財，可是哪
個地主讓這地裏長出過這麼好的麥子！地還是那地，收成可不是那
個收成了！」

「地主最會挖心挖肝地逼著長工給他們整治地，他們沒有想到
種大米；其實，他們就是想了，也辦不到，多大的地主能挖來一條
河呀！」

「地主最會坑害別人，自己享福，什麼餿主意、鬼辦法都想的
出來，可是他們點過電燈嗎？我們說話之間就要點上了！」〔註22〕

此種比優越性的思路——尤其表現為超越「自然經濟」——經過一定的修
改，就能轉為「改革」話語。〔註23〕但不能忘記，農業合作化並不單純是解
放生產力的實踐，毋寧說其經濟、政治與倫理意義被整合在一起。但難度也
在這裡，即這種整合同時依賴政治、經濟與倫理三者。如果經濟出現問題，
將損耗政治正當性。如果政治出現問題，則會損耗倫理的正當性。如果政治
出現問題，經濟和倫理則將同時從整體性結構中脫嵌出來。這是社會主義現
代性自身的辯證結構所致。諸種證成機制在同一文學敘事中的並置，亦源於
此。

雖然在兩種未來之夢的競爭中，彎彎繞絲毫沒有優勢，從根本上說，它
缺乏一種「敞開」的未來向度。但需注意，賦予前者以堅固性的終究是一種
私有意識。而後者如要取得更為飽滿的狀態，需要增補一個同樣穩固的集體
性與集體意識的環節。更大的難度在於，這種集體意識需要將個體性、私我

〔註22〕浩然，《艷陽天》第三卷，頁 1295～1296。
〔註23〕關於「自然經濟」、「商品經濟」、及其揚棄的問題。可參考田光，〈從自然經
濟、商品經濟到社會主義「產品經濟」的辯證發展〉，《經濟研究》1964 年第
1 期。1980 年代經濟學界關於「自然經濟」的討論，則在很大程度上將「自
然經濟」的帽子扣在了「前三十年」頭上。參看劉國光：〈徹底破除自然經濟
論影響，創立具有中國特色的經濟體制模式〉，《經濟研究》1985 年第 8 期。

性和此刻享受的衝動揚棄在自身之內。而且，此種揚棄需表現在每時每刻的心物關係之中。因此，不能簡單把落後者的意識視爲應該予以排斥的另一極。也恰恰是在看似難以被政治「標記」的日常感知、情感表達、趣味傾向中，蘊藏著有待被讀解的具體的歷史性。當然，這就需要將這些感覺的「周邊」一併納入討論。

二、

在這個意義上，小說中關於孫桂英的一段細節處理，值得細讀。這位東山塢農業社第一生產隊隊長馬連福的嬌妻，容易沉溺於此刻的物質享受。然而小說又沒有將此種衝動刻畫成階級敵人式的過剩物欲（雖然她在男女關係上曾有污點，但敘述者也視之爲另一類「受苦人」的遭際〔註24〕）。就算她什麼都不買，卻能從商品瀏覽中獲得快感：

> 大灣供銷社一個下鄉賣貨的小車子，停在溝裏的石碾子旁邊了。業務員手裏拿個貨郎鼓「叮鈴鈴，叮鈴鈴」地一響，那些做針線、哄孩子的閨女、媳婦們，立刻就你呼我叫，成群結伴地圍過來了。

> 坐在家裏替男人打點行裝的孫桂英，也被這聲音驚動。她把幾件要洗的衣裳往盆子裏一按，端著就朝外跑；到了小貨車子跟前，把盆子往地上一放，又動手，又動嘴；看看這個，瞧瞧那個；問這多少錢，問那什麼價；拿過來，放過去，又是品評，又是比較，鬧了半天，一個小子兒的東西也沒買，她卻心滿意足地端起盆子，要到河邊洗衣裳。〔註25〕

需要注意，孫桂英的形象在此嵌入「群像」之中：對於購物有著極大興趣的年輕農村婦女。這裡有主客觀兩個方面值得進一步繹讀。在主觀方面，孫的快感倒並不在於佔有物，而是流連於選物、詢價、品物的過程。概言之，源於最基本的商品景觀，以及某種潛在的擇物自由。這已經成爲一種相當普遍的感覺結構，是「閨女、媳婦們」十分喜愛的生活方式。從《艷陽天》的敘述筆調來看，顯然沒有直接否定此種物欲。在客觀方面，特別需要注意「供銷社一個下鄉賣貨的小車子」這句。這提示我們，此種商品交換的媒介與傳

〔註24〕關於孫桂英「受苦人」的定位，參看《艷陽天》第二卷，頁 836～837。
〔註25〕浩然，《艷陽天》第二卷，頁 830～831。

統的自由市場以及小商小販有所區別。在小說所寫的那一時期，供銷社已經被整合進社會主義商業體系。商品分工與城鄉分工是其基本特徵，即供銷社負責領導農村市場，採購批發農業生產資料、土產原料、日用雜品、中藥材、乾鮮果品等。〔註 26〕它在社會主義改造進程中曾承擔三大任務：開展城鄉物資交流，為農民生產服務，以支持國家工業化；根據國家計劃和價格政策，通過有計劃的供銷業務，將小農經濟和個體手工業納入國家計劃；在國營商業領導機關的領導下擴大有組織的商品流轉，領導農村市場，實現對農村私商的改造，切斷農民和城市資本主義的聯繫。〔註 27〕社會主義改造完成之後，供銷社依舊承載著在商業領域限制資本主義自發勢力的任務。只不過在《艷陽天》裏，這一供銷社派出的賣貨小車形象並沒有表現出後來的《送貨下鄉》那樣明確的政教指向——直接介入「正當需要」的界定。〔註 28〕

但小說敘事並非對孫桂英的此種「癖好」沒有處置。孫能否轉變，關乎《艷陽天》的政治—倫理承諾。第三卷中，敘述者讓我們見證了孫桂英參加集體勞動時的「樂」：「她覺著這比逛廟會、趕大集還有意思；跟孤另另地悶

〔註 26〕 鄧玉成，〈中國供銷合作社的發展（下）〉，《山西財貿學院學報》1989 年第 3 期，頁 96。

〔註 27〕 伯雲，〈我國供銷合作社的社會主義性質〉，《經濟研究》1956 年第 5 期，頁 57。

〔註 28〕 參看株洲市文藝工作團創作組編劇、劉國祥執筆，《送貨下鄉》（北京：人民文學出版社，1974 年）。相關於此種圍繞「正當需要」的「政教指向」，參看胡容：「毛主席早就指出：『發展經濟、保障供給，是我們的經濟工作和財政工作的總方針。』方秀春帶領小蘭送貨上門、方便群眾，正是用自己的實際行動，貫徹執行毛主席提出的這個總方針。這同她在商品交換中反對鋪張浪費，是對立統一的。……何大媽為了給兒子辦喜事，準備買那麼多不是必需的東西：裏裏外外要換新，春夏秋冬都辦齊，加上擺酒請客，算起來『起碼要花五、六百塊錢』，這完全是一種鋪張浪費，並不是正當的需要。小蘭沒有弄清楚滿足需要同反對鋪張浪費這個對立統一的道理，不僅把自己貨擔裏現有的東西賣給了何大媽，而且因為沒有把貨配齊，還表示『太對不住』。這種有求必應的態度，看起來好像是全心全意為人民服務，其實，它支持了講排場、擺闊氣的不正之風，既不符合社會主義商品交換的原則，也違背人民的根本利益。方秀春動員何大媽退貨，並不是不考慮顧客的正當需要。當何大媽轉變了思想，準備把所買的貨物全部退掉時，她就說：『鋪張浪費的東西應該退，生活上當用的東西還是要買點。』方秀春把限制鋪張浪費的商品交換與滿足人民的正當需要很好地結合起來，這才是真正貫徹了毛主席提出的『發展經濟，保障供給』的方針，做到了全心全意為人民服務。」（胡容，〈商品交換中兩種思想的鬥爭〉，《紅旗》1975 年第 4 期，頁 69。）

在屋裏一比，更不是一個滋味兒了。」〔註29〕這不啻暗示，逛廟會、趕大集
未必一定會填滿相對落後者的生活想像。但集體勞動的遊戲性（比如婦女競
賽、拉歌）畢竟無法抹除身體的消耗。這決定了孫桂英此種「樂」無法長久
維持：「孫桂英的確感到自己有點兒支持不住了，頭昏腦裂，渾身發軟，兩腿
打顫。她想：勞動這份苦是不好吃，下午得請個假，明天……要不，就找克
禮說說，到場上去，場上總是輕快一點兒，也有個蔭涼，離家近，看個孩子
也方便；要不，乾脆，等著過了麥秋，活兒輕點再幹……」〔註30〕而就在孫
桂英動搖、馬鳳蘭試圖乘虛而入時，蕭長春替她搬來了救兵——請來孫桂英
的媽媽替女兒分憂。這毋寧說亦是一種倫理性的回應方式。

　　因此，《艷陽天》並沒有動用大躍進歌謠式審美化勞動的方式。在孫桂英
的生活世界裏，對於逛廟會、趕大集的念想之外，有了集體勞動的位置，在
這一勞動開始呈現否定性結果的時候，小說敘事又及時地補入了倫理性環
節，而且這一家庭倫理背後還蘊含著蕭長春的集體倫理回饋——他在請孫媽
媽的時候，幫人家義務抹了門樓子。

　　除此之外，小說還動用了一個能即刻達成「物」之揚棄的方式——審美。
緊接著上述孫桂英流連於貨車的引文，有這樣一段蕭長春與孫桂英相逢的場景：

　　　　在家裏，他〔蕭長春〕聽說供銷社那位年輕的業務員下鄉來送
　　貨，心裏很高興，就趕忙跑來，想幫幫忙，再問問帶沒帶著小農具
　　和避暑的藥物，像仁丹、十滴水之類的東西，以便買些，留給社員
　　在收麥子時候用。……

　　　　蕭長春沒有跟她〔孫桂英〕閒扯下去，就走到貨郎擔子跟前，
　　跟年輕的業務員打招呼。

　　　　孫桂英也跟在後邊，沒話找話說：「大兄弟你瞧，新社會真是樣
　　樣好，供銷社的同志都把東西送上門口了。你看看那毛巾，成色、
　　花樣多漂亮啊！等到打場的時候，蒙在頭上，嗨……」她一伸手，
　　從貨郎擔上扯過一條蔥綠地、兩頭印著兩枝梅花的毛巾，在自己的
　　身上、頭上，比比試試，朝周圍的人得意地笑著：「我想買一條，一
　　捉摸，算了。我這腦袋要蒙上它，又該有人說閒話兒了，又該說我

〔註29〕浩然，《艷陽天》第三卷，頁 1268。
〔註30〕浩然，《艷陽天》第三卷，頁 1273。

光想打扮了。打扮有什麼不好，人沒有不愛美的，大兄弟你說對吧？
你這支書反對不反對打扮？」

　　蕭長春一邊問業務員喝水不，有什麼需要幫忙的事情沒有，一
邊在挑子上尋找他要買的東西；聽到孫桂英這麼問，就笑笑回答說：
「我們不主張總是講究打扮，也不反對打扮。話說回來，人美不美
不在打扮，也不在外表，心眼好，勞動好，愛社會主義，穿戴再破
爛，再樸素，也是最美的。你們孩子他爺爺，就是這樣美的人。我
說的是閒話兒，該買你還是買，買一條手巾用，也不是什麼多餘的
事兒。」〔註31〕

蕭長春此處對於「物」的態度表現為：彷彿本能式地關注與生產勞動相關的
「有用」之物。但小說敘事借孫桂英之口進一步將「物」引向了「美」。蕭長
春此處的回應無疑中介著政教機制的引導。但需注意，他還是為孫的物欲及
其背後的「審美」觀留下了餘地。《艷陽天》關於「美」的言說還不止於此，
即不限於用政治-倫理置換事物的感性外觀，而是凸顯了「新人」的審美能力：
「北方的鄉村最美，每個季節，每個月份交替著它那美的姿態，就在這日夜
之間也是變幻無窮的。在甘於辛苦的人看來，夜色是美中之美，也只有他們
對這種美才能夠享受的最多最久。」〔註32〕尤其在蕭長春那裏，敏感於「自
然美」，成為「新人」揚棄「物欲」的一種獨特方式：

　　蕭長春穿過大門道，直奔二門，一股子很濃烈的花香撲鼻子；
接著，眼前又出現了一片錦綉的天地：那滿樹盛開的紫丁香，穿成
長串的黃銀翹，披散著枝條的夾竹桃，好像冒著火苗兒似的月季花，
還有牆角下背陰地方碧玉簪的大葉子，窗臺上大盆小盆的青苗嫩
芽，把個小院子裝得滿滿當當，除了那條用小石子嵌成圖案的小甬
路，再也沒有插腳的地方了。

　　……一夜沒有睡好覺的蕭長春，立刻感到精神一振，那英俊的
臉上閃起了光彩。他被這美妙的景致迷住了。〔註33〕

這一場景不啻讓人想起 1950～60 年代美學討論中李澤厚關於「自然美」的看
法。他特別區分了作為「內容」的自然美與作為「形式」的自然美，前者與

〔註31〕浩然，《艷陽天》第二卷，頁 832。
〔註32〕浩然，《艷陽天》第二卷，第 732 頁。
〔註33〕浩然，《艷陽天》第二卷，第 777 頁。

「物欲」有著較近的聯繫（如牛羊瓜菜），而後者則指向對於物欲的揚棄。蕭長春的這一審美能力的設置無疑不是隨意的。在共產主義新人的文學譜系中，擁有審美能力是一項不可或缺的素質。〔註34〕相反，那些階級敵人身上則絲毫見不到此種特質。

三、

　　不過，圍繞新人的日常感知所展開的敘事中，不僅有著「崇高」（政治-倫理）與「優美」（審美）這兩種感性經驗，而且還讓「新人」直接捲入「散文化」的商品交換活動之中。在我看來，這是整部《艷陽天》中最為有趣的細節。它首先帶出了社會主義商業內部的多樣性與矛盾性。對於東山塢高級社來說，與送貨下鄉的供銷社貨車相比，更讓人感到愉悅的是柳鎮集市，這一交換空間無疑關聯著曾被當時的經濟學家稱之為社會主義市場「根本問題」的農村市場。〔註35〕但是，趕集並不僅僅是一種經濟活動，毋寧說是一種生活方式。這在農業社成立以後依舊沒有改變。根據蒙文通的考證，中國自古以來就存在「廣大人民群眾的市」：「古人常說『日中而市』，這種『市』，正是廣大人民群眾的市。周官說『五十里有市』，正是這種市。五十里正是當天一往返的形成。」〔註36〕柳鎮大集應有此歷史淵源。《艷陽天》第二卷自 64章至最後一章 91 章，寫的都是東山塢的「三天假期」，而「假日的第二天，正趕上柳鎮大集」，呈現趕集以及集市上種種場景與活動的部分，正處在第二卷的中間位置。敘述者並沒有將趕集視為單純的經濟活動，而是將之呈現為50 年代末北方農村的日常生活不可缺少的一個環節：

〔註34〕如工人作家胡萬春筆下的「新人」王剛：「我路過四號碼頭旁邊，在老遠，我就看見一個赤膊的彪形大漢，坐在大木椿上作畫。也許是由於好奇心，我就走到這位『畫家』跟前來。走近以後，我發覺他的身體是多麼強壯呀！我以為，只有舉重運動員才會有那麼結棍的身體。他光著上身，有著寬大而滾圓的肩膀，熊似的背脊，粗腰身上圍著一條扛棒工人通常用的藍布做的墊肩布。我看見他那棕色的皮膚好像在烈日下冒油了。奇怪的是，這位『畫家』一點也沒有感覺到太陽灼人，一門心思的，一手拿著調色板，一手拿著畫筆，在一幅很大的畫紙上畫著水彩畫。他的注意力這麼幾種，似乎全身心都沉浸在他的作品中了。」（胡萬春，〈特殊性格的人〉，《特殊性格的人》（北京：人民大學出版社，1959 年），頁 105。

〔註35〕參看賀政，〈關於我國農村市場問題〉，《新建設》1965 年 10 月號。

〔註36〕蒙文通，〈從宋代的商稅和城市看中國封建社會的自然經濟〉，《歷史研究》1961年第 4 期，頁 51。

這是麥收前的最後一個集日了，家家戶戶都有事兒要辦，就是沒啥大事兒的人，也想著到集上轉轉，看看熱鬧，要不然，等到活兒一忙，哪還有工夫趕集呀！〔註37〕

敘述者在這裡顯然訴諸了一種「常態」的視角，其口中的「家家戶戶」也不限於先進者。令人好奇的是，「新人」與這一趕集活動的關係是怎樣來表述的。小說對於蕭長春「趕集」之前因後果的敘述，極為明白：他家在土改那年分了地主馬小辮祖墳上的幾棵大樹，蓋完房了還剩下些枝枝杈杈，他想賣了給蕭老大和小石頭扯點布做衣服。當然，蕭長春趕集還有一個主要目標：到柳鎮派出所打聽一下搜捕反革命分子范佔山的消息。此外，他還想看看大牲口的行情，瞧瞧膠皮車的貨色，順便打聽支持工地的東山塢社員的勞動情況。隨著蕭長春到了集市附近，敘述者將這一充滿了笑聲的空間鋪陳了出來：

到了集市附近，人們聚攏到一起，就更加熱鬧喧嘩了。小販的叫賣聲，飯攤上的刀勺聲，牲口市上牛羊的叫聲，宣傳員們的廣播聲，嗡嗡地彙成一片。

小百貨攤五光十色的招牌啦，供銷社陳列貨品的櫥窗啦，擺在街頭的農具、水果、青菜啦，平谷過來的豬石槽子，薊縣過來的小巧鐵器，從潮白河上過來的歡蹦亂跳的大鯉魚，從古北口外邊過來的牛羊啦，這個那個，充塞了好幾條街道。把鄉村、城鎮所有特產品的精華都聚集到這裡來了，像個博物競賽會。它既顯示著北方農村古老的傳統，優良的習慣，豐富的資源，又顯示著新農村生產的發達和朝氣蓬勃的景象。〔註38〕

柳鎮大集本身是一個貫通了數個歷史時期的社會空間。在敘述者的口吻中，它頗為有機地整合進了社會主義生活方式之中。而從文本多次訴諸「笑」可以看出，趕集與集市將人的習慣、興趣與行為自發性充分釋放了出來，也暴露了心物關係的基本構造。但對於蕭長春來說，他與整個人群之間的關係既親密又有距離。他賣木材的具體細節，在文本中是缺席的，但敘述者還是寫出了這一幕：

〔註37〕浩然，《艷陽天》第二卷，頁 868。
〔註38〕浩然，《艷陽天》第二卷，頁 909。

　　蕭長春把木柴挑到集市口上，就沒有勇氣往裏擠了，把擔子一放，立刻就有人圍過來。他既不貪圖大價錢，也不戀集，三言兩語，就賣出去了。他把人民幣塞進衣兜裏，把繩子纏繞在扁擔頭上，這才一身輕鬆地朝裏擠。他常常碰到熟人，除了本村的和鄰村的，還有一些在一塊兒開過會的農業社幹部和縣裏各部門的工作人員。他簡單地跟他們打過招呼，謝絕喝酒吃飯的邀請，不停步地朝裏擠。有力氣的莊稼漢，擠熱鬧是最不在行的。這一段「艱難的旅程」，在他的感覺裏，簡直比爬一趟瞪眼嶺還要費力氣。往少說也花了半個鐘點，他才帶著一頭熱汗，跨進柳鎮派出所的門口。〔註39〕

蕭長春對於私人性的交換活動十分漠然。在很快完成交易之後，便一心撲向柳鎮派出所了。熱鬧的集市、朋友的酒食招呼，對他絲毫沒有誘惑，反而成為一段「艱難的行程」。但這種與集市的「距離」並不限於有事在身的情況。耐人尋味的是，蕭長春與趕集的家家戶戶以及整個集市之間，首先表現為一種觀看的關係：

　　這會兒，蕭長春把他急需要辦的事情全辦完了，別的事兒只能等消閒一下再說了。

　　他擠出人群，走到一個人少的小角落裏，心滿意足地往那兒一站，摟著掛在地下的扁擔，卷了一支煙；一邊抽著，一邊看熱鬧。他周圍的人都在活動，都在吵嚷。在工地、山村奔波了幾個月的莊稼人，偶然來到這樣繁華的鬧市上，就像第一次進了北京城那麼新奇，那麼適宜，又那麼忍不住地想這想那——他那一顆火熱的心，長了翅膀，飛起來了。

　　他想，過不了幾年，這個集市上就會有東山塢的肥牛壯羊出售，也會有東山塢的桃子、李子挑賣；說不定還會有東山塢的蘋果來增加這兒的光彩。那時候，社員們再趕集來，就不用挑著擔子，或者推著車子了，起碼有足夠的大膠皮車接送他們。，說不定還有了汽車哪！嘿，到了那個日子，大家的生活該是多美呀！〔註40〕

蕭長春之所以與此刻的集市存在距離，是因為他沒能在這裡看到東山塢的成分。而他那「飛起來」的「心」，見到的正是未來柳鎮大集的幻景：東山塢的

〔註39〕 浩然，《艷陽天》第二卷，頁 909。
〔註40〕 浩然，《艷陽天》第二卷，頁 910～911。

牛羊瓜果占據了帶有「節日」性質的交換空間。因此，這種「新人」與趕集諸眾之間的敘述距離，這種「新人」直接捲入交換活動的簡化處理，這種「新人」對此刻交換活動的置換，正是那一時期的社會形式的詩學表達。蕭長春的思考單位與情感投入單位，始終是農業社。甚至可以說，蕭長春的形象就是集體性本身的「道成肉身。蕭本來想在趕集時吃一頓便飯，可一想到社裏黃瘦臉的馬老四和兒子小石頭，就放棄了吃飯的念頭，用僅有的錢給馬老四打了一瓶油，給兒子買了個鳥籠：

> 他把手裏的東西全部放在地下，緊了緊褲腰帶；把布捲往以上兜裏一塞，把油瓶子和鳥籠子拴在扁擔的一頭，隨後又把扁擔一扛，急忙往回走。那刀勺的響聲，那誘惑人的叫賣聲，那冒著熱氣、散著香味的東西，他都不去聽，都不去看了。他眼前出現的是：飼養員馬老四的碗裏飄動的油珠子和小石頭提起鳥籠子時候的笑臉。

> 一股子滿足的情緒，蕩漾在他的心頭。〔註41〕

這為蕭長春的趕集畫上了一個句點。這裡蕩漾的是一種極為強烈的感情，一種「滿足」。值得強調的是，「新人」克服「物質刺激」的動力是情感，而不僅僅是理性。但是請注意，此處蕭長春與小石頭間的親情，同他對馬老四的情感還是並置在一起的。因此，蕭長春「喪子」成為文學敘事將政教機制的焦慮內化後的一種設置。馬之悅在利用孫桂英勾引蕭長春不成後，試圖用親情來摧毀他或至少是使之無措。但彷彿這一「考驗」及其「解決」早已潛伏在理想讀者心中了。齊澤克以為，切斷與所珍愛對象之間的聯繫（珍愛之物是敵人要挾的砝碼）以及絕對臣服於某一任務，正是革命主體性的最徹底狀態。這一巨大的代價所換來的是主體永久的負疚感，卻同時也換來了令敵人恐懼的行動力，因為他已將自己轉變為「活死人」。〔註42〕《艷陽天》的敘事高潮就是這一「打麥子」還是「找小石頭」的設置。蕭長春通過一種別樣的交換（獻祭），最終確認了不可交換之存在。但蕭長春並沒有向「非人」轉化。或者說，他的形象在這一「考驗」發生之後產生了分裂：在「敵人」面前，他變成了「非人」（資產階級「人道主義」已經在此失效）；但對於「朋友」來說，他依舊保持著倫理溫度。此種「一分為二」無疑是 1960 年代「新人」的內在要求（如雷鋒之語：「對黨和人民要萬分忠誠，對敵人越詭詐越好」

〔註41〕浩然，《艷陽天》第二卷，頁 914。
〔註42〕Slavoj Žižek, *In Defense of Lost Causes*（London:Verso, 2008），p.171.

〔註 43〕），但也是「新人」的難度——如何處理此種必要的「裂隙」。具有症候意味的是，在第 121 章，蕭長春當著焦淑紅的面釋放出內心失去小石頭的痛苦，並找到了情感轉移方式之後（將痛苦「化開」而非「藏著」）〔註 44〕在小說以後的進程中，小石頭的問題幾乎就缺席了。特別是，在小說最後一章即裏，小石頭再也沒有被提到，一切都顯得穩穩當當，甚至是意料之中。這說明了小石頭已經在集體性的「哀悼」中被昇華，而沒有成為揮之不去的「憂鬱」的對象。〔註 45〕

　　小說之所以如此處理，很大程度上是因為蕭長春「當家人」的特殊位置。一句「咱們這個社會最能感化人」在小說第一卷、第三卷重複出現。〔註 46〕說字面上訴諸的是：黨的政策，團結、擰成一股勁兒鬥爭，耐心的說服動員工作。但其實需要的是蕭長春這樣的肉身榜樣。「當家人」形象是農業合作化文學敘事的核心要素，也是政教機制的依傍。根據博爾坦斯基的研究，歷史中的「資本主義精神」理想型與六種正當性邏輯相關，即靈感型（高位人物屬於聖哲與藝術家）、家庭型（大人物是長者、祖先、父親）、聲譽型（更高的地位決定於賦予信任和尊重的人數）、公民型（大人物是表達公意的集體機構之代表）、商業型（大人物是競爭性市場中的成功者）、工業型（高位取決於效能與專業能力級別）。第一種資本主義精神（相當於資本主義的古典時期）植根於家庭型和商業性相妥協後確立的正當性；第二種資本主義精神（20 世紀 30 年代以後至 70 年代）植根於工業型與公民型達成妥協後的正當性。而如今主導世界的第三種資本主義精神，則與「全球化」與新技術的使用緊密相關。〔註 47〕博爾坦斯基的理論模型有助於辨識文學史中各類主人

〔註 43〕雷鋒，《雷鋒日記》（北京：解放軍文藝出版社，1964 年），頁 31。此外更為知名的是雷鋒在其日記中引用過的「對待同志要像春天般的溫暖，對待工作要像夏天一樣火熱，對待個人主義要像秋風掃落葉一樣，對待敵人要像嚴冬一樣冷酷無情。」（《雷鋒日記》，頁 15。）

〔註 44〕浩然，《艷陽天》第三卷，頁 1543。有意思的是，就在蕭長春抒發並昇華完自己的喪子之痛後，焦淑紅提出：從明天起就在她家吃飯。蕭長春的回應是乾乾脆脆的「行」。

〔註 45〕在精神分析話語中，「哀悼」指的是對於失落能夠承受下來，得以「揚棄」這一失落，因而是「正常」；而「憂鬱」則堅持自我對於失落對象的自戀式附著，因而是病態的。

〔註 46〕浩然，《艷陽天》第一卷，頁 530。

〔註 47〕博爾坦斯基（Luc Boltanski）、希亞佩洛（Eve Chiapello）：《資本主義的新精神》，高銛譯（南京：譯林出版社，2012 年），頁 18～24。

公所展示的「精神」氣質。對於確認社會主義文藝中的人物形象及其依據的「社會主義精神」，亦有參考價值。社會主義精神區別於資本主義精神，正可以從當家人形象入手來分析。譬如，當家人形象既是對於家庭型的揚棄──克服傳統的身份與地位崇拜、克服血親相隱，但保留親情般的親密性（這對於農村合作化實踐來說尤其關鍵）；也是公民型的揚棄──用「階級性」超越抽象的民主，但依賴先鋒黨組織；更是工業型的揚棄──用「通情達理」來克服官僚制或科層制，但保留對於生產能力與技術水平的重視。他在一定程度上接近於聲譽型──獲得絕大多數人的信任與尊重，也基本與靈感型與商業型保持否定性的關係（但凸顯審美能力似乎又與靈感型有一絲相關）。社會主義新人的精神實質在此種對比性框架中，或許可以獲得更為清晰的界說。而其難度也在於：家庭型、公民型、工業型因為歷史條件所限皆無法真正揚棄，靈感型與商業型在不斷生產干擾性因素，聲譽型在此種條件下會發生偏移。

從蕭長春這一「當家人」形象中可以讀解出頗為完整的「新人」之「心」的特質：首先、是有「心術」，即有著細密的心思，講策略，有手段。這從焦二菊、馬之悅一正一方兩方面得到確認。〔註 48〕次是能夠自我控制，不使自己放縱於激情。在小說中，敘述者的聲音曾以此批評過韓百仲。〔註 49〕第三即上文所論述的掌握審美能力，以此作為揚棄「物質刺激」的必要環節。第四、能夠將「道路」意識內化，與上級黨形成一種內在的精神聯繫，而非唯官是從（否則小說中就不會有蕭長春與鄉長李世丹的「對峙」）。但在很大程度上亦包含著一種服從性──「我再告訴你一個分辨好壞的竅門兒，只要黨號召幹的，全是好事；只要誰說的話跟黨說的是一樣的，全是好話。」〔註 50〕

〔註48〕 「焦二菊：『我跟你說了，是要你辦事兒，不是讓你去發脾氣吵架；也別像去年那個樣，一見事兒就趴在炕上。要心縫寬著點兒，像人家長春那個樣子，別看人家比你年紀輕，論心術，你仨捆一塊兒也不頂個。』」（《艷陽天》第一卷，頁 52。）「馬之悅：『〔蕭長春〕他是個有經驗、有心術的人呀？真實有點猜不透。』」（《艷陽天》第一卷，頁 87。）

〔註49〕 「蕭長春走過來，扯住韓百仲的手。他感到這隻帶有厚繭的手上在冒汗，渾身都在顫動。急性的人哪，你怎麼不會冷靜一下呢？蕭長春難道不比你急，不比你激動？別看他還在說，還在道，有時候還開上幾句玩笑，他是在用這些控制自己，不讓自己暴跳起來，不讓自己蠻幹呀！」（《艷陽天》第一卷，頁 61。）

〔註50〕 浩然，《艷陽天》第二卷，頁 1064。

　　最後是能植根於地方，通情達理，具有倫理溫度，蕭長春開導馬翠清關懷未來的公公韓百安，是為明證：「怎麼沒引子呢？老頭子跟大夥兒淋了半天，看受了涼沒有，做飯吃沒有。晚輩人嘛，他就是怎麼落後，也得像晚輩人那個樣子，知道關心他；這樣一來，又是慰問，又是鼓勵。……對什麼的落後人，得開什麼方子治他的病；百安大叔這會兒最擔心的不是分麥子吃虧不吃虧的事兒了，是怕兒子跟他不親、翠清你跟他不近。」〔註51〕

　　在這最後一點上，倫理對於物質的揚棄，表現得非常明確。東山塢正是在蕭長春的努力下，逐漸形塑成一個真正的集體或共同體。小說中關於「縫兒」的隱喻，由此就顯得十分有趣了。在小說第二卷，敘述者借「反右」事件，將「右派」的基本行動邏輯比喻為「找縫兒下蛆，鑽空子引蟲」。〔註52〕其實這是農業合作化小說乃至社會主義文學中反派人物的一般行動方式──利用人之心性上的弱點、利用其癖好與欲望，或者更確切地說，如馬之悅般「玩弄沒有狠心割尾巴的中農戶」〔註53〕。而蕭長春想要形塑的東山塢，得將這些「縫兒」全都縫上：

　　　　大舅（指韓百安），還有一條：壞人要拉墊背的，決不會找我，也不會找馬老四、喜老頭，也不會找啞叭，因為這些人跟農業社一條心，沒縫兒可鑽；他們專門要找馬連福這類的人，也會專門找您這樣的人，因為你們跟農業社還沒有一條心，有縫兒讓他們鑽。〔註54〕

馬之悅對於東山塢集體性的侵蝕，取決於人身上的「縫兒」。而體現這一「縫兒」或「兩條心」卻又不能完全歸於「敵人」之列的彎彎繞，構成了最為棘手的挑戰。在彎彎繞身上，其實凝聚著中國革命的基本特質。在他與「反動富農」妹夫的對談中，可以發現彎彎繞守著一條底線：

　　　　彎彎繞捉摸著說：「要我說，這天下，還是由共產黨來掌管才好……」

　　　　妹夫奇怪地叫了一聲：「喲呵，看樣子，你對共產黨還有點情份啊？」

<hr>

〔註51〕浩然，《艷陽天》第三卷，頁1379。
〔註52〕浩然，《艷陽天》第二卷，頁902。
〔註53〕浩然，《艷陽天》第二卷，頁850。
〔註54〕浩然，《艷陽天》第二卷，頁1064。

　　彎彎繞苦笑了一下。眞的，是奇怪的事兒。這個頑固的富裕中
農平時對共產黨滿腹不滿，或者說結下了仇，怎麼忽然聽說共產黨
要「垮臺」，又不安，又害怕了呢？他的心裏邊亂了，沒頭沒腦，自
己也摸不著邊兒了。過了一會兒，他像自言自語地說：「你說情份嗎？
唉，這眞難說。想想打鬼子，打頑軍，保護老百姓的事兒，想想不
用怕挨壞人打，挨壞人罵，挨土匪『綁票兒』、強盜殺腦袋；想想修
汽車路，蓋醫院，發放救濟糧……，這個那個的，唉，怎麼說呢？
只要共產黨不搞合作化，不搞統購統銷，我還是擁護共產黨，不擁
護別的什麼黨……」〔註 55〕

彎彎繞此種態度包含著對於革命國家的直覺性認知與認同（「眞的，是奇怪的
事兒」）。這可能是最普遍且切實的革命共識了。當他妹夫用「別的黨掌了天
下，也不會再搞舊社會那個懷子的社會，完全是新的。打個比方吧，像人家
美國那樣……」〔註 56〕來誘惑他時，彎彎繞的反應是遲疑甚至是驚懼的。對
於他來說，只是要求「共產黨改改制度，鬆鬆繮繩」。〔註 57〕彎彎繞眞正覺著
困難的是，自己沒辦法變成蕭長春這樣的人。在第三卷中，他依舊沒有將自
己的「腸子」理順，因爲「要想腸子順，除非讓自己變得像蕭長春、韓百仲、
馬老四這色人一樣，把吃穿花用這些個人的事兒全拋到九霄雲外，合著眼睛
幹，幹了今天，明天拉根子要飯吃，也幹。」〔註 58〕他甚至退一步爲蕭長春
著想：「你不照顧我們這些戶，總得照顧馬老四這些戶吧？」〔註 59〕在彎彎繞
的腦海裏，雖然直覺性地認同國家，但國家對他來說還是「外在的」：「就是
一個粒兒不往國家交，大倉庫還是大倉庫，國家照樣兒搞建設。」〔註 60〕這
種看似頑固的私念，其實也暗示出另一種隱晦的想法——「咱不當家」這種
「私心」的克服，不僅關乎「心」的改造，而且關乎「物」——尤其是作用
於「物」的制度的創設——如何眞正落實更爲普遍的「當家作主」。中農馬子
懷的擔憂則相對更平和一些——擔心農業社不夠穩當牢靠：

〔註 55〕浩然，《艷陽天》第二卷，頁 903。
〔註 56〕浩然，《艷陽天》第二卷，頁 903～904。
〔註 57〕浩然，《艷陽天》第二卷，頁 904。
〔註 58〕浩然，《艷陽天》第三卷，頁 1299～1300。
〔註 59〕浩然，《艷陽天》第三卷，頁 1224。
〔註 60〕浩然，《艷陽天》第三卷，頁 1225。

> 有一回，車把式焦振叢的鞭子折了，一時買不著，找他來借這
> 把鞭子。他千囑咐萬囑咐，使兩天送回來。焦振叢說：「你家裏還留
> 著玩藝幹什麼呀？」他說：「等社散了，我還得過日子呀！」
>
> ……
>
> 馬子懷纏著那把鞭子，心裏頭沒著沒落。這一陣，他甚至感到，
> 自己這日子一點兒也不牢靠，並沒有什麼奔頭。〔註61〕

如何形塑出一種健康而向上的「第二自然」，是社會主義建設面臨的核心挑戰。特別是，彎彎繞式的「私心」有其現實基礎，1960 年代的中國不可能完全將集市交換等帶有私人性質的經濟活動完全消滅：「農民所從事的某些個體經營、集市交換、自負盈虧等私有性質的經濟活動，對他們的思想意識又不能沒有影響，它會助長小生產者的思想與習慣，成爲一些農民的私有意識頑固存在的客觀條件。」〔註62〕更大的危機在於趙樹理在 1963 年曾談及的問題：「比如我們說，現在的日子比過去強，要保衛勝利果實，農民說現在不比過去強；我們說依靠集體就有辦法，農民說沒辦法，還是靠自留地解決了問題。……農村住房有些壞了，公社不能修，農民靠在自由市場上買東西，把房子修上了。集體不管，個人管，越靠個人，越不相信集體。」〔註63〕趙樹理顯然沒有從先進分子或政教機制所凸顯的「榜樣」出發，而是從依舊無法擺脫「物質刺激」的普通農民視角出發來發言的。一旦再納入國家，形成國家、集體與個人三重關係，那麼圍繞「物」所生發出的矛盾還要棘手。由政教機制所中介的文藝經驗則嘗試將這些人性較低的部分消弭在一種社會主義精神的理想型中。在這個意義上，《艷陽天》裏「奪人」的議題有其深刻性，但本身亦成爲一種症候。一方面「感化」中農以及貧農中的「墮落者」，另一方面不斷提升貧下中農的政治主動性。如此，趙樹理式的難題完全可以在一種更具遠景與政治覺悟的視野中被消弭掉。但是，這也有其限度。如今我們需要同情性地理解此種政教形態的意圖，但不必停留在此。因爲，結構性矛盾會在並不徹底的解決方式中積累起來，最終獲得一種突破既有的政治、倫理與美學框架的強度。在《艷陽天》裏，由「物」之命題帶出的矛盾，遠比

〔註61〕浩然，《艷陽天》第一卷，頁 123～124。
〔註62〕劉詩白，〈試論社會主義制度下的個體私有制經濟殘餘〉，《新建設》1964 年 1
　　　月號，第 13 頁。
〔註63〕趙樹理：〈在中國作協黨組擴大會議上的發言（1963 年 6 月）〉，《趙樹理全集》
　　　第五卷（太原：北嶽文藝出版社，1994 年），頁 355～356。

文學敘事自身的解決路徑要廣闊。特別是，訴諸「當家人」這一肉身，必將面對局部、特殊個體的可朽性。因此，「物」的最終揚棄，顯然無法依託政教形態與「當家人」的形象美學機制。不妨再次回到趙樹理式思考的特徵上來，值得追問的正是，社會主義實踐中，是否存在介於「覺悟」與「物」的邏輯之間的經驗？如果存在，又如何爲之賦形？或者說，如何進一步思考其賦形的不可能性，以及此種「不可能性」本身的辯證契機，會將我們帶入政治、經濟、倫理與美學更爲隱秘的總體性。

帶著這一追問，我們也就抵達了本文的終點，我們以 1960 年代帶有政教色彩的小說──《艷陽天》──拷問了社會主義心物關係的基本政治、倫理與美學構型及其限度。社會主義現代性對於「新人」的嚮往（在合作化敘事中表現爲農民的「革命化」），本身必然伴隨對於「現代」的物質追求。中國社會主義最激動人心之處，便是試圖在「匱乏」之中克服「匱乏」本身，通過揚棄「物質刺激」，重新建構概念、意義與感覺之間的聯繫。其中關鍵之處又在於用「不斷革命」這樣一種訴諸「未來」的方式──同時也揚棄了一種鐵律般的、宿命的未來，在生產過程中改造「生產」本身的意義，在日常生活中改造日常生活本身的構造。此種文藝實踐宣告了社會主義革命的「加速」，也宣告了舊有雜糅「物質刺激」的合作化敘事向揚棄「物質刺激」的路徑轉化。這也是爲什麼，在相對匱乏時代，文學敘事卻始終以「物質如果豐富，心物關係應該如何擺放」作爲基本敘事前提之一。但歷史的悖謬在於：在改革時期，蕭長春所在意的「縫兒」被賦予了一種肯定性的、不可辯駁的「生存」意義。同時，持續地追求具有政治、倫理、美學統一性的「新人」的方案遭到質疑。要知道，如今「新人」的不可能性，正在於此。因爲不可能存在單純凸顯道德的新人。政教──美學機制雖然有著一種家長式的關切與審慎，但依舊內化了社會主義實踐的核心矛盾，無法取得全面的領導權。在文學敘事的細節中，可以見證革命實踐自身的多元決定性。最終，此種機制本身成爲歷史形式的詩學。這種具有超前意識的「物質」批判視野，由於嵌入物質匱乏（部分是由於不得不完成高積累以實現工業化）的社會機制，最終使蘊藏在內部的諸矛盾爆發出來，甚至進一步瓦解了其基本的「語法」。政教機制本身亦有意無意地生成了自身的盲點，即對於「中間」、「之間」、「匯合」等經驗領域的擱置或相對粗糙的處理。但不管是以自在還是自爲的方式，正是這些領域「現實地」聯結著兩個「三十年」，它們有待更具批判性的視野去將之重新勾勒出來。

主要參引文獻

1、博爾坦斯基（Luc Boltanski）、希亞佩洛（Eve Chiapello）:《資本主義的新精神》，高鉎譯，南京：譯林出版社，2012 年。

2、蔡翔,《革命/敘述——中國社會主義文學—文化想像（1949～1976》，北京：北京大學出版社，2010 年。

3、浩然,《艷陽天》第一卷，北京：作家出版社，1964 年。

4、浩然,《艷陽天》第二卷，北京：人民文學出版社，1966 年。

5、浩然,《艷陽天》第三卷，北京：人民文學出版社，1966 年。

6、雷鋒,《雷鋒日記》，北京：解放軍文藝出版社，1964 年。

7、趙樹理:〈在中國作協黨組擴大會議上的發言（1963 年 6 月）〉,《趙樹理全集》第五卷，太原：北嶽文藝出版社，1994 年。

8、株洲市文藝工作團創作組編劇、劉國祥執筆,《送貨下鄉》，北京：人民文學出版社，1974 年。

9、伯雲,〈我國供銷合作社的社會主義性質〉,《經濟研究》1956 年第 5 期。

10、叢深,〈祝你健康〉,《劇本》1963 年 10～11 月合刊。

11、鄧玉成,〈中國供銷合作社的發展下〉,《山西財貿學院學報》1989 年第 3 期。

12、賀政,〈關於我國農村市場問題〉,《新建設》1965 年 10 月號。

13、胡容,〈商品交換中兩種思想的鬥爭〉,《紅旗》1975 年第 4 期。

14、胡萬春,〈特殊性格的人〉,《特殊性格的人》，北京：人民大學出版社，1959 年。

15、蘭澄,〈豐收之後〉,《劇本》1964 年第 2 期。

16、劉國光:〈徹底破除自然經濟論影響，創立具有中國特色的經濟體制模式〉,《經濟研究》1985 年第 8 期。

17、劉詩白,〈試論社會主義制度下的個體私有制經濟殘餘〉,《新建設》1964 年 1 月號。

18、蒙文通,〈從宋代的商稅和城市看中國封建社會的自然經濟〉,《歷史研究》1961 年第 4 期。

19、田光,〈從自然經濟、商品經濟到社會主義「產品經濟」的辯證發展〉,《經濟研究》1964 年第 1 期.

20、Michael A. Lebowitz, *The Contradictions of "Real Socialism": The Conductor and the Conducted*, New York: Monthly Reviewr Pess, 2012.

21、Slavoj Žižek, *In Defense of Lost Causes*,London:Verso, 2008.

（本文的另一版本以〈20 世紀 60 年代中國文學中「物」與「心」—關於《艷陽天》的一種讀法〉爲題，原刊《文學評論》2017 年第 3 期）

金猴奮起千鈞棒：從「力敵」到「智取」
—— 新中國猴戲改造論

白惠元

（中國社會科學院文學研究所）

> 排雄陣，礪槍刀，
> 敗瘟神，驅強暴。
> 當叫他膽戰魂消，
> 玉帝折腰！
>   ——1956 年京劇《大鬧天宮》

> 此事只宜智取，
> 不可力敵。
>   ——1961 年紹劇《孫悟空三打白骨精》

「猴戲」又稱悟空戲，是中國戲曲史上為數不多的由角色命名的劇種。猴戲拔群而出，不只因孫悟空的文學形象深入人心，更緣於其獨特的舞臺藝術程序。在中國現代思想史、文化史的視閾之內，重新考察孫悟空形象嬗變，「猴戲」是不可跳過的。可以說，50～70 年代的猴戲改造真正實現了孫悟空形象的現代轉型，而其戲曲形式風格更是直接影響了孫悟空在新時期大眾文化場域內的再現。作為新中國「情感結構」的組成部分，「猴戲」形構了孫悟空形象的接受方式，戲曲化的孫悟空也就成為不斷複製再生產的形象模版。

考察新中國的猴戲改造，必從內容與形式兩個層面展開，前者關注戲曲劇本的改寫，後者關注表演風格的流變。我們試圖提出以下幾個問題：50～70 年代的「戲曲改革」如何實現了猴戲的現代轉型？從京劇《大鬧天宮》到紹劇《孫悟空三打白骨精》，猴戲改造的敘事焦點與問題意識如何嬗變？在形式沿革的背後，是怎樣的意識形態更替？而猴戲在文革中被改寫為連環畫的歷史命運，又如何在文化政治策略的意義上得以理解？

一、「推陳出新」：猴戲的現代轉型

　　猴戲現代轉型的直接歷史語境是「戲曲改革」。談及 50～70 年代的新中國戲曲改革運動，首先是毛澤東「推陳出新」的四字方針。事實上，此四字方針的產生過程是需要被歷史化的：早在 1942 年 10 月延安平劇〔註1〕研究院成立時，毛澤東就題詞「推陳出新」；1949 年 7 月，中華全國戲曲改進會籌委會〔註2〕成立，毛澤東再次題詞「推陳出新」；建國後，中國戲曲研究院於 1951 年 4 月成立，毛澤東又一次題詞「百花齊放、推陳出新」。至此，「推陳出新」成爲新中國戲曲改革運動的指導方針。

　　何謂「推陳出新」？1949 年 10 月，馬少波在《戲曲報》上發表〈正確執行「推陳出新」的方針〉，將其解讀爲兩個要點：「消滅封建的文化毒素，和接受優秀的民族藝術遺產」。「二者乃是一個任務的兩面，萬萬不能片面的孤立起來。消滅封建文化，是指消滅封建文化在群眾思想中有害的影響的部分，不允許連同藝術上以至思想上的某些優秀成分『玉石俱焚』；接受民族藝術遺產，是指繼承與發展民放藝術中的優秀成分，並非把思想上以至藝術上對人民有害的、落後的東西，無批判的原封保留下來（古代戲劇文物保藏例外）。」〔註3〕顯然，文化領導層對於舊戲曲的揚棄態度是清晰的共識，但「推陳出新」之「新」在何處？方向仍有些模糊，這也成爲後來爭論的焦點。1950 年 12 月 1 日，田漢在全國戲曲工作會上作了題爲〈爲愛國主義的人民新戲曲而奮鬥〉的報告，提出「從新民主主義的民族的、科學的、人民大眾的立場評價舊戲曲」，「對於能發揚新愛國主義精神，與革命的英雄主義，有助於反抗侵略、保衛和平、提倡人類正義、反抗壓迫、爭取民主自由的戲曲應予以特別表揚、推廣」〔註4〕。這一評判標準在政務院發佈於 1951 年的「五五指示」中被落實爲「人民戲曲」，即「以民主精神與愛國精神教育廣大人民的重要武器」〔註5〕。如此，「人民性」才成爲「推陳出新」的破題關鍵詞。

〔註1〕平劇即京劇。國民黨統治時期稱北京爲北平，故京劇當時亦稱平劇。
〔註2〕中華全國戲曲改進會籌委會，即建國後文化部戲曲改進局前身。
〔註3〕馬少波，〈正確執行「推陳出新」的方針〉，馬少波撰，《戲曲改革論集》（上海：新文藝出版社，1953），第 1～2 頁。
〔註4〕田漢，〈爲愛國主義的人民新戲曲而奮鬥——一九五〇年十二月一日在全國戲曲工作會議上的報告摘要〉，《人民日報》第 5 版，1951 年 1 月 21 日。
〔註5〕政務院，〈關於戲曲改革工作的指示〉，《人民日報》第 1 版，1951 年 5 月 7 日。

　　那麼，如何在舊戲曲中挖掘出人民性呢？具體到「猴戲」這一特殊劇種，是要區分「神話戲」與「迷信戲」。「神話往往是敢於反抗神的權威的，如孫悟空的反抗玉皇大帝，牛郎織女的反抗王母；迷信則是宣傳人對於神的無力，必須做神的奴隸和犧牲品。因此，神話往往是鼓勵人努力擺脫自己所處的奴隸的地位而追求一種眞正的人的生活，迷信則是使人心甘情願地安於做奴隸，並把奴隸的鎖鏈加以美化。」〔註6〕雖然，周揚高度肯定了《鬧天宮》的思想意義，但這並不代表一切傳統猴戲皆可被新民主主義文化結構所接納，典型反例是《鬧地府》。《鬧地府》的劇情從孫悟空龍宮借寶之後講起，龍王將此事告訴閻羅王，閻羅王命黑白無常將孫悟空魂魄拘到森羅殿，並私改生死簿，孫悟空因此大鬧陰曹。雖然結局是孫悟空戰勝眾鬼卒，撕毀生死簿，但這內容上的「勝利」並無法拯救《鬧地府》被批判乃至停演的歷史命運，因爲其形式上的陰森恐怖有悖於人民建設新中國的樂觀情緒，因而也被劃入「迷信戲」。馬少波就此總結道：「同是孫行者反封建統治的戲劇，《鬧天宮》是神話，而《鬧地府》不是，至少不是好的神話。爲什麼呢？因爲陰曹地府的鬼氣森森，閻羅、判官、牛頭、馬面等等的猙獰面目，使得中國人民心驚膽寒這麼多年；儘管像《鬧地府》、《鍘判官》一類的戲有一點積極的意義吧，但是在今天新民主主義的社會，陰曹地府中的陰森恐怖的形象，盡可能避免爲好，實在不必要再搬到人民面前加深印象，恐嚇人民了。」〔註7〕

　　可見，旨在建構「人民性」的戲曲改革必須是內容與形式層面的雙重改革，缺一不可。《鬧地府》因形式上的黑暗恐怖而被劃入「迷信戲」，這提示我們需要對「人民性」做更加深入的討論：爲何「人民性」是反迷信的？在周揚看來，「人民性」正意味著「現實主義」：「中國戲曲達到了相當高度的現實主義，並不是偶然的。中國戲曲，從它的黃金時代——元代到現在，已經有了近七百年的歷史；它在幾百年的發展過程中不斷地被人民的創作所補充、修正和豐富。中國現有各種戲曲，都是由民間戲曲發展而來的。京劇雖曾進入過宮庭，但它的基礎仍是民間的，並且始終保持了和人民的聯繫。」〔註8〕在馬克思主義文藝觀中，形式上抽象寫意的中國戲曲就這樣被歸入「現實主

〔註6〕周揚，〈改革和發展民族戲曲藝術——一九五二年十一月十四日在第一屆全國戲曲觀摩大會上的總結報告〉，《人民日報》第3版，1952年12月27日。

〔註7〕馬少波，〈迷信與神話的本質區別〉，馬少波撰，《戲曲改革論集》（上海：新文藝出版社，1953），第63頁。

〔註8〕同6。

義」，其文藝策略是將「民間」置換爲「人民」。換言之，將「民間性」改造成「人民性」正是 50～70 年代中國戲曲改革的關鍵環節。

在民間性/人民性的維度中重新思考「猴戲」之改造，我們會發現，遊戲性/政治性是一組核心概念。一方面，猴戲表演者本身介於武生與武丑兩個行當之間，其表演時常融入「丑」行慣用的雜耍類身體動作，強調趣味性與遊戲性，這是戲曲歷史所積澱的藝術傳統。在赫伊津哈看來，所謂「遊戲」指向一種非功利性，它「立於欲望和要求的當下滿足之外」，「實際上打斷了欲望的進程」〔註9〕，是目的論的反面。說到底，這種遊戲性還是一個文化闡釋的問題，是民國社會如何理解《西遊記》主旨的問題。對此，胡適〈〈西遊記〉考證〉所提出的「遊戲說」影響甚大，民間對《西遊記》的理解正是「那極淺極明白的滑稽意味和玩世精神」〔註10〕。可另一方面，新中國戲曲改革強調政治性表達，突出激進的革命訴求，所謂「推陳出新」之「新」正在於對新中國人民之欲望與訴求的幸福承諾，是關於歷史的目的論表述。於是，也就不難理解 1955 年馮沅君對胡適「遊戲說」的批判：「他將趣味——滑稽、遊戲的趣味提到第一位，用它來代替作品的現實主義創作方法，代替作品富有鬥爭性的思想內容，以達到他卑鄙無賴的抽出作品的社會意義的目的。」〔註11〕所謂現實主義與玩世主義的對立，正是人民與遊民、人民性與民間性的對立，「猴戲」的遊戲性成爲其接受政治改造的主要障礙。

然而，新中國戲曲改革眞的能將「民間性」徹底改造爲「人民性」嗎？事實上，50～60 年代經過改造的「猴戲」依然是雜合狀態，呈現爲遊戲性與政治性的協商——政治性無法化約遊戲性，遊戲性亦無法解構政治性。從根本上說，猴戲之改造是不徹底的。「『改戲』的目標主要是用新的意識形態來整理和改造舊戲，引導矯正大眾的審美趣味，規範人們對歷史、現實的想像方式，再造民眾的社會生活秩序和倫理道德觀念，從而塑造出新時代所需要的『人民』主體。但這種改造也必須考慮到大眾的接受程度和實際的教育效果，從中也就多少能看出戲改限度之所在。」〔註12〕猴戲改造之「限度」，恰

〔註 9〕〔荷〕約翰‧赫伊津哈，《遊戲的人》（杭州：中國美術學院出版社，1996），第 10 頁。

〔註10〕胡適，〈〈西遊記〉考證〉，陸欽編，《名家解讀〈西遊記〉》（濟南：山東人民出版社，1998），第 34 頁。

〔註11〕馮沅君，《批判胡適的西遊記考證》，《文史哲》（1955 年 7 月），第 41 頁。

〔註12〕張煉紅，〈從民間性到「人民性」：戲曲改編的政治意識形態化〉，《當代作家評論》（2002 年 1 月），第 40 頁。

在於戲曲傳統基質對意識形態的抵抗。以 1956 年李少春版京劇《大鬧天宮》
爲例，孫悟空的造型（如圖 1）繼承了中國戲曲傳統程序，其舞臺服飾本身就
是文化符號，有必要在能指/所指的意義上進行解讀：孫悟空頭上所戴的「草
王盔」對應於皇帽存在，通常用來指稱非正統的稱王稱霸者，或者農民起義
領袖；草王盔兩側所插的「翎子」亦不同於皇帽的兩束穗，通常用來指稱草
莽英雄或鬼怪；而孫悟空所戴「狐尾」，亦是北國番邦少數民族的象徵。總之，
猴戲的現代轉型依然保留了帶有君臣、正邪、夷狄意味的傳統民間文化符號，
這是「人民性」建構所無法化約的剩餘物，它們是感性而又堅固的日常生活
倫理秩序，對意識形態統制構成了一種質詢。

圖 1　李少春在 1956 版京劇《大鬧天宮》中的造型

　　因此，我們既要看到「人民性」對「民間性」的改造，也要看到「民間
性」對「人民性」的抵抗。所謂「新中國猴戲改造」絕非單一維度的結論，
而是一個始終在進行中的、充滿話語權力交鋒協商的過程。我們必須將猴戲

之現代轉型放置於現代性的民族—國家視野之中，放置於現代中國獨特的歷史經驗之中。對此，張煉紅曾提出錨定「戲曲改革」的三重歷史座標：其一是晚清「戲曲改良」以降的中國近現代戲曲改革進程，其二是中國社會的現代轉型與「遊民文化」的日益消解，其三是始自延安的革命大眾文藝改造運動〔註13〕。三者彼此纏繞，缺一不可。特別是延安文藝的傳統，只有將40年代的「新秧歌」與文革時期的「樣板戲」一體化，才能洞悉猴戲改造更爲深刻的歷史邏輯——地方戲國家化。爲了更加細緻地討論這個議題，我們將以1956年的京劇《大鬧天宮》和1961年的紹劇《孫悟空三打白骨精》爲典型文本，解讀其改造方式與敘事策略。

二、主體的顛倒：從京劇《安天會》到《大鬧天宮》

1951年，爲準備中國京劇院出國公演，翁偶虹、李少春在傳統戲《安天會》的基礎之上，重新改編了一齣《鬧天宮》，國際反響十分強烈。回國後，馬少波、李少春向周恩來總理彙報情況，談話間，周總理指示李少春應把《鬧天宮》擴大篇幅，重新編排一部《大鬧天宮》，由翁偶虹執筆。毫無疑問，從《安天會》到《大鬧天宮》的改編是一次情節擴容：《安天會》僅存「偷桃」、「盜丹」、「大戰」等關目；《大鬧天宮》則增加了「龍宮借寶」、「凌霄殿下詔」、「花果山請猴」、「封弼馬溫」、「鬧御馬圈」、「初敗天兵」、「二次請猴」等關目，補充了相對完整的情節前史。作爲敘事策略，《大鬧天宮》的情節擴容有其歷史必然性，編劇翁偶虹對這些關目的重組，是以清朝以降的猴戲發展史爲基礎的，所以，我們也必須將1956年的京劇《大鬧天宮》放置於更爲廣闊的歷史譜系之中。

《大鬧天宮》的前史最早可追溯至清朝乾隆年間的連臺本戲《昇平寶筏》，共二百四十齣。所謂「連臺本戲」，即連續數日接演一整本大戲，《昇平寶筏》正是將《西遊記》的全部故事搬上戲曲舞臺。需要注意的是，《昇平寶筏》的演出地點並非民間，而是皇宮之內，因此，其創作方式本就是皇帝敕制，旨在慶祝節日。據《嘯亭續錄》記載：「乾隆初，純皇帝以海內昇平，命張文敏製諸院本進呈，以備樂部演習，凡各節令皆奏演。……演唐玄奘西域取經事，謂之《昇平寶筏》，於上元前後日奏之。其曲文皆文敏親製，詞藻奇麗，引用內典經卷，大爲超妙。」〔註14〕可見，這一整臺西遊戲的創作初衷

〔註13〕 張煉紅，〈再論新中國戲曲改革的歷史座標〉，《上海戲劇》（2010年12月），第20～22頁。

〔註14〕 〔清〕昭槤，《嘯亭雜錄》（北京：中華書局，1980），第377～378頁。

是「海內昇平」，是用來穩固清王朝的統治秩序，因此，尊奉王道、改邪歸正是其基本主題。在如來佛收伏孫悟空之後，創作者特加入描繪天界歡慶除妖的一齣，題為「廓清饞虎慶安天」，後世之《安天會》正由此得名。所謂「饞虎」就是孫悟空，他是天界秩序的擾亂者，也是清王朝統治的絕對他者，因而與之相關的戲曲唱詞也就充滿了「鎮壓逆賊」的警世意味，諸如第十六齣裏征討孫悟空的這幾句：「斬妖彌，肉成泥，借他警醒世人迷。騰騰火焰，毫光放頂煞稀奇。」〔註15〕

　　無獨有偶，北洋政府也曾試圖模仿《昇平寶筏》，創制一齣《新安天會》。1915 年 9 月 16 日，為慶賀袁世凱 57 歲壽辰，《新安天會》正式上演，整齣戲在歌頌天庭收伏孫悟空的豐功偉績的同時，也直接將「二次革命」失敗者孫中山、黃興、李烈鈞等醜化為獸類。據《洪憲紀事詩本事簿注》記載：「《新安天會》劇，盡取第一舞臺演《安天會》子弟排演之。藝成於項城牛口，開廣宴於南海，京中文武外賓皆觀劇，先演《盜函》，次演《新安天會》。劇中情節為孫悟空大鬧天宮，後逃往水簾洞，天兵天將十二金甲神人，圍困水簾洞。孫悟空又縱一筋斗雲逃往東勝神洲，擾亂中國，號稱天運大聖仙府逸人，化為八字鬍，兩角上卷，以東方德國威廉第二自命，形相狀態，儼然化裝之中山先生也。……玉皇大帝一日登殿，見東勝神洲之震旦古國，殺氣騰騰，生民塗炭，派值日星官下視，歸奏紅雲殿前，謂弼馬瘟逃逸下界，又調集呶囉，霸占該土，努力作亂。玉皇大怒，詔令廣德星君下凡，掃除惡魔，降生陳州府，應天順人，君臨諸夏。……古怪刁鑽，變化不來，叩頭乞命，班師回朝，俘牽受降。文武百官群上聖天子平南頌，歌美功德。」〔註16〕然而，《新安天會》一經創制即遭遇民間戲曲界的全力抵制，譚鑫培、孫菊仙曾先後辭演此劇，爾後，該劇又因劇情之荒誕無稽而被諫止，成了中國戲曲史上最短命的新編戲之一。我們必須追問：為什麼《新天安會》無法複製《昇平寶筏》的意識形態統治力？北洋政府再一次試圖將孫悟空標識為文化他者，卻遭遇了徹底的失敗，這恰恰說明民國初期的民間文化對「復辟」的官方意識形態構成了一種抵制。傳統戲《安天會》固然一次次上演，但在近代革命文化的陶染之下，孫悟空之「偷桃」、「盜丹」與「大戰」具有了反諷、解構帝制權

〔註15〕　〔清〕張照，《昇平寶筏》，古本戲曲叢刊編輯委員會編，《古本戲曲叢刊（九）》
　　　　　（北京：中華書局，1964），甲下，第 25 頁。
〔註16〕　劉成禺、張伯駒，《洪憲紀事詩三種》（上海：上海古籍出版社，1983），第 104
　　　　　～105 頁。

威的意味，他開始成爲民間確認的反封建主體。正是晚清民初時期民間與官方敘述話語的分裂，開啓了孫悟空在文化意義上的主體化進程。

事實上，官方話語與民間話語的斷裂一直是民國社會文化的主要症候，後來，隨著抗日戰爭的爆發，民族話語驟然浮出歷史地表，則進一步將問題複雜化。北洋政府的新編戲《新安天會》是官方話語試圖徵用民間話語的典型案例，其失敗恰恰反證了二者的不可彌合，在更多的時候，兩種話語是並置於同一文本之內的，如 1928 年楊小樓版《安天會》。作爲 1956 年京劇《大鬧天宮》的前身，這一版本的戲曲劇本有必要與戲改後的版本進行細緻的對比。楊小樓版《安天會》共十四場，主要涉及「偷桃」、「盜丹」、「大戰」三個關目，基本是折子戲的形態，細察其劇情邏輯，卻已是自相矛盾：孫悟空大鬧蟠桃會時，唱的是「且飽餐赤麟蹄龍肝鰲鮓」，反抗對象直指封建皇權，這種憤怒分明是民間革命衝動的涌現；可到了結尾，《安天會》卻又回返至《昇平寶筏》的敘事理路，如《紅繡鞋》一曲，「將猴頭萬剮千刀，筋挑骨剔，肢敲肢敲，尸骸零落喪荒郊，警醒後人，瞧火光崩，焰騰霄」〔註 17〕，此類警世宣言顯然是前清皇權話語的印痕。因此，1928 年楊小樓版《安天會》呈現出官方與民間、皇權與革命、前清與民國等多種話語權力的雜糅狀態，而新中國猴戲改造的目標，正是釐清這種「雜糅」，使之呈現出純然順暢的革命邏輯。兩相參照，尾聲處的改寫尤其顯著，《大鬧天宮》將「收伏孫悟空」的情節改寫爲「孫悟空凱旋花果山」，唱詞的表演主體也發生了變化：

《安天會‧尾聲》（1928）

猴頭自作休推掉，觸犯天條鬧靈霄，將他魂魄煎熬決不饒。〔註 18〕

《大鬧天宮‧凱旋歌》（1956）

腐朽天宮裝門面，千鈞棒下絮一團。

天將狼狽逃，天兵鳥獸散。

凱歌唱徹花果山，凱歌唱徹花果山。〔註 19〕

從《安天會》到《大鬧天宮》，劇目名稱的變化本身就反映出「主體的顛倒」：前者的主體是天庭，是封建皇權；後者的主體才是孫悟空，是革命者。

〔註 17〕 過宜，〈《安天會》劇本〉，《戲劇月刊》第 1 卷第 6 期（1928）。

〔註 18〕 同上。

〔註 19〕 翁偶虹，《大鬧天宮》，翁武昌編，《翁偶虹文集‧劇作卷》（天津：百花文藝出版社，2013），第 220 頁。

可以說，「主體的顛倒」是新中國文藝改造的首要步驟。早在 1944 年初，毛澤東在觀看了新編京劇《逼上梁山》之後，就提出了「主體的顛倒」的重要性：「歷史是人民創造的，但在舊戲舞臺上（在一切離開人民的舊文學舊藝術上）人民卻成了渣滓，由老爺太太少爺小姐們統治著舞臺，這種歷史的顛倒，現在由你們再顛倒過來，恢復了歷史的面目，從此舊劇開了新生面，所以值得慶賀。」〔註20〕後來，「把顛倒的歷史顛倒過來」成為了新中國戲曲改革的重要綱領，這種「顛倒」的本質是建立一種全新歷史觀，即馬克思主義唯物史觀。在這種指導思想之下，新中國的戲曲改革與晚清以來的戲曲改良有著本質區別，其改革方式不再局限於民間，而是採取自上而下的方式。具體到京劇《大鬧天宮》，翁偶虹在改編劇本之時，直接收到了周恩來總理具體至文本細節的三點指示：「一、寫出孫悟空的徹底反抗性；二、寫出天宮玉帝的陰謀；三、寫出孫悟空以樸素的才華鬥敗了舞文弄墨的天喜星君。」〔註21〕顯然，前兩點指示重新確認了主體與他者：孫悟空才是真正主體，而「主體的顛倒」指向的是「人民性」，只有人民才是天然正義的，其反抗也必然是徹底的。相比之下，周總理的第三條指示則更加耐人尋味——為何要加入孫悟空與天喜星君的「文武之辯」？這一段落是否揭示出「人民性」的另一側面？

    孫悟空　（略一思索，故意拿天喜取笑）好！你且聽來：自大有一點，是個什麼字？

    天　喜　（思索）自大有一點？是個臭字。

    孫悟空　猜得不錯。半邊墻，立個犬，是個什麼字？

    天　喜　（思索）是個狀（狀）字。

    孫悟空　不方不尖？

    天　喜　（思索）是個元（圓）字。

    孫悟空　不鹹不甜？

    天　喜　（思索）是個酸字。

    孫悟空　非霧非煙？

    天　喜　（思索）是個氣字。

    孫悟空　勇往直前？

〔註20〕毛澤東，〈致楊紹萱、齊燕銘〉，中央文獻研究室編，《毛澤東書信選集》（北京：人民出版社，1983），第 222 頁。

〔註21〕翁偶虹，《翁偶虹編劇生涯》（北京：中國戲劇出版社，1986），第 431～432 頁。

　　天　喜　（思索）是個衝字。

　　孫悟空　人扛二棍，一長一短？

　　天　喜　（思索）是個天字。

　　孫悟空　共猜幾個字？

　　天　喜　臭、狀、元、酸、氣、衝、天，共是七個字。

　　孫悟空　什麼？

　　天　喜　臭狀元酸氣衝天。〔註22〕

　　孫悟空與天喜星君的這場戲出自《大鬧天宮》第四場，發生在御馬監，風格上充滿諧趣。天喜星君不可一世的文才竟被孫悟空的民間智慧所擊敗，這場「文武之辯」或可揭示出新中國主體改造的另一面向：知識分子與勞動階級的關係問題。澳大利亞學者雷金慶曾以「文武」為核心概念，討論中國的社會性別與男性氣質。在他看來，「文武」之始祖可追溯至孔子與關羽，因為二者都經歷了從世俗歷史人物到民間宗教信仰的神化過程，到了 20 世紀，中國社會的男性氣質呈現出由「文」向「武」的滑動過程：「西方帝國主義和日本的侵略對中國男性的身份認同產生了很大的影響。接踵而至的社會亂象巨大如斯，以致中國（在西方列強的幫助下）在 20 世紀中葉關閉了大門，試圖在一個符合僵化意識形態決定性特徵的勞動階級英雄的虛幻世界裏創造自己的命運。」〔註23〕誠然，與反抗玉帝相比，孫悟空與天喜星君的辯論是「人民性」更為內在化的一副面孔。它預示著，在「顛倒的歷史顛倒過來」以後，在新民主主義革命取得勝利以後，如何處理人民內部矛盾將成為社會主義革命的重要議題，這也是紹劇《孫悟空三打白骨精》應運而生的歷史語境。

三、階級話語/民族話語：紹劇《孫悟空三打白骨精》及其論爭

　　1957 年，浙江紹劇團決定排演《孫悟空三打白骨精》。這齣戲本來是七齡童編排的《西遊記》連臺本戲其中一折，通過劇作家顧錫東和七齡童共同改編整理後，參加了浙江省第二屆戲曲觀摩匯演，獲得了劇本一等獎。1961 年初，浙江紹劇團接到一項新任務，上海天馬電影製片廠將把《孫悟空三打白骨精》製成彩色戲曲片，紹劇團立刻成立了由藝術骨幹組成的「中心小

〔註22〕同 19。第 199～200 頁。

〔註23〕〔澳〕雷金慶，劉婷譯，《男性特質論——中國的社會與性別》（南京：江蘇人民出版社，2012），第 117 頁。

組」。在浙江省委宣傳部、省文化局的領導下，浙江紹劇團組成了以王顧明為首的《孫悟空三打白骨精》劇本修改小組，由顧錫東、貝庚執筆，先後易稿 24 次，對劇本進行了大幅度修改。如此自上而下的改編方式，旨在將地方戲國家化。1961 年春，戲曲電影《孫悟空三打白骨精》開始在全國熱映，觀眾反響強烈。同年 10 月 6 日，乘電影之東風，浙江紹劇團攜舞臺版《孫悟空三打白骨精》再次來京演出，引起轟動。10 月 10 日，經周恩來總理推薦，劇團應邀進入懷仁堂演出，毛澤東、董必武、郭沫若等前來觀劇，高度評價了這齣戲，並寫成四首七律唱和詩，因而將這部紹劇標識為社會主義中國的一次重要文化事件。

我們首先要進入的仍是敘事策略層面。在 1957 年的版本中，劇情包括白骨精與黃袍怪兩部分：唐僧師徒路遇白骨精，白骨精三次變化，最終被孫悟空打死，唐僧責怪孫悟空濫殺無辜，將其趕走；黃袍怪欲為師妹白骨精報仇，捉住唐僧，幸而豬八戒請回孫悟空，擊敗黃袍怪，救出師傅。而在 1961年的版本中，黃袍怪的相關情節被全部刪去，這是為了讓矛盾更加集中在白骨精身上，使她成為全劇唯一清晰醒目的、可供指認的「他者」。然而，白骨精形象在《西遊記》原著中相對薄弱，僅第二十七回「尸魔三戲唐三藏 聖僧恨逐美猴王」一回的篇幅，匆匆三次變化即被孫悟空打死，實在算不上狠角色。故改編者的真正困境在於，如何讓孫悟空與白骨精的智鬥更為豐富曲折？為此，1961 年版本共新增四處情節：其一是在開頭加入「豬八戒巡山」，出自原著第三十二回「平頂山功曹傳信 蓮花洞木母逢災」，引入此情節是為了渲染環境之險惡，巡山就是為了預防妖魔現身，正是由於豬八戒的懈怠，才使白骨精有了可乘之機；其二是新添「孫悟空畫圈」，出自原著第五十回「情亂性從因愛欲 神昏心動遇魔頭」，孫悟空為保護師傅所畫的圈子，正是抵禦妖魔的屏障，而唐僧被白骨精誘騙跨出圈子，恰說明他內心對於孫悟空缺乏信任，為激化師徒矛盾做出了鋪墊；其三是在孫悟空三打白骨精之後，全新創作「天飄黃絹」的情節，白骨精為使唐僧趕走孫悟空，假傳佛祖旨意，變出一塊黃絹從天而降，上書十六字──佛心慈悲，切忌殺生；姑息凶徒，難取真經；其四是在唐僧被捕後，增加了白骨精請母親金蟾大仙來吃唐僧肉的情節，借自原著第三十四回「魔頭巧算困心猿大聖騰挪騙寶貝」，此外，改編者又續寫了部分內容，諸如孫悟空變作九尾狐狸，又引誘白骨精在唐僧面前三次變形，以達成教育唐僧、使其認錯悔悟的敘事動機。

　　從猴戲的形式風格角度看，1961 年的紹劇《孫悟空三打白骨精》與 1956 年的京劇《大鬧天宮》是截然不同的。《大鬧天宮》旨在重述革命前史，落在一個「鬧」字上，曲韻歡騰，唱腔激昂，整體仍是慶祝人民勝利的樂觀氛圍；可《孫悟空三打白骨精》卻將敘述時態定在了社會主義中國的當下，具有很強的現實寓意，整齣戲的戲眼正是「火眼金睛」，其核心動作是「看」——區分敵我，這是更爲複雜艱巨的鬥爭，需要更多的智性參與，正是這種複雜性導致了取經團隊的內部分裂，整齣戲的基調也變爲紹劇唱腔所特有的慷慨悲壯。如果說，京劇《大鬧天宮》確立了孫悟空在新中國社會文化結構中的主體位置，那麼，紹劇《孫悟空三打白骨精》則將重點落在如何想像他者的議題上。也只有在自我/他者的現代性結構之中，我們才能眞正理解四首七律唱和詩的用意：

《七律・贊孫悟空三打白骨精》（1961 年 10 月 25 日）

郭沫若

人妖顛倒是非淆，對敵慈悲對友刁。

咒念金箍聞萬遍，精逃白骨累三遭。

千刀當剮唐僧肉，一拔何虧大聖毛。

教育及時堪贊賞，豬猶智慧勝愚曹。

《七律・和郭沫若同志》（1961 年 11 月 17 日）

毛澤東

一從大地起風雷，便有精生白骨堆。

僧是愚氓猶可訓，妖爲鬼蜮必成災。

金猴奮起千鈞棒，玉宇澄清萬里埃。

今日歡呼孫大聖，只緣妖霧又重來。

《讀郭沫若詠〈孫悟空三大白骨精〉詩及毛主席和作賡賦一首》

（1961 年 12 月 29 日）

董必武

骨精現世隱原形，火眼金睛認得清。

三打縱然裝假死，一呵何遽背前盟。

是非顛倒孤僧相，貪妄糾纏八戒情。

畢竟心猿持正氣，神針高舉孽妖平。

《七律·再贊〈三打白骨精〉》（1962 年 1 月 6 日）

郭沫若

賴有晴空霹靂雷，不教白骨聚成堆。

九天四海澄迷霧，八十一番弭大災。

僧受折磨知悔恨，豬期振奮報涓埃。

金睛火眼無容赦，哪怕妖精億度來。

　　這四首詩以毛澤東的詩作為核心，與紹劇《孫悟空三打白骨精》共同構成了一個具有等級關係的文本闡釋網絡：紹劇是一級文本，毛詩是二級文本，其他三首詩是三級文本。在這一文本網絡結構中，毛詩的作用十分關鍵。解讀毛詩的正確路徑在於把握兩個要點：一是毛澤東為何要糾正郭沫若「千刀萬剮唐僧肉」的論述？他對「僧」與「妖」的態度緣何不同？二是孫悟空所面臨的「妖霧」究竟指的是什麼？「金猴奮起千鈞棒，玉宇澄清萬里埃」究竟包含著怎樣的地理空間想像？想解答這兩個問題，則必須徵用社會主義中國並置的兩套敘述話語，即民族話語與階級話語，它們分別指向「中華人民共和國」中的「中華」與「人民」兩個基本概念。從猴戲中的孫悟空形象出發，我們得以窺見階級話語與民族話語的纏繞，這正是中國社會主義革命的張力結構。

　　階級話語旨在區分人民內部矛盾和敵我矛盾，對於人民內部矛盾應採取團結、教育、轉化的方式，1961 版紹劇新增的教育唐僧段落正是此用意。早在 1957 年，毛澤東在〈關於正確處理人民內部矛盾的問題〉一文中，便指出了社會主義革命的矛盾論：「敵我之間的矛盾是對抗性的矛盾。人民內部的矛盾，在勞動人民之間說來，是非對抗性的；在被剝削階級和剝削階級之間說來，除了對抗性的一面以外，還有非對抗性的一面。人民內部的矛盾不是現在才有的，但是在各個革命時期和社會主義建設時期有著不同的內容。在我國現在的條件下，所謂人民內部的矛盾，包括工人階級內部的矛盾，農民階級內部的矛盾，知識分子內部的矛盾，工農兩個階級之間的矛盾，工人、農民同知識分子之間的矛盾，工人階級和其他勞動人民同民族資產階級之間的矛盾，民族資產階級內部的矛盾，等等。」〔註 24〕如果聯繫起京劇《大鬧天宮》中周恩來總理的三點指示，我們會發現，彼時孫悟空和天喜星君的矛盾與此時孫悟空與唐僧的矛盾大致等同，孫悟空是不變的階級主體，而紹劇中

―――――――――――

〔註24〕毛澤東，〈關於正確處理人民內部矛盾的問題〉，《人民日報》第 1 版，1957年 6 月 19 日。

的唐僧形象依然指向亟待自我改造的中國知識分子，當然，這終究是一個「小寫的他者」。

民族話語指向「大寫的他者」，那白骨精的「妖霧」正是蘇聯修正主義，其直接歷史背景是 1956 年蘇共二十大以來的中蘇關係惡化。與郭沫若側重階級話語的解讀不同，董必武更加注重民族話語層面的討論，他在原詩「三打縱然裝假死」一句中自注：布加勒斯特會上一打，莫斯科兩黨會議二打，莫斯科八十一國黨的會議上三打。那麼，中蘇關係緣何惡化？我們必須把這個問題放置於二戰後形成的全球冷戰結構之中。在資本主義陣營與社會主義陣營的全球對峙狀態下，美國與蘇聯試圖將陣營內的其他國家劃入其全球戰略，強勢推行大國霸權。對於社會主義中國來說，帝國主義曾是國際共產主義運動的鬥爭對象，如今卻又成了捲土重來的「妖霧」。此時，孫悟空形象的浮現正包含著明確的反帝國主義霸權的抗爭意味，孫悟空真正成為了「中國」的象徵。

四、形式的意識形態：從唯物論到辯證法

從 1956 年的京劇《大鬧天宮》到 1961 年的紹劇《孫悟空三打白骨精》，新中國猴戲的敘事焦點發生了變化。如文初所引的兩段唱詞所示，《大鬧天宮》強調鬥爭的強度與力度，所謂「排雄陣，礪槍刀，敗瘟神，驅強暴」，關鍵在於反抗的徹底性，而《孫悟空三打白骨精》則強調鬥爭的智性，戲眼是孫悟空的「火眼金睛」，核心動作是「看」，主題是識別的準確性。兩相參照，我們會發現一個從「力敵」到「智取」的變化過程，這是對「金猴奮起千鈞棒」在內容層面的不同闡釋。

與之相應，變化同樣發生在形式風格的層面。猴戲自身的發展譜系可分南北兩派。北派猴戲以楊小樓、李萬春、李少春為代表，更貼近「武生」的表演方式，重念白，追求神似，幾乎棄絕了所有的蹲爬動作，著力塑造威嚴、沈穩的王者氣質；南派猴戲則以蓋叫天、張翼鵬、鄭法祥為代表，偏向於「武丑」的表演方式，注重造型、動態與武技等身體層面的表達，呈現出輕巧、活潑的藝術形象，挖掘孫悟空的猴性。〔註 25〕紹劇表演藝術家六齡童顯然繼承了南派猴戲的特點，其中的一打、二打，主要是糅進了張翼鵬、鄭法祥的動作。張翼鵬的特點是細緻，注重刻畫人物性格，一招一式都精心設計，有

〔註 25〕 李仲明，〈民國「猴戲」的南北流派〉，《民國春秋》（1994 年 2 月），第 62～63 頁。

花旦的細膩柔美；鄭法祥卻是大起大落，有棱有角，起伏有致，比較粗獷。「孫悟空被逐時對唐僧的跪拜，是六齡童的創造，爲六齡童所獨有，叫『五心朝天拜』。跪著跳起，再跪著跳倒，連跳連拜，很見功力，爲行家們所稱許。六齡童演到這裡，總是很動情，讓觀眾感到鼻子發酸。六齡童還尤其注意眼睛的表演，力求通過一些細碎的動作，突出一雙神氣的眼睛，表現孫悟空的『神韵、智慧和膽識的躍動』。」〔註26〕

綜上，京劇與紹劇呈現出不同的地方戲傳統，北派猴戲與南派猴戲亦塑造出孫悟空形象的不同側面，我們必須追問的是：這種風格變異僅僅是「猴戲」的形式議題嗎？在此，我們有必要引入一個重要的理論概念，即「形式的意識形態」。伊格爾頓在《馬克思主義與文學批評》中詳細闡釋了形式與意識形態之間的關係，他認爲，任何一種文學形式的出現均與人們感知體驗全新社會現實的方式有關，在其背後是不同社會階級之「情感結構」的差異。「因而，在選取一種形式時，作家發現他的選擇已經在意識形態上受到限制。他可以融合和改變文學傳統中於他有用的形式，但是這些形式本身以及他對它們的改造是具有意識形態方面意義的。一個作家發現手邊的語言和技巧已經浸透一定的意識形態感知方式，即一些既定的解釋現實的方式；他能修改或翻新那些語言到什麼程度，遠非他的個人才能所能決定。這取決於在那個歷史關頭，『意識形態』是否使得那些語言必須改變而又能夠改變。」〔註27〕伊格爾頓確認了語言的意識形態屬性，無論小說、詩歌、散文或者戲劇，其形式的選擇本身就是意識形態的。而詹姆遜在《政治無意識》中則直接提出了「形式的意識形態」這一理論概念，它是指「由共存於特定藝術過程和普遍社會構成之中的不同符號系統發放出來的明確信息所包含的限定性矛盾」。在這個層面上，形式本身被解作內容，「對形式的意識形態的研究無疑是以狹義的技巧和形式主義分析爲基礎的，即便與大多數傳統的形式分析不同，它尋求揭示文本內部一些斷續的和異質的形式程序的能動存在」〔註28〕。

因此，在兩齣猴戲形式風格變異的背後，是新中國社會意識形態的變遷。事實上，按照毛澤東對新中國歷史階段的劃分，京劇《大鬧天宮》與紹劇《孫

〔註26〕許謀清、石晶，〈猴王世家〉，《人物》（2004年第2期）。
〔註27〕〔英〕伊格爾頓，文寶譯，《馬克思主義與文學批評》（北京：人民文學出版社，1980），第29～30頁。
〔註28〕〔美〕詹姆遜，王逢振、陳永國譯，《政治無意識》（北京：中國社會科學出版社，1999），第86頁。

悟空三打白骨精》標識著兩個不同的歷史時刻：從新民主主義革命時期邁入社會主義革命時期。兩者的歷史任務也是截然不同的，新民主主義革命的任務是推翻帝國主義、封建主義和官僚資本主義三座大山，社會主義革命的鬥爭對象則是資本主義；前者側重民族解放與獨立，後者側重階級鬥爭。所以，新中國猴戲從北派的王氣發展至南派的猴氣，從《大鬧天宮》的「力敵」發展至《孫悟空三打白骨精》的「智取」，其本質是從客觀歷史滑向主觀戰鬥精神，從「歷史唯物論」滑向「矛盾辯證法」。事實上，二者分屬「人民性」的內涵與外延：歷史唯物主義從內部規定了「歷史是由人民創造的」，而矛盾辯證法則從外部創造出「人民的敵人」。可以說，京劇《大鬧天宮》確證了孫悟空在社會主義文化結構中的主體位置，而紹劇《孫悟空三打白骨精》則進一步折射出孫悟空的主體性危機——自我總是通過他者來確認的，只有不斷創造出「他者」，才能不斷超越「自我」，是謂馬克思主義認識論的「螺旋上升」。

五、餘論：猴戲的「脫域」

1964 年 7 月，江青在出席京劇現代戲觀摩演出人員座談會時，發表講話〈談京劇革命〉，她提出：「劇場本是教育人民的場所，如今舞臺上都是帝王將相、才子佳人，是封建主義的一套，是資產階級的一套。這種情況，不能保護我們的經濟基礎，而會對我們的經濟基礎起破壞作用。」〔註 29〕在這場批判浪潮的影響下，猴戲因被指認為封建主義而遭遇全面停演。有趣的是，諸如京劇《大鬧天宮》這樣的猴戲經典，曾以徹底的反封建表述著稱，此刻卻又被歸入「帝王將相、才子佳人」，實在令人費解。或許，我們需要跳出「人民性」的理論框架，從「現代性」的視野重新思考這一議題。從解構主義的角度說，任何的傳統均是現代的創造與發明，是為了確證自身而生成的想像。所謂「京劇革命」，其實是對 50 年代戲曲改革的激進化發展，它放棄了「推陳出新」的改良主義路線，而是以革命的暴力姿態打破戲曲傳統程序，新創「京劇現代戲」，並從中產生了文革戲曲形式——樣板戲。

每一種藝術形式均有其歷史化過程與意識形態屬性。我們或許可以說，文化大革命就是樣板戲的時代，也只有樣板戲最契合文革時期的政治美學。而猴戲呢？在樣板戲的主導模式下，猴戲果真毫無存活空間嗎？它真的在這十年中

〔註29〕江青，〈談京劇革命——一九六四年七月在京劇現代戲觀摩演出人員的座談會上的講話〉，《紅旗》（1967 年第 6 期）。

徹底絕跡了嗎？作爲清朝以降的民間文化積澱，猴戲已融入民眾感性的「生活世界」之中，它成爲了一種文化倫理與情感結構。因此，討論文革時期的猴戲，我們必須留意「民間」的視野，關注民間話語與官方話語之間的交鋒與協商。事實上，猴戲在文革期間確實遠離了舞臺，但卻以連環畫的另類面目流通於民間。「猴戲」從戲曲形態到連環畫形態的嬗變是有其歷史必然性的。民國時期最初的幾部連環畫均以「連臺本戲」爲摹仿對象，因而呈現出一種連續性，「不過，那時的配景等，還完全仿照舞臺的樣式，不畫眞實背景，道具也用是用馬鞭當馬，布帳作城，椊子當橋或山。」〔註30〕於是，也就不難理解爲何早期連環畫總是集中於神怪、武俠題材，且人物造型特徵總是戲曲化的，這種藝術傳統也被新中國的連環畫創作所繼承，典型案例即是 1962 年與 1972 年兩次出版的連環畫《孫悟空三打白骨精》，其中，白骨精頭插雙翎、身披斗篷、手執雙劍，與紹劇版本中筱艷秋的戲裝造型如出一轍（如圖 2）。

圖 2　1962 版連環畫《孫悟空三打白骨精》中的
　　　白骨精造型

〔註30〕阿英，《中國連環圖畫史話》（北京：中國古典藝術出版社，1957），第 24 頁。

　　1962 年 8 月，上海人民美術出版社出版了連環畫《孫悟空三打白骨精》，由趙宏本、錢笑呆主筆，並於 1963 年獲第一屆全國連環畫創作評獎繪畫一等獎，對後世《西遊記》的藝術再現影響甚大。從敘事策略上看，這一連環畫版本的故事情節基本沿襲了紹劇模式，「孫悟空畫圈」、「天飄黃絹」、「金蟾大仙」等新增情節均得到保留，再次印證了猴戲之現代轉型的成功。可到了 1972 年，在樣板戲「三突出」原則〔註 31〕的指導下，上海人民出版社再度出版這部連環畫時，卻有了較大幅度的刪改。爲此，上海市新聞出版系統特意成立了「五‧七」幹校《孫悟空三打白骨精》創作組，主筆是王亦秋。兩個版本相互參照，我們會發現在原作 110 幅圖的基礎上，1972 年的版本共新增 11 幅、刪去 4 幅、修改 12 幅，這些變化集中體現爲以下三個要點：一、孫悟空作爲中心人物，畫幅比例變大；二、孫悟空爲唐僧緊箍咒所累的情節全部刪去，孫悟空跪別師傅的動作也改爲站立，以此體現英雄人物的無敵神性；三、白骨洞內的對稱式焦點透視被改成了散點透視，或直接刪去，以防止白骨精成爲透視中心，堅持「敵大我小、敵遠我近」的構圖方式，同時，新增白骨精原形畢露的醜態。如上所述，雖然「猴戲」在文革期間不可見於戲曲舞臺，但它依然遭遇了樣板戲美學的繼續改造，原劇中剩餘的民間倫理被革命邏輯全部剔除，這使得 1972 年的連環畫版本具有高度的抽象性與象徵性。

　　接下來的問題是，爲什麼是連環畫呢？它到底有何文化功能？如何認識從戲曲到連環畫的媒介轉型？在此，本文提供幾個可以思考的角度。其一，連環畫是猴戲的「冷媒介化」。在麥克盧漢看來，媒介分爲熱媒介與冷媒介——戲曲屬於熱媒介，信息的清晰度高，內容具體可感，所要求的參與程度低；連環畫則相反，它屬於冷媒介，信息的清晰度低，內容更抽象，需要讀者更高的想像參與。當然，熱媒介與冷媒介並非純然對立，二者可以相互轉化，高強度經驗只有壓縮到很冷的程度才能被吸收〔註 32〕。具體到連環畫《孫悟空三打白骨精》，趙宏本所堅持的中國式白描手法進一步降低了「猴戲」的

〔註31〕 「三突出」原則是指：在所有人物中突出正面人物；在正面人物中突出英雄人物；在英雄人物中突出主要英雄人物。具體實踐主要用於樣板戲創作，部分用於美術創作。要求創作中把正面人物放在畫面或舞臺的中央，打正光；而反面人物要在角落，打底光或背光等等。於會泳，〈讓文藝界永遠成爲宣傳毛澤東思想的陣地〉，《文匯報》，1968 年 5 月 23 日。

〔註32〕 〔加〕麥克盧漢，何道寬譯，《理解媒介——論人的延伸》（北京：商務印書館，2000），第 51～53 頁。

清晰度，同時也就提高了讀者的想像程度與參與程度。其二，連環畫使「猴戲」變得更爲通俗易懂，更大眾化，因而更具意識形態傳播力。魯迅十分關注連環畫的直觀性與大眾性，並視之爲「啓蒙的利器」：「但要啓蒙，即必須能懂。懂的標準，當然不能俯就低能兒或白痴，但應該著眼於一般的大眾。」對於中國連環畫常用的綉像白描手法，他表示：「作『連環圖畫』而沒有陰影，我以爲是可以的；人物旁邊寫上名字，也可以的，甚至於表示做夢從人頭上放出一道毫光來，也無所不可。觀者懂得了內容之後，他就會自己刪去幫助理解的記號。這也不能謂之失眞，因爲觀者既經會得了內容，便是有了藝術上的眞。」〔註33〕其三，從語言形態的層面考察，連環畫革新了「三打白骨精」的敘述語言，即從紹劇的吳越方言變成統一的書面共同語，這是地方戲國家化的又一側面，因爲只有通過共同語，我們才能理解「想像的共同體」，才能達成對現代民族─國家的認同。

　　正是連環畫的多重功能最終實現了猴戲的「脫域」。如吉登斯所說，「脫域」指向社會系統的一種現代性表徵：「社會關係從彼此互動的地域性關聯中，從通過對不確定的時間的無限穿越而被重構的關聯中『脫離出來』。」〔註34〕猴戲作爲一種舞臺藝術，本就受限於特定的時間與空間，具有鮮明的地域特徵，連環畫版本的出現恰恰將猴戲從地域性關聯脫離出來，使之成爲了一種流通媒介，其功能近於一種貨幣式的「象徵標誌」（symbolic tokens），它最終建構了人們對於現代社會及其意識形態的「信任」。多年後，當我們重讀1972版連環畫《孫悟空三打白骨精》時，我們會感慨於其中的複雜意味：猴戲的「脫域」固然確立了孫悟空在社會主義文化中的主體位置，但這個主體性卻是相當抽象的，是無法感知的，那些曾經飽滿的民間情感倫理在國家化的過程中被抽空了。作爲弱者的反抗行動，那句「金猴奮起千鈞棒」依然令人懷念，它依然可以激進我們對公平、正義與民主的呼喚；但是，千鈞棒指向何處？如何想像自我與他者？如何理解主體化進程？由詩句引發的種種疑問，必須在民間性／人民性、民族話語／階級話語、唯物論／辯證法、地方／國家等多重維度之中，才能得到解答。

〔註33〕魯迅，〈連環圖畫瑣談〉，姜樸維編，《魯迅論連環畫》（北京：人民美術出版社，1956），第5～6頁。

〔註34〕〔英〕吉登斯，田禾譯，《現代性的後果》（南京：譯林出版社，2011），第18頁。

主要參引文獻

1、阿英，《中國連環圖畫史話》，北京，中國古典藝術出版社，1957。

2、顧錫東、七齡童整理，浙江省文化局、中國戲劇家協會浙江分會編，《孫悟空三打白骨精》，杭州，東海文藝出版社，1958。

3、〔英〕吉登斯，田禾譯，《現代性的後果》，南京，譯林出版社，2011。

4、姜樸維編，《魯迅論連環畫》，北京，人民美術出版社，1956。

5、〔澳〕雷金慶，劉婷譯，《男性特質論——中國的社會與性別》，南京，江蘇人民出版社，2012。

6、李仲明，〈民國「猴戲」的南北流派〉，《民國春秋》，1994 年 2 月。

7、劉成禺、張伯駒，《洪憲紀事詩三種》，上海，上海古籍出版社，1983。

8、馬少波，《戲曲改革論集》，上海，新文藝出版社，1953。

9、〔加〕麥克盧漢，何道寬譯，《理解媒介——論人的延伸》，北京，商務印書館，2000。

10、翁偶虹，《翁偶虹編劇生涯》，北京，中國戲劇出版社，1986。

11、翁偶虹，《翁偶虹文集・劇作卷》，天津，百花文藝出版社，2013。

12、〔英〕伊格爾頓，文寶譯，《馬克思主義與文學批評》，北京，人民文學出版社，1980。

13、〔美〕詹姆遜，王逢振、陳永國譯，《政治無意識》，北京，中國社會科學出版社，1999。

14、張煉紅，《歷煉精魂：新中國戲曲改造考論》，上海，上海人民出版社，2013。

15、〔清〕昭槤，《嘯亭雜錄》，北京，中華書局，1980。

16、〔清〕張照，《昇平寶筏》，古本戲曲叢刊編輯委員會編，《古本戲曲叢刊（九）》，北京，中華書局，1964。

（原刊《文藝理論與批評》2016 年第 1 期）

試把蛇影問杯弓
——論當代中國兩岸三地對白蛇故事的重述

平　瑤

（南開大學文學院）

　　民間故事是一個民族大希望和大恐懼的濃縮沉澱，白蛇故事隨著集體無意識的嬗變而不斷變化。白蛇故事原本是一則來自印度的佛教故事〔註1〕，講的是蛇女誘人害人，被道人高僧收伏的事〔註2〕。隨著故事在中國民間被重述豐富得愈多〔註3〕，誠欲色彩變得越來越淡，白蛇漸漸脫去妖氣成為賢妻慈母，降妖除魔的誠欲故事變成了夫妻升仙的美滿神話。「西湖水乾，江潮不起。雷峰塔倒，白蛇出世。」〔註4〕80年代後，兩岸三地的作者不約而同地對白蛇故事進行了重述。臺灣李喬的《情天欲海——白蛇新傳》，香港李碧華的《青蛇》，內地李銳的《人間——重述白蛇傳》都極具顛覆性。不同歷史時空之中的作者對自己歷史處境的不同認知，對各自政治身份的不同體驗，以及他們在主體性問題上的追求與迷思，賦予了白蛇故事前所未有的主題和意義。

〔註1〕　參考趙景深，《彈詞考證》（長沙：商務印書館，1938年）。
〔註2〕　早期白蛇故事的主要文本有：《李黃》（〔宋〕李昉等編，《太平廣記》（北京：中華書局，1961年））、《西湖三塔記》（〔明〕洪楩編，譚正壁校點，《清平山堂話本》（上海：上海古籍出版社，1987年）等。到〔明〕馮夢龍《白娘子永鎮雷峰塔》（出自劉世德等主編，《警世通言》，《古本小說叢刊》第32輯（北京：中華書局，1991年）），白蛇故事基本成型。
〔註3〕　直到清代彈詞《義妖傳》（〔清〕陳遇乾原稿，陳士奇、俞秀山評定，《繡像義妖全傳》（同治八年（1869年）刊本））、《雷峰塔傳奇》（〔清〕方成培撰，《雷峰塔傳奇》，收錄於《中國十大古典悲劇集》下冊（上海文藝出版社，1982年））、《雷峰塔奇傳》（〔清〕玉花堂主人校訂，《雷峰塔奇傳》（上海古籍出版社，1994年））、《白蛇傳前後集》（〔清〕夢花館主編，《白蛇傳前後集》（北京：中國書店，1988年））等，白蛇故事在中國發展成熟。
〔註4〕　〔明〕馮夢龍，《白娘子永鎮雷峰塔》，劉世德等主編，《警世通言》，《古本小說叢刊》第32輯（北京：中華書局，1991年），第1445頁。

一、《情天欲海》：臺灣人的欲海神遊

　　傳統的白蛇故事對西湖風景或以二三詩詞吟詠，或以虛筆淩空點染，營造出幻美凄清的詩意氛圍。當代白蛇故事中的西湖景象則迥然不同。他們或忘我憧憬，或冷嘲熱諷，或痛心疾首於想像中的「中國」。在「中國鏡像」和「自我形象」的互掩互見中，兩岸三地的作者尋求著各自主體的建構和顯現。

　　以最細膩的筆法對山川風物進行描摹的一本白蛇故事，來自 1983 年尚未解禁的臺灣。《情天欲海》對西湖風光精雕細刻的摹寫，連篇累牘的讚歎，在白蛇故事史上堪稱空前。李喬以一種近乎現實主義的手法，將傳說中的西湖寫得具體而微，如在目前。他細細描述蘇堤、斷橋、蘇小小墓的景致風光，歷數飛來峰、放鶴亭、保俶塔等的歷史由來。即使在水漫金山之時，李喬仍將白蛇所站之地——淩空亭詳述一番。法海的「金山三寶」不是袈裟鉢盂等佛家法器，而是一座周鼎，一枚東坡玉帶，一面諸葛銅鼓。當白蛇與法海鏖戰正酣，李喬卻一排干戈風雲，將歷史文物的來龍去脈娓娓道來。李喬想像中的西湖是前所未有的精美、豐富，充滿歷史感，但白蛇在山川亭林之間的顧盼流連志不在遊山玩水。白蛇的溪山行旅，實為作者在神遊山河。

　　《情天欲海》塑造出一個在「中國」版圖上奔馳吟詠，滿含欲念的理想主體。從人景交融的狀態中飄逸而出的，是一種對於「中國」空間的強烈佔有欲。作者隨著白蛇的行跡移步換形，遠觀栖霞嶺外的桃林花色，越過蓊蓊郁郁的莽林峭嶺，近聽紫雲洞中的滴答水聲。李喬隨行賦筆，從客觀的地質地貌、曼妙的天光變幻，直寫到人物風流、天地滄桑。他的濃墨細筆所要呈現的，並不僅僅是一幅絕美而冷然的山水畫卷。白素貞面對佳境，陶醉忘我之時，神遊中的作者亦已目酣神醉，如痴如醉。「就讓自己完全沉醉，溶融於湖光山色吧……化了。白素貞她，整個的我有，都化了。」〔註5〕白素貞在西冷橋畔領略到物我渾然、天地一體的融通妙境〔註6〕；關於中國山川風物的「北進想像」，在一種神怡心醉的狀態中徐徐鋪展開來。

　　白蛇的天上人間之旅，是一個臺灣人的陶然北進夢遊。小說最後出現突轉：白蛇在神遊泰西與獅身人面對話之後，終於確立下自身的存在，達成了

〔註5〕李喬，《情天欲海——白蛇新傳》（北京：北京華僑出版社，1989 年），第 10
　　　～11 頁。
〔註6〕李喬，《情天欲海——白蛇新傳》（北京：北京華僑出版社，1989 年），第 10
　　　～11 頁。

最後的頓悟。作者李喬在寫白蛇與法海的對決時感到信仰的崩潰，他在完成小說創作之後放棄佛教，轉而信仰基督教。白蛇的中西漫遊，不妨可以說是作者作爲一個臺灣人尋求信靠的精神之旅。在虛擬的旅途中，作者完成了對神州大地從憧憬、佔有，再到離棄的精神過程。

無獨有偶，李喬〔註7〕的《情天欲海》也是將白蛇故事在中國歷史中定位得最爲精準的一例。作者將這個虛構的傳說故事安排在金兵肆虐，宋室南渡之時，可謂意味深長。許宣成爲一個官宦世家的貴公子，父親因捲入南宋「主戰」「主和」之爭枉死，從此宋室南遷，家道中落。傳統白蛇故事中的許仙（宣）是一個父母雙亡、身世平平的無名後生。《情天欲海》用了大量筆墨敘述許宣龐雜的家族史，並與現代臺灣的歷史境遇暗暗相合。李喬借來青史作情史，屈折而眞切地表達出一個臺灣人在歷史沉浮中的複雜體驗。

一直以來，許仙是白蛇故事主要人物中唯一普遍意義上的「人」，他處在高僧與蛇女之間，充滿矛盾與無奈，在很大程度上體現著創作者對「人」的理解。《情天欲海》中的許宣是歷史興亡大幕之下的殘渣，是政治鬥爭的犧牲品。他有著顯赫榮華的過去，卻身無長技，貪圖享樂，醉心於鬥雞、走狗、逛窰子。他無法接受落魄困窘的現實，只能沉迷於幻想，放任自己苟且沉淪。他對姐姐、姐夫十分冷漠，毫無感情可言。他急於發財，在瘟疫盛行時千方百計想要提高藥價，視人命如草芥。與白素貞的相處過程中，他機關算盡，罔顧白蛇的一番眞心。嬌美賢良的白素貞，無法令他的色心淫欲得到滿足。許宣爲人之懦弱卑瑣，在白蛇故事史上至爲罕見。

在《情天欲海》中，許宣總是心懷怨毒，認爲是歷史無可更改的敗局決定了自己一生的不幸。「他是一個不幸的人，而且這些不幸都似乎非人力所能左右的，尤其他完全是受害人。」〔註8〕許宣的不幸與不堪，被認爲是戰爭的副產品，歷史的遺留物：「抗爭結束了，雨過天晴，風和日麗……那些渣滓，角落裏的污穢呢？總要有人去承當，去擔待。」〔註9〕許宣污穢腌臢的人格，

〔註7〕 李喬（1934～），本名李能棋，臺灣苗栗縣客家人，代表作有《結義西來庵》、《寒夜三部曲》，曾獲臺灣文學獎、吳三連文藝獎、吳濁流文學獎、巫永福獎等。他曾被聘爲眞理大學臺灣文學系兼任教授，任臺灣總統府國策顧問。《情天欲海——白蛇新傳》是他退休後創作的第一本小說，從1982年開始連載，完成於1983年。
〔註8〕 李喬，《情天欲海——白蛇新傳》（北京：北京華僑出版社，1989年），第29頁。
〔註9〕 李喬，《情天欲海——白蛇新傳》（北京：北京華僑出版社，1989年），第31頁。

似乎是歷史的自然結果。而面對無法改變的歷史定局，肉欲的滿足似乎成爲了人最大的慰藉。沒落的身世使許宣終日浪蕩在秦樓楚館，尋得一時的釋放和安慰。新婚之時，重誓之後，他仍對花衢柳陌念念不忘，時時往返流連。白素貞的深情厚義不能使許宣感動，法海的律法喝斷也無法令許宣警醒。當白蛇被鎮，法海化石，許宣又悄然回到了煙花柳巷之中。

《情天欲海》的敘述中蘊含著人在歷史殘局面前深深的挫敗感、無力感。白素貞縱有無邊法力、滿腔柔情，也無法阻止許宣在歷史的殘渣中繼續沉淪。任佛法如何莊嚴，也無力將人從歷史的桎梏之中救起。許宣在大情大法之間輾轉波折，也未嘗沒有悔過向善的念頭，最終卻仍難逃歷史留給他的宿命。《情天欲海》是佛家律法、人世眞情、人性良知在歷史鐵輪下的節節潰敗。決定許宣性格和人生選擇的，不是理智，亦不是情感，而是在他出生之前就木已成舟的莽莽歷史。他的全部人生，無論多少驚濤駭浪，斜風細雨，終究填不滿他心中的虛空，澆不息他內心的仇火。許宣的整個人生，因他而起又爲他落幕的整齣白蛇故事，不過是一個無法解決的歷史遺留問題。而肉欲的放縱，則成爲了人最終的出路和歸宿。

這部小說原名《情天無恨》，後更名爲《情天欲海》。作者原本想寫的似乎是一個滄桑變盡、恩仇俱泯的佛教故事。奈何欲念太多，情結太深，《情天欲海》遂成爲一個臺灣人在歷史殘局之下的欲海神遊和無奈歎息。

二、《青蛇》：香港人的「百年孤獨」

「李碧華的《青蛇》顚覆性最大。」〔註10〕白蛇故事在 1986 年的香港，已經不再是白蛇的故事，而是青蛇充滿野心和愛恨的獨白。《青蛇》大概是第一部完全以第一人稱限制視角敘述的白蛇故事，而這個統攝全篇的視角卻出自一向被視爲陪襯的小角色——青蛇。傳統白蛇故事的基本情節（西湖同船、借傘成婚、盜取庫銀、端午現形、仙山盜草、水漫金山、斷橋相會、白蛇產子、何鉢收妖等）在小說《青蛇》裏一應俱全，視角的撤換卻使得整個故事的主題猛然陡轉。

李碧華改變了故事的緣起：青白二蛇步入紅塵不是爲了報恩，而只是因爲小青一時好奇，吞下了呂洞賓的七情六欲仙丸。小青一再聲明「這禍是我

〔註10〕謝燕清，〈大傳統與小傳統——白蛇故事的三期型變〉，《民俗研究》2007 年第 1 期。

惹的」〔註11〕,「一切都是我的錯」〔註12〕,讓自己的懵懂成為所有悲歡離合的起源。

李碧華使小青成為了恩怨情仇的焦點。當白素貞與許仙漸漸情濃,《青蛇》著力寫出小青的失落與忌恨:她在「幾天之內」「淪為」「次選」〔註13〕,而「屈居次席的偉大的我」,還要「幫她找男人去」〔註14〕。小青悲歡著「她(白素貞)一直把我當做低能兒。她不再關注我的『成長』和『欠缺』」〔註15〕,但「我」早「已經野了」〔註16〕,有著「不可思議的不安定。」〔註17〕白蛇端午現形固然是由於法海獻計、許仙懷疑,卻更是因為妒火中燒的小青在白蛇身上暗施毒手。當白素貞遠赴崑崙盜得仙草,小青卻趁機與許仙偷情。姦情敗露,小青不依不饒地要與白蛇對決。在得知白蛇懷有身孕之後,小青又斷然決定與許仙一刀兩斷。白蛇被鎮雷峰塔,小青一怒之下將許仙殺死,「堅決地把一切了斷」〔註18〕。至此,白蛇故事始於青蛇的懵懂,而終於青蛇的懵恨。青蛇已經成為白蛇故事真正的主角。恩怨情仇,只因青蛇在對白蛇的嫉妒和同情之間搖擺不定;愛恨心酸,都是小青的自戀與自憐。

1986年,西西在《肥土鎮灰闌記》中宣告:「我有話說。」〔註19〕同年,李碧華讓青蛇在跌宕起伏的白蛇故事中赫然宣布:「我是主角!」〔註20〕這些不約而同的吶喊是香港意識的覺醒在文學中的直接映現,呼之欲出的是一種介入歷史、主導歷史、闡釋歷史的渴求。李碧華試圖改變小青在龐然大物(主角白蛇、主線故事、宏大價值)邊緣被壓抑、被疏忽、被遺忘的歷史。她拒絕成為宏大歷史劇目的陪襯或玩偶,她要以自己的視角和聲音將整個敘述翻

〔註11〕 李碧華,《青蛇》(北京:人民文學出版社,1995年),第9頁。

〔註12〕 李碧華,《青蛇》(北京:人民文學出版社,1995年),第8頁。

〔註13〕 李碧華,《青蛇》(北京:人民文學出版社,1995年),第39頁。

〔註14〕 「屈居次席的偉大的我,只好備艘小船,幫她找男人去。」李碧華,《青蛇》(北京:人民文學出版社,1995年),第51頁。

〔註15〕 李碧華,《青蛇》(北京:人民文學出版社,1995年),第54頁。

〔註16〕 「不,我已經野了,不再是一條甘心修煉的蛇,我已經不安於室。」李碧華,《青蛇》(北京:人民文學出版社,1995年),第72頁。

〔註17〕 「我還不是一個『女人』。我有不可思議的不安定。」李碧華,《青蛇》(北京:人民文學出版社,1995年),第58頁。

〔註18〕 李碧華,《青蛇》(北京:人民文學出版社,1995年),第135頁。

〔註19〕 西西,〈肥土鎮灰闌記〉,何福仁編《浮城1.2.3——西西小說新析》(香港:三聯書店,2008年),第140頁。

〔註20〕 「趁許仙還未來得及仔細思量。趁他還沒有歷史,沒有任何相牽連的主角。我是主角。」李碧華,《青蛇》(北京:人民文學出版社,1995年),第85頁。

轉過來。《青蛇》是香港人爲自己建構的舞臺，主角是香港人自己，要演的是香港人自己做主的故事。香港是一座「我城」〔註21〕，一個「我」字寄託著數不清道不盡的無奈和渴望。

小青不願用自己整段的人生做別人歷史的邊角料。在小青與他人的愛恨情仇中，小說要表現的是無論分合，都是小青對自己歷史命運的主動選擇。西西的馬壽郎要追問的是「爲什麼我沒有選擇的權力」〔註22〕，而李碧華則讓小青已然成爲自己命運的主宰：「我有一個華美而悲壯的決定，今夜星光燦爛，爲我作證……我，永遠，不再，愛，他。」〔註23〕善變而又決絕的情感選擇，旨在凸顯小青的自由意志。李碧華以虛構的情節構築起情感的眞實，將西西求之不得的「選擇的權力」弄假成眞。

小青的敘述往往有意觸及重大歷史事件，又對宏大歷史保持疏離，將所謂的宏大歷史玩弄於鼓掌之中。小青看到不可勝數的流血戰爭之下，如常地繁衍生殖愛恨老死的芸芸眾生；她嘲諷歷朝的民間英雄，所謂的黃袍加身，揭竿起義，不過道貌岸然的烏合之眾；她冷眼旁觀歷史風風雨雨千百年，對「他人的」歷史不感興趣，對「今夕是何夕」的問題反映淡漠。小青不知道也不想知道紅衛兵砸雷鋒塔的原因，只「希望他們萬眾一心，把我姊姊間接地放出來」〔註24〕。小青認定「我有的，不過是自己」〔註25〕。李碧華涉筆「宏大歷史」又撇開「宏大歷史」，她要緊緊握住臧否人物的話語權，牢牢占據掉閶命運的主角地位。

小青有意地表現出對西湖的不屑、隔閡與淡漠，試圖驅散彌漫在西湖之上的詩意幻景。李碧華筆下的西湖，是「本身也毫無內涵，既不懂思想，又從不洶湧，簡直是個白痴。竟然贏得騷人墨客的吟詠，說什麼『山外青山樓外樓，西湖歌舞幾時休？暖風薰得遊人醉，直把杭州作汴州。』眞是可笑。」〔註26〕李碧華對這個被詠歎千年的湖泊冷嘲熱諷，不願被既定的美學體驗和抒情範式所打動。

〔註21〕 西西的小説《我城》被視爲香港本土城市文本的開篇之作。西西，《我城》（臺北：洪範書店出版社，1999年）。
〔註22〕 西西，〈肥土鎮灰闌記〉，何福仁編，《浮城1．2．3——西西小説新析》（香港：三聯書店，2008年），第140頁。
〔註23〕 李碧華，《青蛇》（北京：人民文學出版社，1995年），第97頁。
〔註24〕 李碧華，《青蛇》（北京：人民文學出版社，1995年），第142頁。
〔註25〕 李碧華，《青蛇》（北京：人民文學出版社，1995年），第85頁。
〔註26〕 李碧華，《青蛇》（北京：人民文學出版社，1995年），第1頁。

　　《青蛇》不僅力求消解附庸在自然景觀上的中國式詩情，更試圖顛覆已成爲中國傳統白蛇故事精義的恩情主題。《青蛇》中，白蛇與許仙之間所謂的情分，不過是「原始而幼稚的」「按捺不住的男歡女愛，心有靈犀」〔註 27〕。小青令白蛇端午現形，「只爲風月情濃」，「逼令她出此辣手，勢不兩立」〔註 28〕。許仙明知青白是蛇，卻不動聲色轉寰於二者之間，意圖財色兼收，坐享其成。法海將許仙擄上金山，志不在降妖弘法，卻是因爲他想要霸占許仙。白素貞「剛啖了幾口的鮮肉，被人強要分嘗」〔註 29〕，當然斷斷不肯。白蛇青蛇水漫金山，則是因爲「我倆絕對不肯成全他」〔註 30〕！小青的灼灼「洞見」和款款直陳，令一切歷史都湮沒在了水火不容、荒淫而又邪惡的關係中。小青直指白蛇故事前文本「過份地美化」〔註 31〕，「隱瞞了荒唐的眞相」〔註 32〕，「我不滿意」〔註 33〕。小青旨在「還原」歷史的眞相：傳說中的孝義恩情、天地情懷，不過是一場利害衝突、酸風妒雨。顛覆歷史，放逐意義，小青說出了她眼中的眞相：血雨腥風不過遊戲一場，她投入其中只因寂寞難耐。整部《青蛇》是小青用最大的代價來證明：一切都是騙局，找不到任何穩固的意義或價值。

　　當詩意、歷史、情義被逐一「祛魅」，欲望作爲一種自然屬性成爲了小青世界最大的眞實，小青將主體認同建立在了對自己欲望和情感的體認之上。《青蛇》以小青強烈的欲望、嫉妒心、選擇欲作爲標識主體存在的主要方式。「法海是用盡千方百計博他偶一歡心的金漆神像」，「許仙是依依挽手，細細畫眉的美少年」〔註 34〕，許仙、法海、白蛇，都是她的欲望對象，是主體進行自我呈現的憑籍。情濃之時，小青感到「天地無涯，波瀾壯闊，我對世界一無所求，只想緊緊纏住他，直到永遠」〔註 35〕。塵埃落盡後，小青自覺看穿世事：「我不珍惜，不心慌，什麼感覺都沒有。不過是一場遊戲。」〔註 36〕

〔註 27〕 李碧華，《青蛇》（北京：人民文學出版社，1995 年），第 41 頁。
〔註 28〕 李碧華，《青蛇》（北京：人民文學出版社，1995 年），第 78 頁。
〔註 29〕 李碧華，《青蛇》（北京：人民文學出版社，1995 年），第 117 頁。
〔註 30〕 李碧華，《青蛇》（北京：人民文學出版社，1995 年），第 117 頁。
〔註 31〕 李碧華，《青蛇》（北京：人民文學出版社，1995 年），第 141 頁。
〔註 32〕 李碧華，《青蛇》（北京：人民文學出版社，1995 年），第 141 頁。
〔註 33〕 李碧華，《青蛇》（北京：人民文學出版社，1995 年），第 141 頁。
〔註 34〕 李碧華，《青蛇》（北京：人民文學出版社，1995 年），第 139 頁。
〔註 35〕 李碧華，《青蛇》（北京：人民文學出版社，1995 年），第 85 頁。
〔註 36〕 李碧華，《青蛇》（北京：人民文學出版社，1995 年），第 137 頁。

《青蛇》的文本世界一面是令人瞠目結舌的愛恨情仇，另一面是主體若有所失的綿綿愁緒：「誰都沒有醒，只有我醒過來，在這世界上，如此星夜裏，只有我，心如明鏡，情似青煙。悵悵落空，柔柔牽扯。」〔註 37〕一種無著無落的空洞感縈繞故事終始，成爲青蛇故事的眞正底色。

當小青疏離他者，拆解詩意，顛覆歷史，消解價値，情慾成爲了主體最後的面具。但主體似乎無法安於被情慾定義的處境，主體與情慾之間的裂縫使得小青的世界被一種無處不在的虛無感深深滲透。青蛇總說自己「耐不得寂寞」〔註 38〕，她隨白蛇入世也只不過因爲「怕寂寞」〔註 39〕。當目睹白蛇與許仙恩愛纏綿，她感到「從未試過像此刻突然的寂寞」〔註 40〕。她盜取庫銀，卻在銀子的包圍中感到孤單、「意興闌珊」〔註 41〕。白素貞忌憚她勾引許仙令她離開時，她感到「極度的孤獨」〔註 42〕。當得知自己間接害得許仙被嚇死，她感到「無比空虛」〔註 43〕。她在怒殺許仙，了結一切後歎道：「到頭來都是空虛。」〔註 44〕她「那麼孜孜不倦地寫自傳，主要並非在稿費，只因爲寂寞。」〔註 45〕待到白蛇出塔，看破世事而又不甘寂寞的小青，又一次隨白蛇踏入紅塵。

令人沉迷輾轉的情慾無法給予人眞正深刻的存在感，驚心動魄的愛恨無法塡滿小青內心的空虛。小青入世，出世，再入世的獨角戲，演盡了《百年孤獨》裏布恩迪亞家族世世代代的熱望與蕭索。天地浩渺，若無宏大的故事、

〔註 37〕 李碧華，《青蛇》（北京：人民文學出版社，1995 年），第 97 頁。

〔註 38〕 李碧華，《青蛇》（北京：人民文學出版社，1995 年），第 13 頁。

〔註 39〕 「老實說，你是爲了愛情而去，我，則是爲了怕寂寞。」「二者有何分別？」李碧華，《青蛇》（北京：人民文學出版社，1995 年），第 13～14 頁。

〔註 40〕 「我的落力和熱忱，有什麼回報──從未試過像此刻突然的寂寞。」李碧華，《青蛇》（北京：人民文學出版社，1995 年），第 35 頁。

〔註 41〕 「偌大的庫房，我顯得渺小。托著頭，孤單寂寞地，任由銀光在臉上反映。幾乎可在上頭暢泳。我陡然一推，它們嘩啦嘩啦倒下來，是的，包圍了我，淹沒了我⋯⋯我站起來，意興闌珊。」李碧華，《青蛇》（北京：人民文學出版社，1995 年），第 36 頁。

〔註 42〕 「我是一個做錯事的孩子，得不到原諒。她要我走。整個世界都離我而去，流雲一般，最後只剩下我，人人都走了，不，人人都在，我走了。我突然極度地孤獨。」李碧華，《青蛇》（北京：人民文學出版社，1995 年），第 72 頁。

〔註 43〕 「我把它害死了？我間接把他害死了？忽然間無比空虛。」李碧華，《青蛇》（北京：人民文學出版社，1995 年），第 80 頁。

〔註 44〕 李碧華，《青蛇》（北京：人民文學出版社，1995 年），第 137 頁。

〔註 45〕 李碧華，《青蛇》（北京：人民文學出版社，1995 年），第 150 頁。

價值甚至謊言，渺小如人難免縈縈不知所措。種種的情慾、戰爭、反抗、依賴，是由於寂寞，伴隨著寂寞，也帶來寂寞。令人迷狂的情慾不過杯水車薪，無法緩解主體無處可依的恒久悲戚。

三、《人間》：文革後的「農夫與蛇」

《人間》的作者李銳曾遊歷西湖，他卻將白蛇故事的地理背景完全虛化，試圖在高度抽象化、寓言化的情境中追問人性問題。李銳將主要的情節發生地從西湖挪到了碧桃村——「幾近陸地盡頭的群山之中」的「一個小小村落」〔註46〕，唯一的地標是「村前有棵老槐樹」〔註47〕。碧桃村被剝光樹皮的老樹「像一副慘敗猙獰的骨架立在村口」〔註48〕，白蛇的生活空間被籠罩在一種靈夢般的氛圍之中。西湖的湖光山色並不能令李銳魂牽夢繞，他對長久以來令無數文人墨客沉吟詠歎的西湖，幾乎是刻意的逃離。

李銳的白蛇故事表現出強烈的逃避衝動。白蛇的人間之旅，事實上是白蛇在中國大地上的不斷逃亡。白蛇與許仙一再搬遷以躲避法海的追捕，逃避眾人的碎語閒言。每當許仕麟蛇的習性被人發現，許宣一家便不得不再次逃匿。粉孩兒和香柳娘無力反抗族人鄰里的摧殘，只能在遠離人群紛擾的夢境中相遇相守。白蛇在人間屢次遷移，四處逃逸，磨牙吮血的濟濟人群卻如夢魘般窮追不捨。揪心於人人相殘的恐怖情景，李銳讓山清水秀的西湖從故事中隱退。取而代之的是充滿驚悚氣息和極限意味的「碧桃村」，作為對現實中的動盪中國的隱喻。

李銳的《人間》是一場關於人性深度的試驗，暴露出當代中國人在人性問題上的極度恐慌。「當迫害依靠了神聖的正義之名，當屠殺演變成大眾的狂熱，當自私和怯懦成為逃生的木筏，當仇恨和殘忍變成照明的火炬的時候，在這人世間，生而為人到底為了什麼？」〔註49〕《人間》中的困惑與追問，不得不令人聯想到中國內地未曾走遠的特殊歷史。

在《人間》中，恐怖殘酷的群眾成為了白蛇故事前所未有的主角；親友的背叛與無奈的自殺，成為白蛇故事的主要情節。在暴眾的強逼下，小青被她所救的「范巨卿」背叛殺害，白蛇在為小青報仇後自刎而死，香柳娘（白

〔註46〕李銳，《人間——重述白蛇傳》（重慶：重慶出版社，2007年），第67頁。
〔註47〕李銳，《人間——重述白蛇傳》（重慶：重慶出版社，2007年），第75頁。
〔註48〕李銳，《人間——重述白蛇傳》（重慶：重慶出版社，2007年），第110頁。
〔註49〕李銳，《人間——重述白蛇傳》（重慶：重慶出版社，2007年），序言第2頁。

蛇的轉世）也在族人的陰謀逼迫下上弔自盡，「火把下面一張張人臉，光影晃動，黑沉沉如張牙舞爪的怒鬼」〔註50〕。捕蛇人大肆屠蛇後，「從血泊中站起，看著慘淡的星光，遍地蛇屍，也不知自己是在人間還是地獄」〔註51〕。人們將垮掉的雷峰塔榨骨吸髓，「忽然覺得自己像是一群被戲弄的牽線木偶，忽然覺得自己像是一群吞吃了同類的野獸」〔註52〕。白蛇故事中史無前例地出現了吞噬一切的狂暴群相。「在李銳筆下，大眾已從故事背景走向故事前臺，凸顯為故事中一個不可或缺的主要元素，甚至可以說構成了情節的主要動力和意義的基本支撐點。」〔註53〕

李銳讓白蛇故事從古代延續到當代。在文革中，人們「引蛇出洞」，轉世為人的白蛇被打為「牛鬼蛇神」，再次被至親背叛。群情鼎沸之中，她看著自己的丈夫揭發自己是禍害人間的「毒蛇」，感到口號聲像浪濤一樣將她淹沒吞噬。事實上不是白蛇的故事延續到了當代，而是文革的慘痛歷史記憶左右了人們對於白蛇故事的想像。《人間》是「農夫與蛇」的故事在當代的顛覆性重演。故事原本是農夫救蛇卻被蛇咬，現在卻成為蛇救農夫，反被浩蕩的農夫大眾所殺。作者在《人間》中悲歎道：「這人世間真是託付不得真心吶……」〔註54〕李銳筆下這一群喪盡天良的「農夫」，使蛇對人類喪失了基本的信心。

人們在中國近現代史各個時期的心願與癥結，每一次意識形態的潮來潮湧，都為白蛇故事打下鮮明的烙印。20世紀20年代，魯迅《論雷峰塔的倒掉》不滿於白蛇被鎮，他「惟一的希望，就在這雷峰塔的倒掉」〔註55〕。魯迅《再論雷峰塔的倒掉》批評「鄉下人的迷信」和「奴才式的破壞」，呼籲著「我們要革新的破壞者」〔註56〕。50年代初出現了重寫歷史劇的風潮，白蛇故事亦被改寫。田漢的京劇《白蛇傳》與張恨水的小說《白蛇傳》雖然體裁不同，風格迥異，卻有著近似的結局：小青帶領水族推倒雷峰塔，廣大群眾將被壓

〔註50〕李銳，《人間——重述白蛇傳》（重慶：重慶出版社，2007年），第132～133頁。

〔註51〕李銳，《人間——重述白蛇傳》（重慶：重慶出版社，2007年），第105頁。

〔註52〕李銳，《人間——重述白蛇傳》（重慶：重慶出版社，2007年），第3頁。

〔註53〕翟永明，〈神話與「反神化」的大眾——李銳《人間》中的大眾形象與社會轉型〉，《河北師範大學學報》（哲學社會科學版），2014年第3期。

〔註54〕李銳，《人間——重述白蛇傳》（重慶：重慶出版社，2007年），第3頁。

〔註55〕魯迅，〈論雷峰塔的倒掉〉，《魯迅全集》第1卷（北京：人民文學出版社，2005年），第179頁。

〔註56〕魯迅，〈再論雷峰塔的倒掉〉，《魯迅全集》第1卷（北京：人民文學出版社，2005年），第204頁。

迫的白蛇解放出來。直到李銳的《人間》，作為解放者的大眾又在一種非理性的激情驅使下成為喪心病狂卻又勢不可擋的群氓。

魯迅筆下的群相，是一群醉生夢死的看客，庸眾之惡在於麻木不仁。田漢與張恨水筆下的群眾，是已經被喚醒，被鼓舞，齊心協力的英勇民眾。他們被領導著去推翻壓迫，解放一切，他們豪氣衝天，勢不可擋。而李銳筆下的大眾，則是文革時期熱切而嗜血的暴眾。白蛇故事記錄下中國大眾從在蒙昧中被喚醒，在鼓舞中參與運動，又在荒誕的殘殺中迷失自我的全過程。

面對群體的凶殘暴戾，作者將求得良知和真情的希望寄託在個體身上。李銳筆下的許宣曾經對蛇充滿恐懼，卻被白蛇的善意和真情感動，心甘情願和一個妖孽亡命天涯。他向法海求情：「一個不傷人不害人的妖精，一個生靈，泱泱世界，為何就容她不下？」〔註57〕他在白蛇赴死之時質問法海：「天理何在？……為善者，不得善報，為惡者，四處逍遙，法師啊，你行的是什麼報應？」〔註58〕他為這人世間感到羞愧，寧可瞎掉也不願多看一眼這個無情無義的人世。許宣拒絕轉世為人，他化作了一棵樹，在文革的狂風驟雨中守護著轉世的白蛇。

《人間》中的法海堪稱白蛇故事史上最為痛苦的收妖人。李銳用第一人稱口記體的形式寫出了一個收妖人充滿矛盾的內心。法海看到的都是人間的罪惡卻無能為力，他命中注定要追尋一個沒有劣跡的妖精。法海在良知與使命之間煎熬輾轉，百折千回，只能獨自哀歎「原來，殺一個妖，也如此不易」〔註59〕。法海被白蛇所救，他看到白素貞捨己救人，卻不被世人所容，而人放下屠刀便可立地成佛，人為自己設想出這樣一個完滿的終極退路即可放心大膽地為非作惡。他為白蛇憤憤鳴冤，卻被憤怒狂暴的群眾脅迫，不得不降妖除魔。他在最後關頭默默地為許宣和小兒留下生機，用鉢盂為死去的白蛇和青蛇收斂超度。令法海後悔的是：「我從未敢輕視我的對手和敵人，然而，我卻謬誤地相信了我的同胞」〔註60〕。令他久久無法釋懷的是：「我以正義之名，殺害了她們」〔註61〕。從此法海還俗成為一個縴夫，以苦行的方式自我放逐。

〔註57〕李銳，《人間——重述白蛇傳》（重慶：重慶出版社，2007年），第121頁。
〔註58〕李銳，《人間——重述白蛇傳》（重慶：重慶出版社，2007年），第134頁。
〔註59〕李銳，《人間——重述白蛇傳》（重慶：重慶出版社，2007年），第125頁。
〔註60〕李銳，《人間——重述白蛇傳》（重慶：重慶出版社，2007年），第89頁。
〔註61〕李銳，《人間——重述白蛇傳》（重慶：重慶出版社，2007年），第138頁。

《人間》的文本世界建構起群體之惡與個體之善的二元對立格局。面對凶殘狂暴的群體，作者塑造出作爲受害者、思想者、承擔者的個人主體系列：一方面，《人間》裏的溫情往往只存在於個體之間，並在浩蕩殘忍的群體狂歡中被摧折淨盡。許宣與白蛇之間的深情厚愛、白蛇與青蛇之間的姐妹情義、法海與蛇妖之間的惺惺相惜，都無法阻止悲劇的發生。善良而脆弱的個體，在嗜血凶殘的群衆之中顯得不堪一擊；而另一方面，在逃無可逃的困局當中，個人主體最終不再逃避，而是選擇背負苦難，發出控訴與悲鳴。在群衆愈演愈烈的怒火中，白蛇選擇留在碧桃村受難，小青快馬加鞭地趕回這個狂暴中心——在劫難面前，白蛇、青蛇選擇直面淋漓的鮮血。法海、許仙則在劫數之後，以個體的方式擔負噬心的痛苦，承受慘淡的人生。個體對於群體的狂暴充滿了恐懼和逃避衝動，面對劫難卻在最後關頭紛紛選擇了主動承擔。

李銳塑造起充滿溫情和擔當的個人主體，作爲對狂暴群體的抗衡。然而二者之間的齟齬，卻成爲小說最大的盲點：如果個體都是這樣善良、充滿情義和責任感，群體的惡又是從何而來？個體性和群體性是人的雙重屬性，兩者的極端對立是否將造成對主體新一輪的異化和傷害？主體向個體性認同的過程，也是主體逐漸走向封閉和孤立的過程。被放棄的空間成爲暴衆的領地，勢單力薄的個體終於難以逃脫任人宰割的境地。最終白蛇只能獨自走向慘遭屠戮的結局，碧桃村終於成爲白蛇無辜受刑的死地。

文革是一場血的教訓，帶來關於人性的無數問題和無窮困境。文革後的白蛇故事，顯得異常殘忍。文革體驗成爲作者想像故事的起點，重述神話的支點，理解人性的核心。李銳試圖對歷史進行反思和叩問，而縈繞不去的文革記憶卻使李銳白蛇故事裏的每一個問題都顯得沉痛無比，慘烈不堪。

四、政治・欲望・救贖

白蛇故事的重述史，是白蛇故事從神話傳說到文學的演變史。白蛇故事在當代兩岸三地的散射，表達著各式各樣的情感體驗、主體衝動、歷史訴求。然而衆聲喧嘩之下，盡是蠢蠢欲動的欲念。無論是李喬、李碧華還是李銳的白蛇故事，其中的欲望書寫在白蛇故事史上都是相當驚人的。

《情天欲海》看似當代兩岸三地的白蛇故事中探討佛理最多的作品。佛理偈語在文中比比皆是，卻充滿矛盾與危機。佛家經義妙在色空情理的「不二」與「圓融」。在作者眼中，人情與佛法卻始終勢同水火。作者將二者設置

在不共戴天的格局之下，並讓律法秩序淪陷覆滅於情天欲海之中。《情天欲海》中白蛇與法海的對壘，是「諸天神佛」也「不能排解」的「對決」〔註62〕，是「真性純情」與「律法大道」的衝突〔註63〕。但天兵天將、古代神器、佛家法寶，都無法與象徵情慾的白蛇抗衡。白蛇對佛法屢屢提出質疑，為情感、欲望、本能正名。金山斗法之時，白素貞為克敵制勝扯去自己的衣衫，「裸裎了白膩膩，顫巍巍，凹凸玲瓏的上半身」〔註64〕。充滿誘惑的女體使四大天王、四大揭諦、十八護寺伽藍不敢直視，一哄而散；法海的「金山三寶」，所謂的「法海蕩蕩」頃刻間功虧一簣。白蛇入塔前的一句詰問，使法海瞬間僵成一具巨石；白蛇出塔後的一印一偈，又令法海復原僧身。《情天欲海》中的法海無法度妖，反而被白蛇震懾，又仰仗白蛇點化。在白蛇入塔出塔之間，佛相莊嚴已轟然倒塌。

在小說中，肉欲的滿足不僅給予歷史鐵輪之下的許宣最大的慰藉，更成為白蛇修行和信仰的本質。《情天欲海》將情色描寫與宗教思辨並置，白蛇的修行方式使情慾具有了形而上學的宗教意味。白蛇在塵世的修煉，是她佛教修為退損殆盡，自我情慾張揚確立的過程。她在峨眉修煉時慨歎西天遙遠，一念萌生，道行倒退如潮。她去仙山盜草時妄動無明，修行又倒退五百年，此時她一千五百多年根基，已毀去大半。直到金山現形，白素貞一千六百多年修行已徹底毀在人間紅塵裏。「白素貞菩薩」的證道之法，並非禁欲觀照而是放任自我。「真正讓她識見大開，給予無上啓示的」，是一段「完全任放自己的年月」。她最終的悟道，並非對自我的超越，而恰恰由西王母、獅身人面獸、女媧伏羲等難以歸類的存在，達到對於自身有情性體的確認，對於自己異類身份的釋懷〔註65〕。白蛇得道的一刻，腹中胎兒瞬間化為烏有。在中國傳統的白蛇故事裏（以玉山堂主人《雷峰塔奇傳》為例），許士林的誕生是白蛇報恩的方式，是人蛇相戀的愛情結晶，為白蛇留下了出塔的希望。故事以許士林祭塔救母彰顯感天動地的孝義真情。李喬作品中的白蛇象徵著「眾生

〔註62〕李喬，《情天欲海——白蛇新傳》（北京：北京華僑出版社，1989年），第289頁。

〔註63〕李喬，《情天欲海——白蛇新傳》（北京：北京華僑出版社，1989年），第269頁。

〔註64〕李喬，《情天欲海——白蛇新傳》（北京：北京華僑出版社，1989年），第278頁。

〔註65〕李喬，《情天欲海——白蛇新傳》（臺灣：華僑出版社，1989年），第295～296頁。

有情」，卻拒絕成爲傳承生命的母體，取消了情義倫理的價值。李喬的白蛇故事遂成爲情慾的自我滿足和自我證明。白素貞以自斷子嗣的方式，從本質上改變了臺灣版白蛇故事的結局和主題。

許宣縱慾，是以肉欲的滿足作爲歷史困境中的溫柔幻夢，緩解窘迫的政治處境對人造成的重壓。白蛇的修行，則是將情慾當作超越歷史政治困境的突破口。對於山河的佔有欲，面對歷史的無奈感，在情慾的宣泄之中得到某種程度上的釋放。在歷史政治的僵局之下，許宣重返青樓，白蛇以欲修仙。無論人在歷史面前的姿態是無奈還是不甘，情慾的滿足成爲了他們共同的訴求。

「《青蛇》之引人入勝，也不在於它戳破了愛情的眞相，而在於李碧華的故弄玄虛，把一個簡單的民間傳說，點染得異色紛陳，欲念橫生。」〔註 66〕《青蛇》可謂是「情慾的泛濫」〔註 67〕，其中「異性戀、同性戀、多角戀愛此起彼伏，糾纏不休。」〔註68〕小說《青蛇》於 1993 年被改編成電影，情色主題在電影中被表現得更加淋漓盡致，活色生香。小說的主體衝動、歷史觀、寂寞感在電影中難覓蹤影，而充滿誘惑的性暗示、身體描寫、情色鏡頭則滿溢而出。《青蛇》以其滿是情慾的世界顛覆了宏大的歷史敘述、傳統的情義主題以及中國式的詩情。李碧華看似「邊緣」卻野心勃勃的情慾敘事，未嘗不是另一種面目的宏大話語。《青蛇》表現出一種將一己私欲公佈於眾的強烈衝動。來自香港的欲望敘事要爭取的是更大的政治空間，更獨立自由的話語權以及更爲普遍的關注和尊重。

《人間》中的肉欲成分相對較少，卻往往出現在千鈞一髮之際。白蛇在赴死之前與許宣「無窮無盡、欲仙欲死地纏綿」〔註 69〕，他們以欲望的滿足求得對殘酷現實的暫時逃避。李銳讓法海悟到：「大善和大慈悲在眞理之外，如同這山、這水、這風與這慈悲的陽光都在時光之外一樣。」〔註 70〕然而這一層悟境，卻只發生在香柳娘在自盡之前與粉孩兒共赴雲雨之時：他們「就

〔註66〕 陳燕遐，〈流行的悖論——文化批評中的李碧華現象〉，見陳國球編，《文學香港與李碧華》（臺北：麥田出版社，2000 年），第 147～148 頁。

〔註67〕 朱崇科，〈混雜雅俗的香港虛構——淺解《青蛇》〉，《世界華文文學論壇》，2005 年第 1 期。

〔註68〕 朱崇科，〈混雜雅俗的香港虛構——淺解《青蛇》〉，《世界華文文學論壇》，2005 年第 1 期。

〔註69〕 李銳，《人間——重述白蛇傳》（重慶：重慶出版社，2007 年），第 113 頁。

〔註70〕 李銳，《人間——重述白蛇傳》（重慶：重慶出版社，2007 年），第 124 頁。

這樣生死纏綿地躺著，就像躺在時光之外，世界之外」〔註71〕。情慾的滿足成為白蛇和香柳娘赴死之前的最後心願，人欲似乎已經成為當代人逃避現實、尋求救贖的唯一希望。在文革之後，中國內地的白蛇故事表達出人對私密情感的極度渴望。政治權力對人生存空間無處不在的控制，造成人對於公共空間的極度恐懼和不信任。80 年代後中國內地的小說呈現出一片肉欲橫流之勢，一方面是政治欲望的變相延續，同時也是對政治約束的過正反撲。

政治原本就是欲望與利益交織的戰場，當代人以政治身份作為自我認同的依據，人的喜怒哀樂的觸點和訴求往往難以脫離政治的範疇。情慾書寫則成為爭取政治權益、緩解政治壓力、超越政治困境的利器。以欲之矛，攻欲之盾，是當代兩岸三地白蛇故事的共同特徵。

對於超驗維度，當代兩岸三地的白蛇故事均表現得相當淡漠。早期白蛇故事有高僧道長降妖除魔，鎮守人間。成熟期的白蛇故事，有南極仙翁、黎山老母、彌勒佛等助白蛇修行報恩，得道昇天。到當代，各路神仙淡出了人們的視野，白蛇從此似乎再也難以飛升。《情天欲海》是諸神醜態畢露的慘敗，《青蛇》對神境絲毫不感興趣，《人間》中的白蛇陷入了人世的永劫輪迴。事實上從 20 世紀 50 年代開始，神境已被人悄然離棄。田漢京劇《白蛇傳》與張恨水的小說《白蛇傳》，體裁風格皆不相同，卻都在白蛇出塔與親友重聚時戛然而止。這表現出人們對人力勝天的信心，也標誌著人們對超越境界的放棄。

神祇退場，看不到超越可能性的人，拒絕超越的人，淪陷在無法超越的迷障中的人，紛紛選擇以欲望作為出路和救贖。蛇妖原本是色欲的化身，對妖的不斷理想化，似乎表現出人們的某種善意，卻也表現出人對於色欲的縱容。白蛇故事始於對人欲的懲戒和警示，清代的白蛇故事則表現出人對欲望的倫理化、情義化傾向，而在當代白蛇故事中，情慾被赤裸裸的合理化、正義化、理想化。一直以來多多少少令人恐懼受人懷疑的蛇妖，自此完全成為了理想人格的化身。《情天欲海》中，滿含情慾的白蛇以感化世人的「新人」自詡，《青蛇》中欲火熊熊的小青驕傲地炫耀「哪個女人的腰勝過一條蛇？」〔註72〕《人間》中的許仕麟最終選擇在雜耍班聞笛起舞，肆意地釋放他作為蛇的本能。情慾無需被警示，拒絕情義倫理的轉化，將自己當作了人性的理想。

〔註71〕 李銳，《人間——重述白蛇傳》（重慶：重慶出版社，2007 年），第 55 頁。
〔註72〕 李碧華，《青蛇》（北京：人民文學出版社，1995 年），第 19 頁。

但是欲望的放縱並不能為人提供真正的出路和救贖，也無法解決現實歷史中存在的問題。情慾的滿足不能改變許仙墮落卑瑣的人格，也無法讓他真正感到快樂；愛欲情仇不能塑造起完整自足的主體，也無法驅散小青深入骨髓的寂寞；生死纏綿不能阻擋群眾的喧囂和暴動，也無法拯救生生世世被群眾摧殘逼迫的白蛇。對欲望敘事的嗜好如同飲鴆止渴。欲望書寫生生不息，暴力和隔閡亦不斷延續。亂花漸欲迷人眼，人們對理想的憧憬如霧裏看花，與澄明清淨的境界南轅北轍，漸行漸遠。

「從創造者的觀點來看，宇宙是形體產生、分裂、消亡的壯麗和聲。可是轉瞬即逝的生物所經歷的卻是戰鬥吶喊和痛苦呻吟的刺耳的不協和音。神話並不否認這種痛苦；神話揭示在痛苦之中、痛苦後面、痛苦周圍的是本質性的安寧。」〔註73〕神話賦予春夏秋冬、生老病死以確切的意義，引導著人安然度過生命中的每一個時期。在超驗神境的燭照之下，人以個體自居，想像朝著整個人類敞開。對超越之境的嚮往，使苦難中的人得以瞥見神聖寧靜的星空。

當代白蛇故事的神話色彩已然消亡褪盡，勸善引導的功能亦在漸漸退化消失。白蛇故事在當代，失去的不僅僅是一個白日飛升的大團圓結局，而是對生命更高層次的想像與體認，對苦難背後「本質性的安寧」的信心以及對生命本身的喜悅和憧憬。陷在欲火情海中的當代人以主體自居，卻在矛盾重重的政局中掙扎，執迷於似是而非的幻象，無法為自己找到真正的出路。

當代兩岸三地的白蛇故事，異口同聲地追問著「人是什麼」。這是人自遠古神話時代就已存在的天問，所有的神話故事，都與這個問題有關。「一天的生物，人是什麼？他不是什麼？人只是一個陰影的夢。然而當從天堂射下一道陽光之禮時，人便在一道光芒和一個溫柔的生命中休息。」〔註74〕在當代的白蛇故事中，天堂的陽光已杳不可及。歷史成為人「企圖覺醒的惡夢」〔註75〕，人的生命則成為自己噩夢中的陰影。白蛇故事在當代已不再是「引人入聖」

〔註73〕 〔美〕約瑟夫・坎貝爾著，張承謨譯，《千面英雄》（上海：上海文藝出版社，2000 年），第 295 頁。

〔註74〕 品達的詩。轉引自〔美〕喬瑟夫・坎伯著，朱侃如譯，《神話：內在的旅程，英雄的冒險，愛情的故事》（新北市新店區：立緒文化事業有限公司，1995年），第 229 頁。

〔註75〕 〔美〕喬瑟夫・坎伯著，朱侃如譯，《神話：內在的旅程，英雄的冒險，愛情的故事》（新北市新店區：立緒文化事業有限公司，1995 年），第 115 頁。

的神話，而只能作爲文學，記錄下無所適從的人在沒有救贖的世界上的欲念與夢囈、呻吟和淚痕。

「成仙易，做人難」的警語〔註76〕，將人們的視線緊緊鎖定在了人的身上。當代白蛇故事很大程度成爲對人性的責問。失去了超驗維度作爲參照和理想，人們「各謂其道，而各行其所謂」〔註77〕。兩岸三地的作家知識分子根據各自的價值觀念，對白蛇故事進行了截然不同的闡釋和生發。然而，「把高於自然的存在稱作超自然」，是一件「致命」的事〔註78〕。當代人以各抒所欲的方式悲歡歷史、消解歷史、反思歷史，卻只能在欲望的泥沼中越陷越深，造就出這樣一批「最有思想、最精緻、也最失敗的白蛇故事。」〔註79〕

（本文的另一版本以〈「風雲」與「風月」的纏繞──「白蛇傳」重述與現代
中國特定歷史時空下的情欲敘事〉爲題，原刊《中山大學學報（社會科學版）》
2015 年第 5 期）

〔註76〕李銳，《人間──重述白蛇傳》（重慶：重慶出版社，2007 年），第 15 頁。
〔註77〕章學誠著，羅炳良譯注，《文史通義》（北京：中華書局，2012 年），第 185
頁。
〔註78〕〔美〕喬瑟夫・坎伯著，朱侃如譯，《神話：內在的旅程，英雄的冒險，愛情
的故事》（新北市新店區：立緒文化事業有限公司，1995 年），第 171 頁。
〔註79〕謝燕清，〈大傳統與小傳統──白蛇故事的三期型變〉，《民俗研究》，2007 年
第 1 期。

生命的模樣
——三毛文學中的自我演繹

鄭　洲

（日本神戶大學中國‧韓國文學研究室）

序　言

　　自 1974 年 10 月三毛〔註1〕在《聯合報‧聯合副刊》刊載〈沙漠中的中國飯店〉，並陸續在同刊上發表「二毛」的「沙漠流浪記」，直至 1976 年 5 月《撒哈拉的故事》出版，7 月早年創作集《雨季不再來》出版以來，「二毛熱」持續升溫，如此，在臺灣，第一次「三毛熱」大致一直持續到了 80 年代初。〔註2〕三毛的系列作品於 80 年代中期在中國大陸出版，臺灣的「三毛熱」燃燒至 80 年代中期的中國大陸，同樣引起了讀者們的追捧。〔註3〕

　　在臺灣和中國大陸，都分別先後有過三次「三毛熱」，而反觀這幾次兩地的「三毛熱」，可以發現，相較於三毛的作品，其本人似乎更加吸引公眾的關

〔註1〕移居臺灣，1967 年爲止在臺灣生活成長。其後，先後前往西班牙、德國、美國、非洲、中南美洲等地，並發表了大量三毛（1943〜1991）原名陳平，出生於 1943 年抗戰時期的中國重慶，抗戰勝利後隨家人輾轉至南京，1948 年舉家作品。1991 年 1 月 4 日，於臺北榮民總醫院自殺，享年 48 歲。

〔註2〕簡培如，《流動的書寫——三毛研究》，（臺灣：國立彰化師範大學國文研究所碩士論文，2008 年 5 月），8〜12 頁。筆者註：在臺灣，三次「三毛熱」分別爲：1974 年，即三毛的沙漠系列問世；1981 年，荷西逝世，三毛回臺北定居；1991 年，三毛自殺。

〔註3〕錢虹，〈用生命澆灌夢中的橄欖樹——臺灣女作家三毛的創作歷程及其作品的閱讀接受〉，《同濟大學學報（社會科學版）》第 14 卷第 6 期（2003 年 12 月）99 頁。筆者註：在中國大陸，三次「三毛熱」分別爲：80 年代中期，三毛作品在大陸出版；1989 年，三毛返回大陸探親；1991 年，三毛自殺。

注。瘂弦回憶三毛的一次演講，他用「近乎瘋狂」來形容當時的場面，他寫道：「……三毛已經不是一個單純的作家，而變成了一個社會的英雄，更誇張一點說，變成人群中的先知。」〔註4〕而 2011 年出版的《三毛臺北地圖》一書中，這樣評價三毛：「三毛，對於我們這一代曾經的文藝青年來說，絕對是一個無法忘卻的名字──她是至情至性的象徵，她是一個特立獨行的標誌。」〔註5〕可以想見，在對三毛最狂熱的年代，三毛與她的讀者似乎已經超越了純粹的作者與讀者的關係，三毛更像是成了一種信仰，她從她的作品背後走出，與她的讀者、她的「信眾」建立了一種更深的默契。然而，為什麼三毛會在當時引起這樣一種「近乎瘋狂」的現象呢？有先行研究指出，三毛與她的讀者之間建立了一種「造夢」與「圓夢」的關係〔註6〕，文章主要從讀者對大眾文化接受的角度，簡單梳理三毛文學的特徵進行論證，並沒有深入到文本之中探析。筆者認為，「三毛熱」雖然可以說構成一種社會現象，但是三毛作為一個作家，我們應當回歸到三毛的作品，從文本的角度，對個中原因進行更進一步的探究。

臺灣學者張瑞芬在總結女性傳記的文章中提及三毛的作品並指出「七〇年代的三毛，用同樣介於小說和散文（虛構和真實）的文字來寫『私體小說』──撒哈拉沙漠系列，是一種詮釋上的轉折。女性書寫自我開始擺脫寫實主義的傳統男性手法，加入浪漫奇想於其間，造成了一種「傳奇型」傳記。」〔註7〕三毛的作品大多與她輾轉的一生相映照，幾乎都採取第一人稱「我」進行敘事，是一種自傳性質的作品，但是同時，其作品往往又十分具有戲劇性，作品中的主人公「我」＝「三毛」更像是一個被演繹出來的身在異國他鄉，勇敢、浪漫、追求自我的東方女性形象。這樣的形象似乎很好地契合了身處政治上相對比較封閉的 70 年代中期的臺灣、80 年代中期的中國大陸的那些積極追求思想上的解放的讀者們。同時，由於「我」＝「三毛」這樣的表現手法，三毛的作品給予讀者的不僅僅是文學上的想像空間，同時更在現實生活中給予讀者一種可以實現這樣像小說傳奇一樣熱烈而精彩的人生的希望。正因如此，

〔註4〕瘂弦，〈百合的傳說──懷念三毛〉，《高原的百合花》（臺北市：皇冠，1993年），6 頁。

〔註5〕師永剛、方旭、馮昭，〈三毛臺北地圖〉，《視野》22 期（2011 年 11 月），38 頁。

〔註6〕千仲明，〈三毛作品及讀者接受方式的大眾文化特徵〉，《安徽工業大學學報》第 24 卷第 6 期（2007 年 11 月），65～67 頁。

〔註7〕張瑞芬，《臺灣當代女性散文史論》（臺北市：麥田出版，2007 年），71 頁。

三毛被認爲是提供了「有夢想，愛自由，有各種各樣的人生可能」的標的，而深受追捧。〔註8〕

　　筆者認爲，三毛在作品中採取「我」＝「三毛」這樣的在作品中進行自我演繹的表現手法，進行自我形象的塑造，才是三毛作品成功的關鍵，本文試圖對三毛的自我形象塑造問題進行探討。有關研究，有何欣穎的《從陳平、「二毛」「三毛」：自傳書寫的自我形象研究》〔註9〕亦以同樣的研究方法進行探討，但該文以自傳書寫的理論，按照時間順序，結合三毛的生平對三毛各個時期的作品中出現的各種形象進行了梳理，但最終未能得出一個相對明確的結論。本文主要著眼於沙漠時期也就是早期的作品，通過文本分析從中提取「三毛」形象中的三種意象進行分析，結合當時讀者的反響，希望可以對三毛作品的書寫策略、「三毛熱」的形成有進一步的理解。

一、沙漠時期及筆名「三毛」

　　三毛的作品根據其作品的風格，作品中「我」所指涉對象山不定指到「三毛」、Echo、陳平等因素，可劃分爲四個時期：雨季時期、沙漠時期、夢幻時期、臺北時期。其中，沙漠時期奠定了三毛的書寫策略，並一直影響三毛之後的創作，故在此首先對四個時期的特點做簡要概述，從而，明示沙漠時期作品的重要性。

　　雨季時期作品主要收錄於《雨季不再來》，爲三毛青春期時期作品，作品多呈現自傳體小說的特色，主人公多以「我」或「她」出現，以妹妹、林珊、卡帕等不特定的名字出現在作品中，呈現爲憂鬱的青春期少女形象。沙漠時期則指 1974 年 10 月 6 日至 1979 年 9 月這一段時期，也就是以「三毛」爲筆名於《聯合報‧聯合副刊》發表〈沙漠中的中國飯店〉廣受好評，並開始將自己在沙漠中的生活以第一人稱「我」在《聯合報‧聯合副刊》開始連載，截至其西班牙人丈夫荷西在工作事故中身亡，「三毛」形象開始從作品中消失。創作這一時期作品時，三毛身處西屬撒哈拉，其作品也多爲描寫在西屬撒哈拉時的生活，因此，將這一時期稱之爲沙漠時期。期間，三毛先後創作了《撒哈拉的故事》《稻草人手記》《溫柔的夜》《哭泣的駱駝》及收錄在《背影》中的幾篇文章，並先後出版。作品多呈現幽默明朗的風格。而大部分讀

〔註8〕師永剛　方旭　馮昭，〈三毛臺北地圖〉，《視野》22 期（2011 年 11 月），39 頁。
〔註9〕何欣穎，《從陳平、「二毛」「三毛」：自傳書寫的自我形象研究》（臺灣：國立清華大學臺灣文學研究所碩士學位論文，2012 年 7 月）。

者多熟知的「身在異國他鄉，勇敢、浪漫、追求自我的東方女性形象」也多源於這一時期的「三毛」形象。而夢幻時期指 1979 年 9 月荷西逝世，三毛漂泊於臺北、歐洲各地、中南美洲等地區，至 1985 年 5 月三毛回臺北定居期間創作的作品。該時期作品仍舊多以第一人稱「我」敘事，但「三毛」形象從作品中消失，「我」＝Echo 的形象取而代之，較沙漠時期的明朗風格，由於荷西逝世，「我」＝Echo 的形象沉緬於對荷西的思念中，作品氛圍憂鬱，多呈現游離於現實與夢幻、悲觀遁世的創作傾向。最後，臺北時期指 1985 年 5 月定居臺北，至 1991 年三毛自殺爲止期間創作的作品。該時期作品種類斑雜，不再以敘事爲主，而多爲抒情類、評論類等。作品仍舊多爲第一人稱「我」，但不再存在強烈的「我」＝某某形象的模式，多以「陳平」這一社會身份書寫「我」與家人、朋友，或以人生「拾荒者」似的身份創作《我的寶貝》，鉤沉過往回憶。臺北時期中的「我」宥限於臺北，常有失去了自由的想像的傷感，想要回到過往，故作品多呈現私語性，以回憶類爲主。

如上述，「現實」中的「我」＝某某形象這樣的書寫策略，基本上是從沙漠時期建立起來的，而大部分讀者對於三毛追求自我、流浪的形象也可以說主要是形成於這一時期。而單純由作品引起的第一次「三毛熱」更是源於沙漠時期，故分析沙漠時期三毛的書寫策略可以有助於對三毛的整體創作的理解。因此，本文集中在沙漠時期，具體分析「三毛」這一形象所表現出來的幾個意象。另外，收錄了青春期時期創作作品《雨季不再來》雖然不是這一時期創作的，但是是繼《撒哈拉的故事》走紅之後馬上結集出版的，也是可以看到「三毛」形象塑造的策略的一環，所以本文也將其列入同時期進行考察。

沙漠時期「三毛」形象的確立，主要由作品中所指涉出來的意象內容構成，但是同時與這一筆名本身所帶有的意味也不無聯繫。在進入文本，探討其具體意象內容構成之前，筆者想要從三毛對「三毛」這一筆名的由來的多重闡釋，來考察一下三毛在這一筆名中的寄寓。

三毛第一次被問及筆名「三毛」的由來，是在心岱對她的採訪中，三毛回答說：「三毛是一個最簡單、通俗的名字，大毛、二毛，誰家都可能有。我要自己很平凡，同時，我也連帶標明我的口袋只有三毛錢。」〔註 10〕而在三毛的演講中，除去「平凡」「小人物」的概念之外，三毛又說，原來「三毛」

〔註10〕心岱，〈訪三毛，寫三毛〉，《雨季不再來》（臺北市：皇冠雜誌社，1979 年 8 月），241 頁。原載於 1976 年 7 月《皇冠》269 期（1976 年 7 月）。

還是荷西的商標。〔註11〕從這兩處闡釋，我們可以理解，「三毛」這一筆名中寄寓了「平凡」「小人物」以及「荷西的商標」這樣三個含義。而同時，在三毛的表述中，我們也可以看到作者三毛對自己創作的「三毛」以及「三毛」的文學世界的一個定位，也就是「簡單、通俗」。而「荷西的商標」這一層含義，似乎有一點不足為外人道的、存在於「三毛」與荷西之間的默契的意味。三毛看似不經意地輕描淡寫的表述，實則也可以將其理解是她為「三毛」這一形象所經營出來的一點浪漫的元素。

事實上，提到「三毛」，更多人會更加直接聯想到 1940 年代末風靡中國大陸，迄今依舊不斷被詮釋被創作的漫畫《三毛流浪記》的主人公「三毛」。雖然在三毛的採訪中並沒有看到她提及這部漫畫，但是在 1978 年發表的〈逃學為讀書〉一文中，三毛在自己第一次的讀書經驗中提及了《三毛流浪記》。

記得我生平第一本看的書，是沒有字的，可是我知道它叫《三毛流浪記》，後來，又多了一本，叫《三毛從軍記》，作者是張樂平。〔註12〕

對於作家三毛而言，「三毛」這個筆名也許具有許多意味，但是在她的首次讀書經驗中《三毛流浪記》會被銘記，甚至後來以「三毛」為筆名，可以想見她對漫畫主人公「三毛」所產生的深刻共鳴。《三毛流浪記》的主人公「三毛」生活在戰時的上海，過著飢寒交迫的生活，是一個只長著三根頭髮由於戰爭成為流浪的孤兒。孤兒三毛一面艱難地維繫自己的生計的同時，一面也不忘記幫助他人，是一個正直、勇敢、有上進心，聰明又讓人憐惜的形象。不難發現，三毛對筆名的寄寓中，「平凡」「小人物」這樣的含義也正是漫畫人物「三毛」的一個特點。而我們從作者三毛在沙漠時期的作品中所描繪的形象「三毛」身上，也可以看到很多在性格、精神形象上與漫畫人物「三毛」相重合的部分。由此，我們可以推測，作者三毛會以「三毛」為筆名，是有意識地將現實生活中的「我」寫進作品故事中，並使其人物形象化、漫畫化，其目的一方面是為了實現使文章「簡單、通俗」，具有「平凡」「小人物」的

〔註11〕三毛，〈我的寫作生活〉，《夢裏花落知多少》（臺北市：皇冠出版社，1990 年 10 月），180 頁。原載於 1980 年 2 月 28～29 日《聯合報‧聯合副刊》原文：……後來又要跟荷西解釋三毛是什麼意思，結果他聽懂了，他畫了一個人頭，頭上三根毛，說：三毛就是這個嗎？我說：是呀！荷西說：哎呀，這一向是我的商標嘛！

〔註12〕三毛，〈逃學為讀書〉，《背影》，（臺北市：皇冠出版社，1988 年 8 月），19 頁。原載於 1978 年 10 月 23～25 日《中華日報‧中華副刊》。

特點，從而給讀者帶來親近感，另一方面也是以自己曾經喜愛的漫畫形象「三毛」對作中人物「我」＝「三毛」做一種形象上的初步定義。

　　本節主要就構成「三毛」形象的框架，也就是形象本身的命名，對「三毛」這一筆名進行探討，從中，我們可以一窺三毛有意識地進行形象塑造的書寫策略，以及對自己作品的定位。三毛從開始創作，就已經將自己的作品定位爲「簡單、通俗」的作品，我們可以猜想，她從一開始所定位的讀者群並不是單純的純文學讀物的讀者，這從三毛的大部分作品刊載在讀者意識極強的、主張「知識性的、藝術性的、文學性的、趣味性的」、將讀者群定位在「中間區塊」〔註 13〕的平鑫濤主編時期的《聯合報・聯合副刊》、《皇冠》雜誌上這一點來看，也可以得到印證。然而，對於三毛的作品究竟是通俗文學還是純文學的討論，也是三毛研究的一個重要的分歧點，三毛雖然謙虛地將自己的作品定位在「簡單、通俗」的位置上，但是事實上這只是考慮到自己可能的讀者群，不寫艱深不易讀的文字，給讀者以親切的感覺。而事實上，三毛文筆流暢清麗，作品中流露出來的「追尋」與「反抗」的主旨也使得三毛的作品不流於一般意義上的「通俗」。齊邦媛就曾肯定三毛作品的文學性和藝術性。〔註 14〕因此，在這一點上可以說，三毛與同樣有強烈的讀者意識，將讀者群定位在「中間區塊」的平鑫濤不謀而合。〔註 15〕

二、「我」的演繹 ——「三毛」

　　在「三毛」這一筆名的包裝下，沙漠時期作品中的主人公「我」演繹了一個身在異國他鄉，勇敢、浪漫、追求自我的東方女性形象。本節從文本出發，分析三毛在該時期作品中具體塑造了怎樣的形象，並且探析三毛在塑造這一形象時的讀者意識。

〔註 13〕葉雅玲，《流行文化與文學傳播——《皇冠》研究》，（臺灣：私立東海大學中國文學系，2009 年 6 月），36～38 頁。

〔註 14〕齊邦媛，〈閨怨之外——以實力論臺灣女作家〉，《聯合文學》5 期（1985 年 3月），16 頁。

〔註 15〕葉雅玲，《流行文化與文學傳播——《皇冠》研究》，（臺灣：私立東海大學中國文學系，2009 年 6 月），38 頁。原文：在定位讀者方面，他曾表明讀者群好比金字塔型，尖端代表菁英品味，而他選取中間區塊爲《皇冠》主流讀者，但亦不願以刊登出版膚淺羅曼史滿足底層讀者，而他設定的主流讀者年齡在15 至 35，教育爲高中到大學水準，讀過「皇冠」出版品，隨教育與成長攀升至尖端的讀者群，他認爲自然會發展出其他的閱讀天地。

　　沙漠時期三毛出版的第三部作品集《稻草人手記》不同於其他收錄先發表於其他報章雜誌上的作品的作品集，而是單獨以單行本的方式直接出版的。《稻草人手記》中繼序言之後的首篇文章就是〈江洋大盜〉，在該文中，三毛用類似戲仿的語氣講述「我」的前塵往事，講述「我」如何由一個「空心人」成長為「江洋大盜」並與荷西一起奔赴沙漠。可以說，〈江洋大盜〉雖然是三毛這時期出版的第三部作品，但是從該文中三毛對自我漫畫式形象的塑造，可以看出三毛在沙漠時期的「三毛」形象上的寄寓，從而把握住她在沙漠時期自我形象塑造這一書寫策略的關鍵。在此，首先對〈江洋大盜〉的故事梗概做一介紹。

　　〈江洋大盜〉中作者以說書人的語氣，講述曾經是「空心人」的「我」為了填補身上的空洞，奪取他人身上的東西，成長為江洋大盜的故事。文章以「說起我們陳家」開篇，很明顯是在講述自身的經歷：「我」家原本被提名模範家庭，但由於「我」是空心人的緣故，「我」家被取消了資格。「我」在那時起就立下了當「小偷」的志願。「偷兒」先是在家裏偷走了父母雙親的正直、姐姐的善良、弟弟的膽量和良心，隨後離開家門偷了許多文藝知識，經年後，成為「江洋大盜獨行紅花大俠」離開國門，最後結尾處，「我」在上帝的天國，偷了某人的心，被上帝流放到了沙漠上來。〔註16〕

　　〈江洋大盜〉可以說是三毛基於自己以往生涯而作的一篇詼諧之作。「我」從「空心人」成長為「江洋大盜」，就好像走過青春期，憂鬱又脆弱的曾經的自己前往沙漠，搖身一變成為瀟灑的三毛的一種象徵性表達。

　　從「江洋大盜」中，我們看到「我」的自我形象中主要有「空心人」、「江洋大盜」以及偷心這三個意象。接下來，回歸到三毛沙漠時期的文本中，從文本中梳理出三毛是如何將這三個意象寄寓在「三毛」形象中的。筆者將其分別定義為「稻草人」、「江洋大盜」以及「荷西的太太三毛」。

（一）「稻草人」

　　「稻草人」這一意象首次出現在 1977 年 6 月出版的《稻草人手記》的序言當中，這是一則短小的講述看守麥田的稻草人的寓言故事。故事講述，農夫的孩子在麥子收割結束，想要帶稻草人回家，而稻草人卻不放心麥田，選擇獨自留下看守麥田。孩子離開後，藏起來的麻雀飛回來停在稻草人身上，

〔註16〕三毛，〈江洋大盜〉，《稻草人手記》，（臺北市：皇冠出版社，1983 年 5 月），13～27 頁。
初版為 1977 年 6 月版，本文中涉及《稻草人手記》引文均為 1983 年版。

嘲笑稻草人，而稻草人卻依舊望著麥田，露出不變的微笑。〔註17〕

作者三毛筆下的「稻草人」孤獨而寂寞但心懷夢想。這個故事收錄於《稻草人手記》，作為序言成為「手記」的第一篇，可以想見，這個故事當中的「稻草人」就是作者三毛的自喻。「稻草人」這一意象可以說是「三毛」形象中內省孤寂的一面的象徵。事實上，「稻草人」這一意象大部分也是散見於《稻草人手記》一書，收錄於《稻草人手記》次於序言的第二篇文章就是前文已經提及的〈江洋大盜〉一文，在這篇文章中，作者三毛以「空心人」自喻。美國作家李曼‧法蘭克‧鮑姆的《綠野仙蹤》中，描繪了跟隨著女主人公桃樂絲分別追尋勇氣、善心和智慧的獅子、鐵皮人還有稻草人。童話中的鐵皮人是為了找回身心，而稻草人則是追求頭腦。在這裡，我們可以看到，鐵皮人與稻草人都其實象徵了精神、靈魂上的一種不完整，也就是說，鐵皮人和稻草人從某種意義上來說，其實是同質的。〈江洋大盜〉中的「空心人」其實也是象徵著早年休學在家，精神和靈魂上的不完整的自己，作者三毛則獨愛「稻草人」這一意象，這裡，我們可以將「稻草人」和「空心人」等同視之。看似以詼諧的手法創作完成的〈江洋大盜〉，其實深藏著作者三毛自身的心酸。首先，從「江洋大盜」這一意象來說，為什麼作者三毛一定要自稱是「江洋大盜」？，「江洋大盜」是一個逃逸於社會法規的「軌外」者、我行我素的象徵，這樣的意象既符合「三毛」形象中特立獨行的特點，但同時也成為深藏在這一形象中的負罪感的象徵。〈江洋大盜〉中，有一段這樣的描寫，由於「我」是「空心人」的緣故，使「我」的家庭從模範家庭上被除名，因此，「我」深深地自責，負罪感由此而生，並立下了志願當小偷。〔註18〕

可以說，〈江洋大盜〉中後面的種種「偷盜」行為，都是由於這種負罪感開始的。參照三毛自身生平的實際情況，這種負罪感其實就是源於青春期時期在家中自閉的六年的經歷，事實上，1962 年三毛在白先勇主編的雜誌《現代文學》上發表了自己的處女作〈惑〉，三毛六年的自閉經歷以發表的這一篇〈惑〉為標誌而結束。當〈惑〉發表，作者三毛開始邁上文學之路，她也走

〔註17〕三毛，〈序言〉，《稻草人手記》，（臺北市：皇冠出版社，1983 年 5 月），6 頁。初版為 1977 年 6 月版，本文中涉及《稻草人手記》引文均為 1983 年版。

〔註18〕三毛，〈江洋大盜〉，《稻草人手記》，（臺北市：皇冠出版社，1983 年 5 月），16 頁。初版為 1977 年 6 月版，本文中涉及《稻草人手記》引文均為 1983 年版。原文：那夜我靜靜的躺在黑暗裏，眼角滲出絲絲的淚來。我立志做小偷的事，也在那種心情之下打好了基礎。

出了自己的自閉的空間，開始面對新的人生。可以說，正是青春期六年的自閉經歷成爲了三毛走上創作之路的原動力，換句話說，自閉期間所產生的負罪正是三毛開始創作的源泉。〈江洋大盜〉中當「我」從一個「空心人」變成「偷兒」最終成長爲「江洋大盜」時，三毛的這種負罪感是否就此消失了呢？在〈江洋大盜〉的結尾處，三毛寫到「偷兒」前往上帝的天國，「上帝看見這九十九隻之外的一隻，竟自己奔回來了，大喜過望」〔註19〕，很明顯，在三毛筆下，「偷兒」的形象是自己逃開了上帝的轄屬，也是屬於「軌外」的「罪人」的形象。當「我」在上帝的天國時，依舊不改本性偷了一顆金子做的心，被上帝抓到，「我」申辯道「我不是偷了就算了，我把自己這顆碎過的心用漿糊黏好了，換給這個人。」〔註20〕可見，即便在文章的最後，「我」這個「空心人」已經成長爲「江洋大盜」了，但是曾經作爲「空心人」的「心碎」的狀態依舊深深地藏在「我」的裏面。而這個「心碎」的狀態，指的是一直潛藏在作者三毛自己的精神層面的創傷，這種負罪感，恰恰成爲了驅使她去創作的動力，這也是爲什麼〈江洋大盜〉會作爲《稻草人手記》中除去稻草人的寓言的序言之外的第二篇文章收錄在其中的緣故。所以，可以說，〈江洋大盜〉中的「空心人」即「稻草人」，它象徵著作者三毛對自己精神、靈魂上的不完整，是三毛作者三毛本人的精神創傷，是她創作的原動力，它是一個孤獨、寂寞而堅持自己夢想的存在。

然而，「稻草人」的意象，並不是明顯地出現在作品中，「我」並沒有直接以「稻草人」式的形象單獨出現在作品中，而是潛藏在「江洋大盜」和「荷西的太太三毛」這兩個意象之下的。接下來，我們來看一下，三毛是如何塑造沙漠時期的「江洋大盜」和「荷西的太太三毛」這兩個意象，「稻草人」又是如何潛藏在這兩個意象之下的。

（二）「江洋大盜」

〈江洋大盜〉中，「偷兒」出國後，「她，偷西班牙人的唐吉珂德，偷法國人蒙娜麗莎的微笑，偷德國人的方腦袋黑麵包，偷英國人的雨傘和架子，偷白人的防曬油，偷紅人的頭皮，偷黑人的牙膏──眞是無人不偷，無所不

〔註19〕三毛，〈江洋大盜〉，《稻草人手記》，（臺北市：皇冠出版社，1983年5月），26頁。初版爲1977年6月版，本文中涉及《稻草人手記》引文均爲1983年版。
〔註20〕三毛，〈江洋大盜〉，《稻草人手記》，（臺北市：皇冠出版社，1983年5月），26頁。初版爲1977年6月版，本文中涉及《稻草人手記》引文均爲1983年版。

偷。」〔註21〕「偷兒」的「偷盜」行為，其實是對學習與成長的一種詼諧式表達。「偷兒」的在各國「偷盜」的行為，對作者三毛而言，其實是一種認識世界的行為，也是對異域、異國文化的體驗。此外，還是在〈江洋大盜〉中，「偷兒」在離開家之前，雖然覺得父母姊弟身上都是些過時了的東方傳統的「道德標準」，心中雖然不屑，卻也都一股腦地吞了下去。〔註22〕然而，在沙漠時期作品中，「我」不僅扮演了一個深入到異域沙漠或者異國的闖入者的形象，介紹「我」眼中所看到的當地的風俗習慣，並且會以一個具有東方道德價值標準的人的身份介入到當地的生活中。所以說，三毛筆下的「三毛」形象中可見「江洋大盜」的意象。

在本節中，筆者想要以「江洋大盜」這一意象為關鍵詞，著眼於沙漠時期的三毛作品中「我」=「三毛」所表現出來的「江洋大盜」的部分，分析「三毛」的部分形象特點。

收錄於《撒哈拉的故事》的〈娃娃新娘〉是一个比較典型的「我」闖入異域的故事。故事講述了「我」參加沙哈拉威人房東罕地女兒，十歲的姑卡的婚禮，文章以「我」的角度記述了沙漠中新娘哭嫁的習俗。「我」在姑卡的婚禮中，主要擔任一個異域文化的觀察者，對沙漠婚禮饒有趣味的觀察的同時，意識到女性在沙漠中地位的低下，面對在「我」看來蒙昧野蠻習俗下，「我」受到強烈的文化衝擊並趕到憤慨。

對於沙漠的風俗，「我」一面持觀察者的態度，一面對其野蠻之外也是義憤填膺。

等到阿布弟拿著一塊染著血跡的白布走出房來時，他的朋友們就開始呼叫起來，聲音裏形容不出的曖昧。在他們的觀念裏，結婚初夜只是公然用暴力去奪取一個小女孩的貞操而已。

我對婚禮這樣的結束覺得失望而可笑，我站起來沒有向任何人告別就大步走出去。〔註23〕

〔註21〕 三毛，〈江洋大盜〉，《稻草人手記》，（臺北市：皇冠出版社，1983年5月），13頁。初版為1977年6月版，本文中涉及《稻草人手記》引文均為1983年版。

〔註22〕 三毛，〈江洋大盜〉，《稻草人手記》，（臺北市：皇冠出版社，1983年5月），17～20頁。初版為1977年6月版，本文中涉及《稻草人手記》引文均為1983年版。

〔註23〕 三毛，〈娃娃新娘〉，《撒哈拉的故事》，（臺北市：皇冠文化，1991年5月），58頁。原載於1974年10月6日《聯合報‧聯合副刊》。

　　〈娃娃新娘〉中，「我」作為一個對異域文化饒有興趣的體驗者、觀察者的形象出現。然而，「我」不僅僅是一個忠實的異域風情的觀察報導員，當野蠻又殘酷的婚禮在眼前發生時，「我」秉持著女性的、人道主義的立場，情緒化的批判這種對女性並不公正的「陋習」。文中所描寫的殘酷的風俗，對「三毛」而言，無疑是一種文化衝擊。但是，我們從三毛的文中的表達，也可以看到，作為一個異域文化的體驗者，「我」並不是從文化的角度，以一個知識分子的立場去試圖理解或者深度剖析這種文化的因由，而是很直接地站在自己所處的文化立場，從自己的身份的角度去做出反應。從而，我們從「我」＝「三毛」的「江洋大盜」這一意象中看到「三毛」形象所具有很明顯的東方人的道德價值觀的一面。

　　我們還可以在沙漠時期的作品中，看到「三毛」不滿西方人的冷漠，秉持著惻隱之心、由於「不忍」而為危難者仗義執言、拔刀相助的俠者的形象。

　　〈一個陌生人的死〉發表於 1977 年 1 月的基督教雜誌《宇宙光》，收錄於《哭泣的駱駝》，講述「我」與荷西搬離沙漠遷居到迦納利群島，與隔壁獨居的瑞典老人加里相識，加里在島上語言不通，每天只能自己一個人關在家中，原本患病的加里右腳已經開始腐爛，看到這個情況的「我」和荷西幫助加里，帶他去醫院看病，然而不久，加里還是逝世了，兩個人聯繫了瑞典領事館，為加裏舉行了葬禮。

　　〈一個陌生人的死〉一文中，作者三毛用對比的手法一面描寫瑞典領事館的人、鄰居，甚至是醫院的醫生及護士對加里的冷漠，一面極力突顯「我」與荷西對加里的人道主義幫助。其中，在「我」瞭解到加里的情況之後，面對想要幫助加里的「我」，荷西卻表示不理解，鄰居的英國太太更是揶揄諷刺。對此，「我」毫不客氣地正面反擊兩人的事不關己的態度。〔註24〕面對初識不久的加里，「我」秉著惻隱之心，不忍目睹一個老人的受苦，無論周圍人是怎樣的態度，「我」堅持自己的信念，義無反顧地伸出援助之手幫助在苦難中掙扎的老人。

　　三毛在沙漠時期的作品中，以「我」＝「三毛」的身份身臨其境地為讀者展現異域或者異國的風情，但同時又極力塑造一個善良、正直、勇敢、有正義感，也就是俠形象的「三毛」。事實上，三毛在 1974 年 12 月《女性雜誌》

〔註24〕三毛，〈一個陌生人的死〉，《哭泣的駱駝》，（臺北市：皇冠雜誌社，1982 年 8 月），209 頁。原載於 1977 年 1 月《宇宙光》。

上發表過的一篇寫「我」前往沙漠的零碎見聞的文章，三毛將其命名爲〈平沙漠漠帶刀去〉，這個題目中的「我」分明就是一個俠客的形象。〔註25〕可見，三毛在最初創作沙漠系列時，就有意識地想要將自我形象塑造成沙漠俠女。另外，三毛在「江洋大盜」中將自己塑造成〈江洋大盜〉，俠與盜固然是不一樣的，但是兩者有一個共通點，就是反權威、反壓抑、保持自我身心人格的自由。所以，在三毛，俠與盜其實並不衝突，兩個形象其實共同指向她對身心自由的追求。

因此，由以上兩篇文章，我們可以大致描摹出〈江洋大盜〉這一意象所反映出來的、三毛試圖塑造的自我形象實則是一個自由地遊走於沙漠或異域的、符合東方人價值標準的東方俠女形象。這個形象無疑是三毛力圖爲自己塑造的一個理想的自我形象，但是又何嘗不是在意識讀者的前提下完成的呢？

事實上，三毛是在以一個讀者代理人的身份進入到沙漠中，爲她所設定的讀者們演繹一個異域文化中的故事。比如，〈一個陌生人的死〉爲生活在東方儒教文化之下的讀者，展現了西方人與人之間人情的淡漠，同時也有意無意地揭露了在西方老年人生活的困境。有趣的是，同樣是描寫老年人的生活，〈這樣的人生〉爲我們展現的卻是島上的一群老年人們自得其樂的場面，起初「我」不打算與他們來往，但是卻讓「我」覺得「眞給我上了一課在任何教師也學不到的功課」，並贊賞「養兒何須防老」這種豁達的人生觀，甚至反思起中國與美國老年人的悲觀來。也是關於中西方老年人的生活的狀態，林海音在她作客美國時所寫的遊記中，看到每天爲了打發時間在地下鐵上上下下，每天坐在百老匯大街的長椅上打發時間的老人們，她這樣反思到「美國老人對於工業社會的這種生活安排，並無怨言，只是精神上的寂寞寡歡恐怕難免，這從他們的行動上可以看出來。東方是不是會有一天也「進步」到西方這樣呢？我在看了美國老人的生活後，不由得要這樣問自己。」〔註26〕通過兩位作家的這三篇文章的對比，我們可以看到，相較林海音作爲一個遊客，以觀察的視角，得出直指美國工業社會下的老人生活這樣制度、文化下存在的隱患，三毛在講述這些故事時，則是身處其中，通過與周圍人的接觸，得

〔註25〕三毛，〈平沙漠漠帶刀去〉，《雨季不再來》，（臺北市：皇冠雜誌社，1979 年 8 月），175～194 頁。原載於 1974 年 12 月《女性世界》3 期。

〔註26〕林海音，〈日落百老匯〉，《林海音自傳》，（南京：江蘇文藝出版社，2000 年 1 月），224 頁。原收錄於《做客美國》（臺北：文星書店，1966 年 7 月）。

出一些更似體悟出來的感受，更加並非有意地去抨擊或者批判什麼制度或者文化。

正如〈這樣的人生〉當中所寫到的，一個瑞典清道夫在我家門前打掃落葉，葉子落了他就去拾，落了他再去拾，這樣一直反覆，原本不打算跟島上的老人們來往的「我」看不下去，「這樣弄了快二十分鐘，我實在忍不住了，光腳跑下石階，乾脆把我那棵樹用力亂搖，落了一地的花，這才也蹲下去一聲不響的幫這瘋子拾花。」〔註27〕「三毛」的行為看似荒誕可笑，其實是出於善意地幫助，也是由於她最基本的「我實在忍不住了」。也就是說，「三毛」的善良、助人的行為其實是一種最接近東方人的慕俠心理的，她的在作品中的演繹，更像是以一個讀者的代理人的身份混跡在這些人群當中，做了很多讀者在見到這樣的情況的時候，想做或許會做的事情。回到〈一個陌生人的死〉上，我們看到「三毛」對於老人加里的幫助，其實也是源於內心最多的不忍而做出的在大部分讀者看來自然而然的正義行為。

「三毛」形象中「江洋大盜」的意象勇敢正直、樂觀機智，是最接近漫畫人物「三毛」的，也就是說，作者三毛對於自己作品的定位，並不是將其作為一種純文學文本對待，而是有意識地站在讀者的立場，有意識地將文本中「我」的形象簡單化通俗化，更確切地說，是將其漫畫化。在作品中帶著「江洋大盜」式的假面的「三毛」，作為讀者的代理人，引領讀者進入沙漠的想像空間，做讀者在現實的日常生活中想做而不會、不敢做的事。

（三）「荷西的太太三毛」

三毛沙漠時期的創作是以描寫中國太太「三毛」給西班牙人丈夫荷西做中國菜的〈沙漠中的中國飯店〉開始的，「三毛」這個形象的演繹也隨著丈夫荷西的去世而從三毛的文本中消失。可以說沙漠時期的大部分作品，丈夫荷西都有參與進來。「三毛」這個形象也就自然而然的與丈夫荷西有著千絲萬縷、剪不斷的關係，總結沙漠時期的「我」的形象，不能不談及作為「荷西的太太三毛」的「我」。而在〈江洋大盜〉中，「我」最終進了上帝的天國，偷了一個人的心，最終「我」跟被偷心的人一起被上帝流放到了沙漠裏去，這可以說是對「荷西的太太三毛」的一種詮釋。

〔註27〕三毛，〈這樣的人生〉，《稻草人手記》，（臺北市：皇冠出版社，1983 年 5 月），99 頁。初版為 1977 年 6 月版，本文中涉及《稻草人手記》引文均為 1983 年版。

　　〈結婚記〉發表於 1974 年 11 月 16 日的《聯合報‧聯合副刊》，講述「我」
與荷西的戲劇性又滑稽的結婚經過。〈結婚記〉中，荷西以一個十分愛「我」、
單純又坦率的「小男人」的可愛形象出現，而與之相對，「我」則是一個十分
爽朗，不在意他人如何看待自己，我行我素的極具個性的瀟灑的女性形象出
現。

　　荷西尊重「我」的意見，願意同「我」一起前往沙漠，在沙漠的法院經
過幾個月的書類文件的審查，「我」跟荷西卻突然被告知要在明天舉行婚禮，
兩人急忙打電報向父母報告婚事時的描寫，可以看到一個優柔寡斷卻可愛的
荷西和與荷西相對果決幹練的「我」。〔註28〕

　　除〈結婚記〉外，作者三毛還跳脫出第一人稱「我」的敘事方式，以第
三人稱的視角，對「三毛」與荷西的婚姻關係進行描述。以〈警告逃妻〉爲
例，〈警告逃妻〉是直接收錄於《稻草人手記》的一篇詼諧的文章，內容主要
由荷西的來信構成，可以說是從荷西的角度對「三毛」形象的一個構建。講
述由於突如其來的思鄉情結，「三毛」突然回去臺灣，無法挽留「三毛」的荷
西，只有不斷給「三毛」寫信。剛開始哀訴「三毛」不在之後的孤獨寂寞的
生活，然後慢慢適應獨居生活，並在信中虛構一個年輕的女性鄰居卡爾經常
來家裏的消息，最終吃醋了的「三毛」終於決定回去。

　　其中，當荷西從岳父的信件中獲悉「三毛」已經安全抵達臺灣時，荷西
在信件中這樣寫道。「確定妳的確是在臺北，我才放心了。我一直怕妳中途在
印度下機，自個兒轉喀什米爾放羊，謝謝你沒有做出那樣的事情來。」〔註29〕
當「三毛」聽說女鄰居卡爾的事情，吃醋、氣沖沖地說要回來時，荷西計謀
得逞，在信件中，荷西的得意之情溢於言表。「你在電報上說，要回來跟我拼
命，歡迎妳來。」〔註30〕

　　全篇幾乎全由荷西寫給「三毛」的信件內容構成，關於「三毛」說的
話，我們也只能從荷西的信件中揣測一二，可以說這是一篇作者三毛從荷

〔註28〕 三毛，〈結婚記〉，《撒哈拉的故事》，（臺北市：皇冠文化，1991 年），32 頁。
　　　　 原載於 1974 年 11 月 16 日《聯合報‧聯合副刊》「對不起，臨時通知你們，
　　　　 我們事先也不知道明天結婚，請原諒——。」荷西的電報長得像寫信。我呢，
　　　　 用父親的電報掛號，再寫：「明天結婚三毛。」才幾個字。
〔註29〕 三毛，〈警告逃妻〉，《稻草人手記》，（臺北市：皇冠出版社，1983 年），139
　　　　 頁。初版爲 1977 年 6 月版，本文中涉及《稻草人手記》引文均爲 1983 年版。
〔註30〕 三毛，〈警告逃妻〉，《稻草人手記》，（臺北市：皇冠出版社，1983 年），151
　　　　 頁。初版爲 1977 年 6 月版，本文中涉及《稻草人手記》引文均爲 1983 年版。

西的角度對「三毛」的形象以及兩人令人會心一笑的獨立自由的婚姻關係的一種構建，此外，單單從荷西一面的信件當中，我們不僅可以看到荷西是一個如何深愛「三毛」的小男人的形象，從荷西開玩笑擔心「三毛」會去喀什米爾放羊，從「三毛」吃醋要回來跟荷西拼命的情節，也可以看出，荷西眼中的「三毛」有著奔放不羈的性格，但是也可以看出「三毛」很在意白己的丈夫荷西。

以上兩篇文章中，我們看到一個處於與丈夫荷西的婚姻戀愛關係中強勢而自由奔放的「太太三毛」。在「小男人」荷西的映襯下，「荷西的太太三毛」的灑脫更是鮮明起來。然而，文章中的兩人的關係卻又不是很緊張的，兩人之間是一種互相尊重互相需要的平等的關係，三毛將其命名為「開放的婚姻」〔註31〕，可以說，在三毛的文章中，兩人的婚姻關係被描寫成是一種「理想夫婦」的寫照。

對於這種理想夫婦的寫照，學者鄭明娳認為，「事實上，文章內兩人的生活有很多地方如前言中所說，經過重組與重建的工程，被特別放大的是兩人的歡樂相愛，被濃縮的是兩人的杆格爭執。」〔註32〕在1990年的名為「親愛的三毛」的讀者信箱中，面對一個因婚姻問題而苦惱的讀者的來信，三毛列舉自己的經歷，告白荷西曾經有過一次出軌經歷，最後兩人圓滿地解決了這一問題的回信。〔註33〕可見，的確如鄭明娳所指出的一樣，三毛在描寫和荷西的婚姻生活時，有意識地淡化了二人之間的摩擦與糾紛，美化二人的關係，使其關係在讀者看來，更像是一種理想夫婦的形象。而「三毛」在這個理想夫婦的寫照當中，自然而然被想像成一個處於幸福婚姻關係當中的幸福的太太「三毛」。

這樣的「三毛」的形象，是作者三毛站在一般讀者的立場有意識地創作出來的形象。那麼，在當時的讀者的眼中，這樣的三毛形象是否真的是一個理想的形象呢？我們可以側面地從與三毛同時代的「瓊瑤熱」中，一窺「三毛」這一形象，尤其是「荷西的太太三毛」這樣的意象在當時的時代下的接受度。

〔註31〕三毛，〈大鬍子與我〉，《哭泣的駱駝》，（臺北市：皇冠雜誌社，1982年），234頁。原載於1976年11月5日《中華日報・中華副刊》。

〔註32〕鄭明娳，〈讀書如讀人——三毛閱讀記〉，《聯合文學》315期（2011年1月），36頁。

〔註33〕三毛，〈如何面對婚外情〉，《親愛的三毛》（臺北市：皇冠文學出版有限公司，1991年5月）118頁。原載於1990年9月《講義》7卷6期。

　　70 年代 80 年代席捲臺灣的是「三毛熱」，而「瓊瑤熱」則始於 60 年代、在 70 年代左右結束，和「三毛熱」一樣，被認為是應時運而生的紅極一時的現象。關於「瓊瑤熱」，學者張文菁指出「經常被輕易地歸納為類型化的言情小說，也就是通俗化的戀愛小說一流的瓊瑤小說能夠在很長一段時間受到廣泛接受的背景之下，這應該是與人們的想像力以及藏匿於那個時代深處的慾望也就是人們的夢想有著緊密的聯繫。」〔註 34〕張文菁更就 70 年代的瓊瑤小說的成功的事例進行分析，總結出瓊瑤作品中的〈大學畢業+美國留學=成功〉的模式，並指出「70 年代瓊瑤作品中成為指南式的『成功方程序』，無疑是帶領讀者夢想憧憬的世界，使其將自身投射進去的產物。」〔註 35〕

　　與瓊瑤 70 年代的成功案例一樣，三毛的撒哈拉系列發表於 70 年代中期，在當時的臺灣社會中存在著大量的對於海外保持著熱烈憧憬的讀者這一事實是無庸置疑的。但是，與瓊瑤作品中完全虛構出來的戀愛的世界不同，三毛的作品以第一人稱「我」進行敘事，講述自己的異國婚姻和在異域的生活等，可以說更像是將瓊瑤小說中所描寫的戀愛故事搬到現實生活中來，「三毛」這一形象更像是瓊瑤小說中的女主角在現實生活中的一次精彩的演繹。

　　三毛在〈送你一匹馬〉中細數自己與瓊瑤的友情，其中提到自己休學在家時，每天急切地等待連載瓊瑤的《煙雨濛濛》的報紙被送來時的經歷〔註 36〕，可知三毛本身就是瓊瑤作品的忠實讀者。中學時期，三毛由於墨汁事件輟學在家，她當時對瓊瑤的期待大概和大部分瓊瑤的校園讀者一樣，面對生活中的壓力，通過閱讀瓊瑤，「也就是，讓讀者通過與他自身接近的主人公，看到距離讀者的現實生活有半步或者一步之遙的夢想。」〔註 37〕可以說，三毛曾經也是借助瓊瑤來實現自己夢想的讀者，她熟悉瓊瑤小說的策略，而當自己可以走出國門，並且在一手提拔了瓊瑤的平鑫濤的《聯合報・聯合副刊》上發表自己的作品時，在熟稔當時的《聯合報・聯合副刊》注重通俗性、大眾

〔註 34〕張文菁，〈郷愁から憧憬へ：瓊瑤作品にみる臺灣民眾の意識轉換〉，日本，《中國文學研究》33 期（2007 年 12 月），29 頁。

〔註 35〕張文菁，〈郷愁から憧憬へ：瓊瑤作品にみる臺灣民眾の意識轉換〉，日本，《中國文學研究》33 期（2007 年 12 月），35 頁。

〔註 36〕三毛，〈送你一匹馬〉，《送你一匹馬》（臺北市：皇冠雜誌社，1983 年 10 月），206 頁。原載於 1983 年 5 月《皇冠》351 期。

〔註 37〕張文菁，〈郷愁から憧憬へ：瓊瑤作品にみる臺灣民眾の意識轉換〉，日本，《中國文學研究》33 期（2007 年 12 月），35 頁。

化的出版主旨的情況下，三毛比瓊瑤虛構出來的夢更進一步，以現實的、類似於瓊瑤筆下的主人公的形象出現在讀者面前。

瓊瑤筆下的女性形象雖然有多種形象，但其中有一類往往富於浪漫主義、敢於衝破封建禮教的束縛、具有堅強的人格力量以及悲劇性。〔註38〕比如，三毛在〈送你一匹馬〉中提及的《煙雨濛濛》，女主人公陸依萍性格倔強、熱愛文學、敢愛敢恨，這樣的人物形象，我們也可以在「三毛」的「江洋大盜」這一意象上看到。異域、沙漠、流浪、「江洋大盜」般灑脫的個性，這些原本就都是十分富於浪漫主義的元素，而「荷西的太太三毛」則負責具體地演繹瓊瑤筆下的理想的愛情。事實上，很多讀者的確感傷於三毛與荷西的愛情。

> 三毛和荷西在撒哈拉的生活，幾乎是第一次在我眼前解開了另一個世界：幸福的概念原來可以這樣詮釋──它是包括了冒險與漂泊的。〔註39〕

> 學姐，我還寧願我的荷西已然死去，而不是此刻正躺在別人床上，于握遙控器，望著電視裏誇張演出的戲劇，心底毫無悲喜。〔註40〕

> 而三毛的愛情彷彿也是我們的愛情，當時所有讀者莫不對三毛與荷西的故事同喜又同悲。〔註41〕

「三毛」是一個獨立自主的女性形象，而荷西是依附於「三毛」的小男人，兩個人相愛，但是婚姻關係卻是自由獨立的，這樣的婚姻關係，既符合了現實意義上有一個穩定的家庭，女性又獲得了自我主體的完成性，甚至於在婚姻關係中處於主導地位。三毛自詡的「開放的婚姻」，對於70年代80年代處於閉塞的臺灣的讀者們來說，無疑是令人稱羨的理想的婚姻關係。也正是三毛在作品中描繪了一對理想夫婦的圖景，我們可以在三毛的「親愛的三毛」欄目中，看到如前文提到的〈如何面對婚外情人〉一樣，不乏有許多因為婚姻的不幸福或者愛情的不美滿而向三毛請教的讀者的來信。三毛作品中，「三毛」與荷西的愛情可以說是瓊瑤式愛情的一個翻版，甚至於，對於更

〔註38〕周沙，〈理想人性的追求與理想人格的建構──論瓊瑤筆下的女性形象〉，《昭通師範高等專科學校學報》31卷1期（2009年2月），50～54頁。

〔註39〕廖偉棠，〈她讓我們想像天涯〉，《聯合文學》315期（2011年1月），49頁。

〔註40〕徐譽誠，〈給三毛的畢業紀念冊〉（一部分），《聯合文學》315期（2011年1月），64頁。

〔註41〕盧春旭，〈永遠的三毛〉，《聯合文學》315期（2011年1月），66頁。

多讀者而言，由於「我」＝「三毛」所附加的「眞實」這一信息，使它更加高
於虛構的瓊瑤式浪漫。

（四）理想意象中的缺憾——「稻草人」

「江洋大盜」和「荷西的太太三毛」可以說是三毛塑造的自我形象中的
理想的兩個意象。我們再回過頭來看一下，「稻草人」這一意象是如何潛藏在
這兩個意象之中的。

「我」的形象傾向於「江洋大盜」意象中俠女形象的〈溫柔的夜〉中，「稻
草人」的意象有所顯現。

〈溫柔的夜〉發表於 1978 年 2 月 27 日至 28 日的《聯合報・任何副刊》，
收錄於同名作品集《溫柔的夜》，講述「我」開車到碼頭，在碼頭等候前往迦
納利群島的船時，在人來人往的碼頭，偏偏「我」被一個看起來像流浪漢的
人纏住，請求給他買船票，在流浪漢三次的糾纏後，「我」不勝其煩，在誤會
流浪漢不過是在騙錢的情況下，還是給了他錢就甩手離去。當「我」坐上船
時，發現流浪漢原來眞的僅僅是爲買一張船票，而自己卻誤會並中傷了他，
因而內疚不已。

作者三毛在文中不斷描寫這個流浪漢的窘困的外貌和他看起來失意的神
色，在流浪漢第一次出現時，三毛將他的形象比喻成一個「稻草人」。〔註 42〕
三毛在文中極力描寫流浪漢的窘態，面對一個這樣的可憐人時，「我」的內心
十分地掙扎，但是還是在不想被「認定我是那個會給他兩百塊錢的傻瓜」〔註 43〕
的前提下，給了他錢但是還是向流浪漢揭露了他只是在撒謊的事實。當「我」
在船上看到流浪漢，並意識到流浪漢並不是在撒謊時，「我」內心愧疚不已，
而文章結尾，三毛用一首歌曲將「我」與流浪漢聯繫到了一起。

> 請你告訴我——
>
> 爲什麼，爲什麼

〔註 42〕三毛，〈溫柔的夜〉，《溫柔的夜》，（臺北市：皇冠文化，1991 年 8 月），160
　　　頁。原載於 1978 年 2 月 27～28 日《聯合報・聯合副刊》。原文：那個流浪漢
　　　靠在遠遠的路燈下，好似專門在計算著我抵達的時刻，我一進港口，他就突
　　　然從角落裏跳了出來，眼睛定定的追尋著我，兩首在空中亂揮，腳步一高一
　　　低，像一個笨拙的稻草人一般，跌跌撞撞的跳躲過一輛輛汽車，快速的往我
　　　的方向奔過來。
〔註 43〕三毛，〈溫柔的夜〉，《溫柔的夜》，（臺北市：皇冠文化，1991 年 8 月），168
　　　頁。原載於 1978 年 2 月 27～28 日《聯合報・聯合副刊》。

　　　　這世上

　　　　有那麼多寂寞的人啊──〔註44〕

　　歌詞中說「為什麼這世上有那麼多寂寞的人啊」，這裡「寂寞的人」不僅指涉到失意、不得不向人要錢還要被人猜忌的流浪漢，更加指涉到由於不信任而猜忌、傷害到流浪漢並因為自己的猜忌而愧疚不已的「我」。這也是為什麼，文中流浪漢在人來人往的碼頭，偏偏只盯住「我」、跟「我」要錢的原因，是因為「我」與流浪漢都是「寂寞的人」。三毛在文章開頭將流浪漢的出場描寫成一個窘迫的「稻草人」，這個「稻草人」的意象當中，自然而然也有同為「寂寞的人」的「我」的形象在其中。

　　「荷西的太太三毛」這一意象之下，〈親愛的婆婆大人〉一文中，面對「我」很不擅長的婆媳關係時，「稻草人」的意象會不時地出現。〈親愛的婆婆大人〉講述「我」和荷西前往馬德里荷西的父母家過聖誕節，與自己的「假想敵」婆婆一起生活，「我」極度壓抑隱藏自己的本性，努力表現出一個稱職太太的樣子，戰戰兢兢的幾天過去，分別時終於獲得婆婆的理解的故事。全文以說書人的語氣，常常將「我」第三者化，適時地在文中與讀者交流，引用種種典故，努力營造一種幽默的氣氛。

　　雖然三毛在文中努力營造輕鬆幽默的氣氛，但是「我」在婆家孤立無援的狀態卻是很明顯的。每當「我」很為難，向荷西投以求救的目光時，荷西都予以無視，在這樣的情勢下，三毛在文中幾次將「我」形容為「稻草人」「空心草包」。當「我」在家中做了一天的家務，想要跟荷西等人一起出去走走，而被婆婆攔住時，三毛寫道「尊重敵人，儘量減少衝突，是自己不跌倒的第一要素。畢竟你還是個羽量級的稻草人哪。」〔註45〕當聖誕晚宴即將開始，而「我」不得不要為這一家人做出一個聖誕大菜來時，三毛寫道「妳如果還是要反覆煩人的問自己──我為什麼，我這是為了什麼──那麼，妳這個稻草人可真就是空心草包了。」〔註46〕「三毛」形象中，「稻草人」的意象可以

〔註44〕三毛，〈溫柔的夜〉，《溫柔的夜》，（臺北市：皇冠文化，1991 年 8 月），177頁。原載於 1978 年 2 月 27～28 日《聯合報・聯合副刊》。

〔註45〕三毛，〈親愛的婆婆大人〉，《稻草人手記》，（臺北市：皇冠出版社，1983 年 5月），44 頁。初版為 1977 年 6 月版，本文中涉及《稻草人手記》引文均為 1983年版。

〔註46〕三毛，〈親愛的婆婆大人〉，《稻草人手記》，（臺北市：皇冠出版社，1983 年 5月），46 頁。初版為 1977 年 6 月版，本文中涉及《稻草人手記》引文均為 1983年版。

說是被壓抑在「三毛」形象中的潛藏起來的部分，作者不希望文章本身過於囿於悲傷沉重的氣氛，以插科打諢的方式，讓「稻草人」在文中不經意地出現以自嘲。在〈親愛的婆婆大人〉中，「稻草人」的意象是當「我」的本性被壓抑時表現出來的自省、孤立無援的寂寞的象徵。

通過以上兩個例子，可以得知，沙漠時期的「三毛」形象當中「稻草人」的意象往往在極度壓抑和自省的狀態下出現，正如序言的寓言故事中所描寫的一樣，「稻草人」的意象被描繪成是一個孤獨而寂寞的癡心人的意象。而，又如前文所述，「稻草人」是作者三毛的創作的原動力，是三毛本人的精神創傷在文本中的形象化體現。如果說，前兩者中的「江洋大盜」和「荷西的太太三毛」是作者三毛在意識到讀者的前提下，站在讀者的立場講故事，努力塑造一個漫畫式的接近讀者理想的女性形象的話，那麼「稻草人」的可以說是，對兩個開放式的意象之下的沙漠時期「三毛」形象的內裏的一個補充。「江洋大盜」也好「荷西的太太三毛」也好，意象的塑造上其實是很極端地表現出「三毛」這一形象的片面，就像漫畫中的人物一樣，這個形象雖然很理想，但是在三毛有意識地迎合讀者，躲開故事中的矛盾衝突點，排除掉一些過度複雜的成分時，卻使形象顯得不夠有血有肉，「稻草人」的形象正是在前兩者不夠完善的形象之下，對其進行補充，更加表現出作家本人的內省和落寞的一面，使得「三毛」這一形象更加立體起來。但是，更重要的在於「稻草人」其實是從過根本上以「我」的內心世界的軟弱無力拉近與讀者關係的意象，也是支撐起理想的「三毛」形象的根本。

三、「三毛」傳奇的確立

齊邦媛認為，三毛作品的魅力源於一個是異國情調，另一個是反抗傳統社會成長型態的勇氣。〔註47〕「稻草人」這個意象中提示著作者三毛自身的軟弱無力的一面，這種軟弱無力的根源其實就是來源於社會體制或者說傳統價值觀所帶來的一種壓力。

在這裡，筆者想要再次提及三毛青春期時期休學在家的六年自閉經歷。這六年的經歷成為了三毛的精神創傷，形成了「稻草人」「空心人」這樣的意

〔註47〕齊邦媛，〈閨怨之外——以實力論臺灣女作家〉，《聯合文學》5 期（1985 年 3 月），16 頁。原文：在國人上不能普遍出國旅遊的臺灣，三毛的小說像是一扇開向異國情調的窗子。三毛另一個魅力是她書中的反抗傳統社會成長型態的勇氣。

象，同時也成為她促使她走上創作之路的原動力。而我們進一步去追究三毛因何會休學在家的原因時，就會發現其導火線則是「墨汁事件」。三毛在〈逃學為讀書〉中，講述了這一次的體罰經歷。考取了省中的三毛，有著強烈的求知慾，但是面對學校死板地教學方式，使得三毛無法獲得她真正想要瞭解的知識，「我是這麼的渴求新的知識……（略）……可惜我的老師們，從來沒有說過這些我渴羨的故事。」〔註48〕三毛的數學很不好，但是一次考試中竟得了滿分，數學老師懷疑她作弊，刁難她，三毛果然沒有做出那些問題，數學老師因此當著全班的面用墨汁在她的臉上塗了兩個大圓餅，全班發出了哄笑，三毛寫道「我弄錯了一點，就算這個數學老師不配做老師，在她的名份保護之下，她仍然可以侮辱我，為所欲為。」〔註49〕由於這一次的墨汁事件，三毛開始了逃學，當她的父母發覺了她的逃學之後，勉強她鼓勵她再去學校，當然，最終，三毛還是休學在家了，在優秀的道德模範的家人面前，自己的與一般人不一樣的人生致使她產生了強烈的白卑感，三毛第一次自殺未遂，父母不再強迫她，像這樣，她開始在家中經歷了六年與同齡人不一樣的人生。值得一提的是，當父母鼓勵她去學校時，三毛這樣寫道。

> 　　第二年開學了，父母鼓勵我再穿上那件制服，勉強做一個面對現實的人。而我的解釋，跟他們剛好不太一樣，面對自己內心不喜歡的事，應該叫不現實才對。

> 　　母親很可憐，她每天送我到學校，看我走進教室，眼巴巴的默默的哀求著我，這才依依不捨的離去，我低頭坐在一大群陌生的同學裏，心裏在狂喊：「母親，妳再用愛來逼我，我要瘋了！」

〔註50〕

對於死板的規制化的校園生活，三毛的叛逆情緒被強烈地激發出來，她想逃離這種同尋常人一樣的她不喜歡的所謂「現實」，然而在父母的鼓勵下，她被迫「勉強做一個現實的人」，而母親的「愛」讓我反而覺得「母親很可憐」。「母親，妳再用愛來逼我，我要瘋了！」三毛在心中狂喊的聲音，正是三毛在面

〔註48〕三毛，〈逃學為讀書〉，《背影》（臺北市：皇冠出版社，1988 年 8 月），27 頁。
　　　　原載於 1978 年 10 月 23～25 日《中華日報・中華副刊》。
〔註49〕三毛，〈逃學為讀書〉，《背影》（臺北市：皇冠出版社，1988 年 8 月），31 頁。
　　　　原載於 1978 年 10 月 23～25 日《中華日報・中華副刊》。
〔註50〕三毛，〈逃學為讀書〉，《背影》（臺北市：皇冠出版社，1988 年 8 月），33 頁。
　　　　原載於 1978 年 10 月 23～25 日《中華日報・中華副刊》。

對父母親以愛爲名義的，要求自己的孩子過與同齡人一樣的生活的社會壓力之下所爆發出來的萬般無奈的吶喊。可以說，致使三毛休學在家的正是這種社會規制的壓迫，而進一步使她身負精神創傷的則是無法對父母的愛做出回饋的愧疚感，在社會和父母的雙重壓迫下，〈江洋大盜〉中的「我」成了「空心人」，《稻草人手記》中時常隱現出來的「稻草人」，而在壓迫與本身的叛逆、反抗的情緒之下三毛邁上了文學創作的道路，這種最初的創作原動力所散發出來的反抗的精神一直留存在三毛的文學作品中。

　　張瑞芬指出，「尋找自我，使旅遊本身成爲對自我的一種辯證。是三毛以降的女性散文美學與早期女性旅遊散文最大的不同點。」〔註 51〕三毛在文本中不斷地對自我生命進行詮釋，在文本中「我」的生命不斷地展現著不同的姿態，其根本的指向還是在於「我」。三毛的作品，其文本中堅持對「我」進行記錄，不斷地詮釋自我，實際上可以理解爲是一種對自我存在的追尋的態度。然而，三毛的「自我追尋」卻並不是全然地將自我暴露出來，三毛的創作在考慮到讀者意識前下有意識地展現她希望被人看到的姿態。於是，我們在三毛的作品中，尤其是沙漠時期的作品中，看到作者讓故事中的人物「我」戴上「三毛式」的浪漫主義面具在故事中演繹了特立獨行的「江洋大盜」、瀟灑自由的「荷西的太太三毛」，這些都是作者三毛希望別人看到的自己的理想的形象，而其中，「稻草人」作爲其創作的根本動力卻依舊存在在作品中，並且有意識無意識地顯現在作品中。三毛的作品一方面有期望獲得別人的肯定的要求，但是另一方面，她在創作時在瞭解讀者需求的情況下建立起來的「江洋大盜」「荷西的太太三毛」這樣的理想形象以及源於反抗精神下的「稻草人」的形象，可以說很好地契合了與三毛有著同樣的內心壓力的讀者們，並且，三毛的這種在作品中自我演繹的創作策略可以說，更是鼓舞了很多有類似的困惑的讀者們。

　　除去作品中三毛的她自身的創作策略和它所表達出來的精神內涵以外，出版的策略可以說也具備了同樣的意義。三毛沙漠時期的出版作品其實是一個「現實版」的醜小鴨變白天鵝，灰姑娘遇到白馬王子，脫胎換骨、破繭重生的「童話」系列。三毛在出版了《撒哈拉的故事》之後，緊接《撒哈拉的故事》出版的就是三毛青春期時的作品集《雨季不再來》。

　　前文中，已經提到這一時期的一篇作品〈惑〉，我們從中看到一個拒絕現實逃避於幻想世界的少女，事實上，三毛的《雨季不再來》中女主人公總有

〔註 51〕張瑞芬，《臺灣當代女性散文史論》（臺北市：麥田出版，2007 年），55 頁。

著類似的特點，有著強烈作者三毛自身的身影。在收錄於《雨季不再來》的
多篇作品中，主人公迷戀芥川龍之介筆下的「河童」形象。

> 「卡帕，你怎麼穿這種怪鞋子？」卡帕是日本作家芥川龍之介的
> 小說《河童》的發音，在雨季開始時我就被叫成這個名字了。〔註52〕

> 她披了件寢衣靠在床上看小說，芥川龍之介的《河童》——請
> 讀做 Kappa。〔註53〕

芥川龍之介筆下的「河童」是一個容易害羞、憂鬱同時又暗暗地懷抱著熱情
的理想主義者的形象。小說中的主人公一次意外地掉進了河童的世界，當他
回到人類的世界後，依舊沉緬於河童的世界。這樣的形象，我們似乎也可以
在逃避現實、沉緬於幻想的〈惑〉的主人公身上看到，也可見《雨季不再來》
中的作者三毛青春期時期的身影。由此，可見青春期時期的習作《雨季不再
來》中的作者三毛筆下的自我形象與沙漠時期的「二毛」之間的反差。就像
作者三毛在序言〈當三毛還在二毛的時候〉中說到的：

> 「我多麼願意愛護我的朋友們，看看過去三毛還是二毛的樣
> 子，再回頭來看看夕口的《撒哈拉的故事》那本書裏的三毛，比較
> 之下，有心人一定會看出這十年來的歲月，如何改變了一朵溫室裏
> 的花朵。」〔註54〕

三毛沙漠時期作品中的「我」的理想形象，固然是作者三毛對於自我的期許，
但同時，在這篇序文中，我們可以看到三毛給讀者發出的信號。她告訴她的
讀者們：我曾經和你們一樣，所以不要著急，只要你們堅持自己所堅信的東
西，不放棄希望，那麼，你們會跟我一樣，擁有屬於自己精彩的人生。《雨季
不再來》在《撒哈拉的故事》之後的馬上結集出版，其意圖，就是如三毛在
序言中所說，是為了讓讀者們去比較現在的「三毛」和曾經的「二毛」，在這
樣的策略之下，「三毛」傳奇被成功地建立起來了，這對於讀者們來說，無疑
是十分鼓舞人心的。我們在三毛的讀者的話語中，往往看到他們身上有著與
青春期時期的三毛類似的經歷。

〔註52〕三毛，〈雨季不再來〉，《雨季不再來》（臺北市：皇冠雜誌社，1979 年 8 月），
　　　　73 頁。原載於 1966 年 9 月《出版月刊》16 期。
〔註53〕三毛，〈月河〉，《雨季不再來》（臺北市：皇冠雜誌社，1979 年 8 月），50 頁。
　　　　原載於 1963 年 8 月《皇冠》114 期。
〔註54〕三毛，〈當三毛還在二毛的時候〉，《雨季不再來》（臺北市：皇冠雜誌社，1979
　　　　年 8 月），12 頁。原載於 1976 年 6 月 30 口《聯合報·聯合副刊》。

　　那時候在學校，數學理化考要六十分是天文數字，體育也很糟糕，看誰都不順眼，一整天難得說上一句話，在人群中常常覺得很卑微，但對它們又不大看得起。整個人自卑又自大。但只要讀三毛，想到有人也受過自己在承受的苦，日後竟變成了這樣自在帥氣的人，就覺得很安慰。

　　（略）

　　我擁有的那本《撒哈拉的故事》封面是土黃色的，因為政令關係，作者名字和書名是由右邊讀到左邊，上頭一個游牧民族牽著駱駝的剪影。在那禁忌的年代，那道風景是個隱喻，真正的生活在他方，不管是整個時代，抑或是我自己。（李桐豪）〔註55〕

我們把時間再向前追溯到三毛在世的時期，從《明道文藝上的》「三毛信箱」欄目和《講義》中的〈親愛的三毛〉欄目中，公開的給三毛的來信中，也可以看到與上述讀者類似的信息。

　　我真羨慕妳，恨不得能夠活得像妳，可惜我不能，請妳多寫書給我看，豐富我的生命，不然，真不知活著還有什麼快樂？〔註56〕

　　我覺得自己生活在怨毒、猜忌、殘殺的氣氛中，有一種莫名的壓迫，導致我犯下這個無法抹滅的錯誤。如今想起，縱有千言萬語，也不知如何陳述我心中的悔恨。請問：如何改變自我的現狀？如何創造自己的生活？如何美化自己的人生？

　　祝您永遠快樂地活在宇宙天地中，替人類開創美滿的人生旅程。〔註57〕

我們可以在三毛的讀者的來信中，捕捉到一些他們眼中的「三毛」形象的蛛絲馬蹟。〔註58〕在這些三毛的讀者的記述中，我們看到，他們往往從「三毛」

〔註55〕李桐豪，〈然而，我們都愛過沙漠〉，《聯合文學》315 期（2011 年 1 月），46 頁。
〔註56〕佚名讀者，〈如果我是妳〉，《談心》（臺北市：皇冠出版社，1987 年 8 月），158 頁。
原載於 1984 年 5 月《明道文藝・三毛信箱》98 期。
〔註57〕佚名讀者，〈好好活下去〉，《親愛的三毛》（臺北市：皇冠文學出版有限公司，1991 年 5 月）135～136 頁。原載於 1990 年 11 月《講義》8 卷 2 期。
〔註58〕1983 年 3 月開始，三毛在臺中明道中學的《明道文藝》上開設了「三毛信箱」持續到 1985 年 9 月，另外，1989 年 8 月在《講義》雜誌開設〈親愛的三毛〉

的成長上看到了與自己類似的經歷或者感受，他們看到三毛的筆下構建起來的沙漠成了他們嚮往的烏托邦，而「三毛」的形象則是他們憧憬、崇拜的偶像。「三毛」自由、浪漫的生活態度，和荷西的愛情還有追尋理想世界的人生信條著實鼓舞了曾經的這些讀者。在三毛的讀者來信中，有兩封是來自於中國的大陸的，其中一封來自於新疆，她如下寫道：

> 我想認識您的理由有以下幾點：
>
> 第一，我非常喜歡您寫書的文筆。第二，您在書上曾提到有段時間您在學習繪畫。第三，好幾個同學都手握平常的所作所爲很像您（我不知是否眞的那樣）。因爲我在這裡經常不符合大眾要求，很出格的……（略）
>
> 對了，忘了最重要的一句話：「我非常敬佩您！」〔註59〕

也許最初，三毛只是將自己的讀者群設定在臺灣「中間區塊」的讀者，但是 70 年代中期的臺灣，如南方朔指出的，「上世紀 70 年代的臺灣地區，剛走完戰後貧窮、封閉、欠缺自由的艱苦時代，在 1975 年左右，人均收入已超過二千美元，整個社會風氣日漸自由，結束了苦悶無力的階段。逐漸安定、鬆弛的生活狀態，是人們開始產生憧憬的時刻。」〔註60〕而在 80 年代中期的中國大陸，70 年代中期十年文革結束，「隨著開放政策的逐步實施，多年來政治、經濟、文化上的鉗制開始鬆動，直至剝落」〔註61〕，我們可以在兩個敘述中看到一個大致的共通點，就是無論是臺灣還是中國大陸都曾經過一個由不自由到可以憧憬自由的階段，而三毛的作品恰恰在這樣一個時期登陸中國

欄目，以這兩個欄目爲平臺，三毛與她的讀者們進行交流，《明道文藝》是一本主要面向青年人的雜誌，而《講義》的讀者群則相對廣泛，所以，我們大致瀏覽一下讀者的來信，會發現，其中雖然大部分是青春期面臨學業、升學的壓力、青春期的困惑的青少年們，也不乏婚姻不幸福、愛情上不如意、人生困頓等等的社會人，而三毛在這兩個平臺中以回信的方式解答他們的困惑。在這兩個平臺上的這一類的來信，固然本身就帶有消極的色彩，也許會有失偏頗，但是我們也可以對三毛的讀者群以及在這些讀者心目中三毛作爲一個理想的成功的人生導師一樣的形象有一部分暸解。

〔註59〕佚名讀者，〈三毛的嗜好〉，《親愛的三毛》（臺北市：皇冠文學出版有限公司，1991 年 5 月）83～84 頁。
原載於 1990 年 6 月《講義》7 卷 3 期。
〔註60〕南方朔，〈流浪的心靈是者〉，《三毛 1943～1991》（北京：作家出版社，2011 年 1 月），5 頁。
〔註61〕肖芳，〈淺析三毛現象〉，《安徽文學》12 期（2013 年 12 月），24～25。

大陸，所以，臺灣和中國大陸雖然政治經濟狀況不盡相同，但是三毛作品中反映出來的「追尋」、「反抗」、嚮往獨立自由的主旨，也同樣給予了 10 年後的 80 年代中期的中國大陸讀者以想像。

　　三毛強調文學應當是創造與再創造的關係。「我認為作家寫作，在作品完成的同時，他的人物也完成了。至於爾後如何，那是讀者的再創造。」〔註62〕三毛在這裡講的「再創造」固然是指對文學的一個一般性的簡介，但是至於三毛自身，我們可以看到她的創作時時刻刻都具有一種讀者意識，在這種意識下，三毛在她的作品中塑造了一個與讀者接近的自我形象，「我」＝「三毛」的模式，讓人們看到「平凡」的「三毛」追尋自我生命的姿態以及由她演繹出來的浪漫的沙漠這片烏托邦，引領他們進入到自己的想像空間。讀者在三毛的詮釋下受到鼓舞，想像自己也可以實現象「三毛」一樣地人生，完成了她與讀者之間「造夢」與「圓夢」的關係。於是，三毛成為了那個時代的信仰。「三毛」的傳奇由此確立。

結　論

　　縱觀三毛一生的創作，除去青春期時期的作品集《雨季不再來》，其餘幾乎所有作品都是以「我」敘事。在荷西逝世，回到臺灣之後出版於 1983 年 7 月的《送你一匹馬》一書的序言〈愛馬〉中，三毛寫道當被問及自己的代表作時，三毛執拗地回答道：「是全部啊！河水一樣的東西，慢慢流著，等於划船游過去，並不上岸，缺一本就不好看了，都是代表作。」〔註63〕三毛之所以這樣回答，是因為對三毛本人而言，自己的作品都是在對自我生命的一種詮釋，生命像河水一樣流淌，「划船」的過程就好像在生命的河流中書寫自己的過程，「上岸」意味著生命的終結和創作的終結。荷西逝世之後，三毛的作品中不再見「三毛」的身影，轉而代之的是 Echo──一個沉湎於丈夫的死亡而游離於真實與虛幻之間的形象以及陳平──時而苦於困陷於臺北，時而積極參與到社會、家庭中的形象，兩個形象的具體塑造固然與「三毛」不同，但是其作品中所傳達的對生命的自我追尋的態度以及由於對規制的反抗而表

〔註62〕沈君山、三毛，〈兩極對話──沈君山和三毛〉《夢裏花落知多少》（臺北市：皇冠出版社，1990 年 10 月），284 頁。初版為 1981 年 8 月，本文引文出自 1990 年版。

〔註63〕三毛，〈愛馬〉，《送你一匹馬》（臺北市：皇冠雜誌社，1983 年 10 月），13 頁。原載於 1983 年 6 月 5 日《聯合報‧聯合副刊》。

現出來的顯現出來的「稻草人」式的抗拒和游離卻依舊可見。可以說，沙漠時期的書寫策略奠定了三毛之後的創作路線，而沙漠時期的「三毛」這一形象也是三毛最為人所銘記的形象。

三毛沙漠時期的自我形象塑造充滿了浪漫主義、理想主義的色彩，她在作品中的演繹，遑論勇敢正直、英姿颯爽的「江洋大盜」、幸福女人「荷西的太太三毛」，就連「稻草人」也是孤寂、自省的，詩意地象徵了對於傳統社會的微弱的反抗。同樣是在前文中提及到的〈愛馬〉一文中，三毛寫道：「生命跟人惡作劇，它騙著人化進故事裏去活，它用種種的情節引誘著人熱烈的投入，人，先被故事捉進去了，然後，那個守麥出的稻草人，就上當的講了又講。」〔註 64〕三毛講自己的創作形容成一種不由自主的創作，不是由創作者去控制那個故事，而是創作者所經歷的生命在控制創作者去創作，可以說，這時期的三毛極大程度地否定了創作者的自主性，這是由於三毛一雙堅片對自我生命進行浪漫主義詮釋、在作品中演繹這一創作路線限制了三毛的創作。然而，我們關注她在這裡所說的「稻草人」，難免又會想到背後所處的時代，正是在 70 年代 80 年代相對比較閉塞的中國大陸和臺灣，才孕育了堅持「追尋」和「反抗」的三毛，也正是在這樣的大環境之下，與三毛具有同樣經歷和感受的讀者喜不自禁地投入到三毛構建起來的沙漠世界，與三毛共同鑄造了一個時代的傳奇。同樣主題的作品在現在相對比較開放的社會環境之下，也許不再具有當時那樣的土壤，但是三毛作品中所表現出來的「追尋」以及「反抗」的主旨，卻是存在於人性當中，具有永恆的普遍性。

主要參考文獻

1、三毛，《雨季不再來》，臺北市，皇冠雜誌社，1979 年 8 月。

2、三毛，《哭泣的駱駝》，臺北市，皇冠雜誌社，1982 年 8 月。

3、三毛，《稻草人手記》，臺北市，皇冠出版社，1983 年 5 月。

4、三毛，《送你一匹馬》，臺北市，皇冠雜誌社，1983 年 10 月。

5、三毛，《談心》，臺北市：皇冠出版社，1987 年 8 月。

6、三毛，《背影》，臺北市，皇冠出版社，1988 年 8 月。

7、三毛，《夢裏花落知多少》，臺北市，皇冠出版社，1990 年 10 月。

〔註 64〕三毛，〈愛馬〉，《送你一匹馬》（臺北市：皇冠雜誌社，1983 年 10 月），15～16 頁。
原載於 1983 年 6 月 5 日《聯合報・聯合副刊》。

8、三毛，《撒哈拉的故事》，臺北市，皇冠文化，1991 年 5 月。

9、三毛，《親愛的三毛》，臺北市，皇冠文學出版有限公司，1991 年 5 月。

10、三毛，《溫柔的夜》，臺北市，皇冠文化，1991 年 8 月。

11、三毛，《高原的百合花》，臺北市，皇冠，1993 年 7 月。

12、林海音，《林海音自傳》，南京，江蘇文藝出版社，2000 年 1 月。

13、張瑞芬，《臺灣當代女性散文史論》，臺北市，麥田出版，2007 年。

14、朱國珍、徐譽誠等，〈給三毛的畢業紀念冊〉，《聯合文學》315 期，2011 年 1 月。

15、李桐豪，〈然而，我們都愛過沙漠〉，《聯合文學》315 期，2011 年 1 月。

16、師永剛 方旭 馮昭，〈三毛臺北地圖〉，《視野》22 期，2011 年 11 月。

17、盧春旭，〈永遠的三毛〉，《聯合文學》315 期，2011 年 1 月。

18、齊邦媛，〈閨怨之外——以實力論臺灣女作家〉，《聯合文學》5 期，1985 年 3 月。

19、廖偉棠，〈她讓我們想像天涯〉，《聯合文學》315 期，2011 年 1 月。

20、鄭明娳，〈讀書如讀人——三毛閱讀記〉，《聯合文學》315 期，2011 年 1 月。

21、千仲明，〈三毛作品及讀者接受方式的大眾文化特徵〉，《安徽工業大學學報》第 24 卷第 6 期，2007 年 11 月。

22、周沙，〈理想人性的追求與理想人格的建構——論瓊瑤筆下的女性形象〉，《昭通師範高等專科學校學報》31 卷 1 期，2009 年 2 月。

23、葉雅玲，《流行文化與文學傳播——《皇冠》研究》，臺灣，私立東海大學中國文學系，2009 年 6 月。

24、何欣穎，《從陳平、「二毛」「三毛」：自傳書寫的自我形象研究》，臺灣，國立清華大學臺灣文學研究所碩士學位論文，2012 年 7 月。

25、張文菁，〈鄉愁から憧憬へ：瓊瑤作品にみる臺灣民眾の意識轉換〉，日本，《中國文學研究》33 期，2007 年 12 月。

歷史的「本眞」與「唯我」
——胡蘭成「公案禪」敘述中的思想性和詩學性

盧　冶

（遼寧大學哲學與公共管理學院）

一、背景：東西方文明論爭與「胡適禪學案」

　　自 1945 年日本投降後在國內流亡起，胡蘭成的思想便始終與「東西方文明論爭」這一時代主題相關聯。他自稱 1948 年於溫州圖書館覓得日本考古學書「照明了思想」，樹立起「文明的大信」，1949 年《山河歲月》中的「大自然五基本法則」奠定了「禮樂方案」的基調和藍圖，此後一直到 75 歲去世，亡命者胡蘭成在戰後「民主主義」時期的日本出版了一系列詩情畫意的「思想著作」：《山河歲月》、《中國文學史話》、《建國新書》、《中國的禮樂風景》、《閒愁萬種》……以「六經注我」的姿態建構了一個名爲「華學」的思想體系。在哲學上，這一體系是有著完整的本體論、認識論和實踐論的「心性論」（接近於主觀唯心論）系統，在橫向上致力於哲學、文學、藝術、政治、經濟的聯動性思考，將一切詩學修辭和政治方案都歸總到「中華文明」的平臺上。與此同時，胡蘭成一直積極地關注國內的時事和學術論爭。如 1950 年代到 60 年代與香港新亞書院的學者唐君毅關於「明華夷之辨」「民主與祭政一致」等議題的書信論爭、60 年代與日本物理學家湯川秀樹和數學家岡潔的哲學唱和、70 年代遠觀「胡適禪學案」、晚年對湯恩比文明論的關注，都是胡蘭成「文明論」的思想操練。

　　在此簡要概述一下他所關注的「胡適禪學案」。作爲「整理國故」的一部分，胡適從 20 年代初即開始研究中國禪宗史，然而其著述卻是一系列道地的「禪宗僞史論」。它開宗明義地宣稱：中國禪宗的經典有百分之九十都是僞作，唐代以後南禪的興起背後有一「造星」推手，就是慧能的弟子菏澤神會

（686～760）。胡適從敦煌文獻考證的情況推斷，神會才是南宗禪的眞正創立者，經典《六祖壇經》並非慧能所作，五祖向六祖「袈裟傳法」的種種傳奇故事則是神會一派爲反對北宗神秀一派而與政府合作的產物，與禪宗公案那些「玄奧的法義」毫無關係〔註1〕。神會之後，包括《傳燈錄》在內的禪宗經典與史傳，都是「僞造的故事和毫無歷史根據的新發明」〔註2〕。

胡適之所以要批判禪宗，是要爲中國歷史上「不好的東西」尋找一個責任人。從宗教角度來說，晚清以來的知識界對於「封建專制」「體制儒學」的批判一向有兩種截然不同的觀點，一種認爲秦朝「獨尊儒術」的專制主義正因有佛教傳入才得以緩解，是宋儒的闢佛使理學的思想境界縮窄而導致了「體制儒學」的強化。而胡適儘管對儒家多有批評，他找到的「負罪羊」卻是「外來的佛教」。在他眼中，宋明理學家的「存天理滅人欲」是佛教的「禁欲主義」思想所導致的，理學既是對中古宗教的反抗、對佛教和一切洋教的懷疑，又是「禪宗道家道教儒教的混合產品」〔註3〕。與這種客觀的「混合觀」不無矛盾的是，胡適最希望的是「華/梵」、「內/外」清晰分明。他試圖將儒家與佛教徹底隔絕在「宗教/哲學」「出世/入世」「民主/專制」的一系列二元對立的兩端，對於宋明理學的態度也因此「兵分兩路」，如斷闢佛的程朱爲「科學」、近佛的陸王爲「反科學」。然而對於早已「一氣化三清」（周作人語〔註4〕）的「三教」，哪些是「好」的、哪些是「壞」的，很難進行截然分明的處理。於是，神會便成了胡適筆下「佛教內部的破壞者」，扮演著雙料間諜的角色。他「奮鬥30年，其簡單直截的『頓悟』之力量，『袈裟傳法』的僞史的『宣傳的』力量，實在太大了。民眾站在這個『新禪』一邊，經過把佛教中國化、簡單化後，才有了中國的理學」〔註5〕。

〔註1〕 參見胡適，〈從整理國故到研究和尚〉,〈禪宗史的眞歷史與假歷史〉,〈菏澤大師神會傳〉,〈禪宗的方法：道不可告，告即不得〉等文；明立志、潘平編，《胡適說禪：一個實用主義者的佛教觀》，北京：團結出版社，2007年5月，第285頁；第207～208頁；第113頁；第248頁。

〔註2〕 胡適：〈揭穿認眞作假的和尚道士〉,《胡適口述自傳》，臺灣：傳記文學出版社，1981年，第256頁。

〔註3〕 參見胡適：〈幾個反理學的思想家〉《胡適文存3》卷二，北京：華文出版社，2013年，第41～79頁。

〔註4〕 周作人：〈談儒家〉，鍾叔河編訂，《周作人散文全集》7，桂林：廣西師範大學出版社，2009年，第394～396頁。

〔註5〕 參見胡適：〈禪學古史考〉，耿雲志主編，《胡適論爭集》，北京：中國社會科學院出版社，1998年，第2402頁。

以神會的「大鬧天宮」來重新恢復中國歷史的純潔性，就是胡適「新禪學」的基本構架。爲了突出神會的歷史地位，他甚至不顧自身強調的歷史考據和邏輯的合理性，從而引來諸多史家的批評。在國內，質疑胡適禪學的有錢穆、釋印順、陳寅恪等學者，而最激烈的論爭則在胡適與日本禪學家鈴木大拙之間展開。

錢穆等人的質疑主要在於胡適明顯的偏頗態度。他們認爲胡適「把慧能的作用到處奪給神會」，發現神會像「發現新大陸一樣欣喜」，就歷史態度來說是極爲有害的〔註6〕。可以說，胡適的激烈態度，正反映了現代以來中國思想者在「東方/西方」「傳統/現代」之框架中掙扎的心結。他的敘事造成了這樣一種可疑的邏輯：一個「大騙子和作僞專家」主導了一場最終啓發了「民主和自由」的革命。在胡適筆下，神會是借助民眾的力量使南宗禪登上歷史舞臺的。相信了神會「直指人心」的「頓悟」騙局的主要是不識字的農民和戰爭流民，而緊接著開啓了「科學」之風的則是上層士大夫的宋明理學。透過這種「過渡期」式的書寫，可以清晰地看到胡適鑲嵌在「客觀的歷史」中的「精英主義」。很難不提出這樣的疑問，如果印度佛教已經使中國「打翻了牛奶」，而神會靠著一種「中國式的」、通俗化的方式再次「欺騙」了中國的民眾，那麼所謂中國式的「民主」「科學」本身是否也是一種「政治的騙術」呢？

胡適與鈴木大拙的論爭主要圍繞著「禪」的性質展開。兩人的論爭從 20 年代持續到 50 年代。胡適對鈴木禪學的意見有二，一是不講歷史，一是不求理性。1953 年的夏威夷東西方哲學研討會期間，胡適在《禪宗在中國：它的歷史與方法》一文中稱，「根據鈴木本人和他弟子的說法：禪是非邏輯的，非理性的，因此，也是非吾人知性所能理解的。」「我所絕對不能同意的，就是他否定我們有理解和衡量禪的能力。……我們的理性或唯理思維方式『在衡量禪的眞僞方面』果眞毫無用處嗎？」〔註7〕除了反對「非理性」地理解禪之外，胡適更要求把禪學運動放回它的「歷史背景」中，把「它和它看似陌生

〔註6〕 錢穆：〈神會與壇經〉；釋印順：〈神會與壇經——評胡適禪宗史的一個重要問題〉，同上，第 2478～2479、2497～2498 頁。

〔註7〕 參見胡適：〈禪宗在中國：它的歷史與方法〉，明立志、潘平編，《胡適說禪：一個實用主義者的佛教觀》，北京：團結出版社，2007 年 5 月，第 41 頁。英文版爲 Ch'an（Zen） Buddhism in China Its History and Method，參見 Philsophy East and West, Vol.3, No.1（Apr., 1953），pp.3～24.

的教義視作『歷史事實』去加以研究」，「禪是中國佛教運動的一部分，而中國佛教是中國思想史的一部分。只有把禪宗放在歷史的確當地位中，才能確當瞭解。」〔註8〕

對此，鈴木的回應是，「作爲一個歷史學家而言，胡適所知的是禪的歷史背景，而非禪本身。看來，他似乎未體會到禪有其不依倚於歷史的生命。」〔註9〕在胡適的禪宗故事裏，「民主」中國之「民」是「被有預謀的政治家所發動」的對象，而鈴木的解讀中，禪宗公案中的平民悟道者卻充滿了美感和詩意。這充分地顯示了「美學」和「政治」兩種不同的歷史觀路徑。

在此，胡適的「理性」與鈴木的「非理性」顯然並非同一層面的範疇。鈴木所謂的禪以及佛教的般若之智，是在截斷了二元對立的思維後，無分別、無對待的「心性」，雙方的話語系統是無法對接的。然而自 20 世紀 20 年代以後，「宗教」和「哲學」的價值分野在中國學界已經趨於牢固，儘管鈴木等人也力圖以考據等「科學方法論」說服胡適，卻始終無法擺脫「宗教家」的帽子，佛教徒的「護教」姿態也使鈴木的反駁受到限制。此外，雙方的論爭還透露出另一重複雜心思：面向「西方」，爭奪「東方文明」的所有權和闡釋權。20 世紀歐美國家曾幾次出現「東方文化熱」，特別是 60 年代「垮掉的一代」的社會文化思潮中，禪宗、易學、老莊的思想都曾是西方學界反資本主義意識形態的重要資源，這與鈴木等人長達半個世紀的「文化搬運」不無關係。然而面對著「西方讀者」，鈴木的表述往往通俗而美學化，這導致了許多問題，如坐禪和瞑想和遊戲一般的「打機鋒」被認爲是「東方」的精神特質，「直達本心」的「空性」和「心」這些本體論的範疇也往往淪爲「文化商品」和心靈休閒的工具，進而影響了「後結構主義」中的虛無主義傾向，「禪=東方=神秘主義」的快速鏈接也成了強化「東方/西方」二元對立的助力。同時，在日本禪與印度、中國的參照中，鈴木也展現出某種雙重標準。

從某種意義上說，胡適和鈴木雙方都試圖將「我」隱沒其在所宣揚的理念之後。那麼是否有第三條認識和方法的路徑，能夠揭發兩者的問題，並找到新的敘述切口呢？

〔註 8〕　參見胡適：〈菏澤大師神會傳〉，耿雲志主編，〈胡適論爭集〉，北京：中國社會科學院出版社，1998 年，第 2433 頁。

〔註 9〕　（日）鈴木大拙：〈禪：答胡適博士〉。參見孟祥森譯，《禪學隨筆》，臺北：志文出版社，2000 年。全文原刊於夏威夷大學出版社，1953 年 4 月號，Philosophy East and West 卷三第 1 期。

二、《禪是一枝花》：重解《碧巖錄》的意義

在日本的後半生，胡蘭成與包括鈴木大拙在內的許多宗教界人士接觸過〔註10〕。當胡適和鈴木爲「誰來代表東方文明」的問題暗暗較勁時，胡蘭成在其 70 歲時的著作《禪是一枝花》（1976）的序言裏宣稱自己不僅瞭解胡適與鈴木的論爭，並持有超越雙方的自信：「胡適與鈴木大拙的論爭，胡適執於考證的史實，而鈴木則以爲禪可以超越歷史云云，皆不如我的這說的好。」〔註11〕他敏銳地看到，禪學案反映的是辯論雙方「歷史觀」的根本差異。胡適的「科學家」和鈴木的「宗教家」定位決定了他們的文明想像和歷史詮釋各自的局限。胡蘭成「有意識」的政治目的論與胡適相似，其世界觀和方法論則接近於鈴木，而他的身份認同、切入論爭的著眼點和敘述方式，卻把胡適和鈴木論爭的「結構」徹底改變了。

《禪是一枝花》是胡蘭成關於佛教的兩部「專論」之一。1960 年代的《心經隨喜》係日文演講稿，《禪是一枝花》的寫作因緣則是作者在晚年赴臺講學、遭文化人士圍攻而被臺灣文學院「驅逐」〔註12〕後，得作家朱西寧等襄助，始有機會重拾多年前與唐君毅論辯時打過的禪宗機鋒。此番是胡蘭成生命中最後一次「落難」與「獲救」，他也據此爲其 40 年代開啓的「文明的大信」作了總結。《心經隨喜》是借解析佛教般若系經典來談論中、印、日文明之異同，《禪是一枝花》則將禪宗公案的歷史背景牽引到自身所處的時代現場。這兩個文本是由作者特殊的歷史位置促成的，是站在戰後日本及全球新一輪「宗教復興」的語境中始能完成的工作。雖借佛家之言來談自己的「文明」心事，卻已頗具與佛家解經釋論的「正統」方式相較量的意味。從某種意義上，後者綜合了胡適「重寫禪宗史」和鈴木大拙向世人傳達「佛性眞理」的意圖。如果說，胡適找到的「依託」是實際創作了《六祖壇經》的神會，胡蘭成的「抓手」則是南禪的教法與詩學的瑰寶——「公案禪」「傳燈錄」

〔註10〕 參見薛仁明主編：《天下事，猶未晚——胡蘭成致唐君毅書八十七封》，臺北：爾雅出版社印行， 2011 年。胡致唐信中，每敘及與日本政、經和宗教、文化、文學界人士的交往。另外，胡蘭成曾在《今生今世》（臺北：三三書坊，1990 年）中提到與李瑞爽（牟宗三弟子，亦尊稱胡爲「蘭成先生吾師」）一起拜會鈴木大拙的情形。

〔註11〕 胡蘭成，《禪是一枝花》，上海：上海社會科學院出版社，2004 年，第 2 頁。

〔註12〕 其事參見薛仁明《天下事，猶未晚——胡蘭成致唐君毅書八十七封》，臺北：爾雅出版社印行，2011 年，第 292 頁。

最初的經典之一《碧巖錄》〔註13〕。

此書是北宋時奉化雪竇寺重顯禪師（980～1052）的頌公案百則，晚他一輩的圜悟禪師（1063～1135）加上垂示、頌古、評唱〔註14〕而成。因「不事經典」，南禪自身的歷史主要以「傳燈錄」的方式接續。在這個傳統中，《碧巖錄》是如《史記》一般的樞紐性著作，是禪師導引信眾、「接心會見」的主要依據。隨著南禪的教法逐漸凝固爲一種詩學傳統，晚期的公案禪越來越套路化，而處於始端的《碧巖錄》還處處是日常生活的「鮮烈新意」，充滿了「正典」的莊嚴感。該書尤爲日本學者所重視。即如胡蘭成所說，「至今在日本被奉爲禪宗第一書。」〔註15〕鈴木大拙深信日本禪延續了中國禪的正統血脈，與《碧巖錄》研究在中國漸衰、而在日本禪史和詩學史上始終具有重要地位的情形有關。其近代以來的讀者包括了明治時期奉陽明學、水戶學等維新派人士和三島由紀夫等文學家。從文學史的角度，它也是中日兩國「莊禪詩學」最燦爛的成果之一，是日本中世以後的「五山文學」傳統的「聖典」。鈴木說它是「一本充滿了禪的情氛的書」〔註16〕，每一則對公案的評點，都是在神話、史書、小說、詩歌和散文之間炫目的切換。與此同時，它所展現的是「歷史的套層故事」，不同時代的修行者彼此問答、唱和，通過接駁歷史與現實、「祖師」與「自我」，如同累加在同一塊畫布上的油畫草稿，形成了一層又一層的敘事積澱。修行的問答，與修行者的「敘事動作」彼此衍生，與評唱、垂示等新鮮的詩學形式縱橫疊加，產生無窮盡的意味。

這樣一部樞紐性的典籍，重解的難度可想而知。胡蘭成卻頗爲自信：「近年臺灣的中國文壇忽流行言禪，雖初緣疏淺，亦是一機一會，我所以寫此《碧巖錄》新語，於百則公案皆與以解明，庶幾發昔人之智光，爲今時思想方法之解放。」〔註17〕在單一文本所可能輻射的廣度內，胡蘭成試圖回到那些儒佛辨正的歷史關節點，將哲學、詩學、政治和歷史都接駁到「我」——絕對

〔註13〕（宋）圜悟克勤著，尚之煜校注，《碧巖錄》，鄭州：中州古籍出版社，2011年。

〔註14〕 頌古指以偈頌的形式表達對公案中禪心的領悟，即常說的著語或下語，本身即是模仿詠史體裁的宗教文學；評唱，是對「公案」「頌古」再進行更通俗和細緻的評說，顯示公案禪的門眼。

〔註15〕 胡蘭成：《禪是一枝花》，上海：上海社會科學院出版社，2004年，第3頁。

〔註16〕（日）鈴木大拙著，未也譯：《禪者的思索》，北京：中國青年出版社，1989年，第85頁。

〔註17〕 胡蘭成：《禪是一枝花》，上海：上海社會科學院出版社，2004年，第3頁。

主體的場域裏來，通過對「禪機」的親身演繹，同時在詩學和歷史維度上重啓禪宗的價值，並給「中國文明」或「東方文明」一個綜合性的定位。該書與同一時期的《華學科學與哲學》一樣，多有對老莊之學和印度禪、日本禪在宗教、哲學義理和文化上的比較辨析，顯然是作者 60 年代以後的思想心得。

胡蘭成是對「整體主義」的思維方式最爲執迷的文明論者，這部重解公案的著作堪稱是他所堅持的哲學、政治、詩學和歷史之「融貫性」的垂範。如果說，《心經隨喜》是煞有介事戲仿「解經」體例，從經題開始進行逐句解讀、橫向鋪展，《禪是一枝花》則完全遵循《碧巖錄》的「套色」風格，在原有「垂示、著語、評唱」的基礎上，又綴上「胡式」風格的「垂示」，形成了寶塔式結構，每一則之間更相互呼應，其精緻的文本思路構成了一種絢爛的解放效果。總的來說，它是以禪自身的方式所書寫的禪宗史——由於禪對自我的否定性，「正確」的禪宗史或公案解讀並不存在，卻仍有其「有效」的標準：在理想的狀態下，它必須同時囊括所有此前「發生過的」層次，並提出新解。實修的禪者對文學家的以禪入文往往不屑一顧，認爲是「以禪爲美」的「外行話」，而當代禪學家林谷芳認爲，《禪是一枝花》並非如此。作者有「超乎外相及專業障礙，直取本源，卻不以本害權的本領」，他能夠看到「宋之後心靈的乾枯閉鎖，乃可以見到多數儒者之爲名相所惑，由是，中國宋之後許多文化問題乃可以從生命情性的切入得解」，由此「能共接上禪家的不共，看似簡單，其實不易。」〔註18〕

在這個層面上，《禪是一枝花》也是一種獨特的「禪修寫作」。在中國現代的佛教文學書寫中，如果說 40 年代廢名的《莫須有先生坐飛機以後》將印度佛教傳統的禪坐體驗融入到普通人對「現實」世界的感受中，那麼《禪是一枝花》從形式到意義都是宋代公案禪在現代的延續。通過對「公案」之「公」的詮釋，它要說明的是：胡適和鈴木的「禪宗歷史」之爭必須與「我」相關才是有效的。從中國文明的始發點到彼時全球文化革命方興未艾的現場，所有這一切都被胡蘭成吸收到自身的境遇中去：「文明是鏡」，「歷史是我」。

〔註18〕參見林谷芳：〈寫人，就是印心〉，薛仁明：《天地之始》，臺北：如果出版社，2009 年，第 8～9 頁。

三、歷史主體與「知」的辯證：所謂「無名大志」

以「蕩子」的身份治學，胡蘭成並不需要以「考據」為前提質疑研究者的態度，卻也並不否定胡適的考據，而是喜氣洋洋地接受了它：「慧可斷臂立雪，我亦不喜，還是被賊斫臂可信。及讀胡適的考證，非常高興。」〔註19〕

慧可是中國禪宗的二祖，為向面壁九年的達摩求法，立於雪中三天三夜，甚至自斷一臂，感動得「天降紅雪」，終於以「我心未寧，乞師給我安」，換得達摩一句「把心拿來，我為你安」，慧可由此頓悟法性本空、無「心」可安，遂獲傳衣鉢，繼承法統。與五祖弘忍傳六祖慧能衣鉢的故事一樣，這是中國禪宗史的重要事件。在胡適而言，它自然也是神會等禪學家所創的「神話」之一〔註20〕。而胡蘭成表示對此公案「亦不喜」，及慶胡適考證辨偽之功，其動機卻不在於揭發事件本身的「虛構性」：

> 我也這樣的喜愛禪宗的有些地方說假話，如拈花微笑的故事及
> 慧能傳衣的故事。宜蕙說小孩兒有時說謊話，是為了想說更真的話。
> 但像慧可斷臂及永嘉的證道歌，則假造得很不好，應當除外〔註21〕。

顯然，胡蘭成所肯定的並不是胡適的考據結果。「考據」而來的事實或有可能與他所呼喚的某些價值相重疊，但「事實」之真並不等於胡蘭成由「文明的覺悟」所強調的「本體」之真。即如鈴木所說，胡適「對於歷史或許很瞭解，卻並不瞭解歷史中人物的真實」。胡蘭成也認為，「歷史觀可以比歷史的事實更真，如圖畫比照相更真。」〔註22〕

一直以來，胡蘭成致力於恢復傳統中國從「天道」「宇宙」出發的視角來建立他的文明論述：世間萬象無不是真體之化現，然而只有最好的事物、最好的敘述才能既「顯」真又「知」真。與之相應的是，歷史上的禪師們同樣在「事實」上造假，所造之「假」卻有「好」與「壞」的區別：「即禪的典故有些不實，也不能以此來貶低禪的思想。（……）不但文學，便是哲學、乃至如科學，亦可不因其所據事實的不實而影響其思想與理論的價值。」〔註23〕

〔註19〕 胡蘭成：《禪是一枝花》，上海：上海社會科學院出版社，2004年，第1頁。
〔註20〕 參見胡適〈禪宗史的真歷史與假歷史〉〈揭穿認真作假的和尚道士〉等，明立志、潘平編《胡適說禪：一個實用主義者的佛教觀》，北京：團結出版社，2007年5月。
〔註21〕 胡蘭成：《禪是一枝花》，上海：上海社會科學院出版社，2004年，第2頁。
〔註22〕 同上，第3頁。
〔註23〕 同上。

佛教祖師的事跡，既可以在實證的意義上來考證，也可以、而且經常需要在其他場合被看作是寓言或神話。用佛教術語來說，這些事跡與那些神秘的咒語、眞言乃至佛像的姿勢一樣，都只是「表法」的形式。在胡蘭成看來，偽造的歷史和「考據」的事實應該被平等地對待，只要那些很可能是虛構的故事背後有著精神的本眞性，便不可一概論爲作偽。如是一類關於「眞」與「假」的本體哲學的「文學化表達」，乃是胡蘭成文學中最常見的「風格化」成分，在他的作品中隨處可見：

> 如曹雪芹的改動自傳，倒是創造。禪宗所傳靈山會上拈花微笑，是與《莊子》裏所說黃帝的事，堯與許由的事一般，這裡沒有眞不眞的問題，只有好不好的問題，如同年青人的說假話。年青人愛向人捏造理想的事實，若要說眞，亦可說是沒有比這更眞。近世日本的大學者折口信夫說奈良朝時代《萬葉集》裏女人的返歌多是說的假話，所以好〔註24〕。

「好」本身既是「眞」，又是對「眞」的讚歎。「眞」是「一」，好是「多」，只可言羹畢，不可言超越。無論是神話、理想主義還是情人的歌唱，如能在本體論的懸崖上立足，在「一」上過了關，「假的」也可以是「好的」，如透不過，則唯有墮落爲二元論的左右兩般。這種思路與鈴木禪學相通，旨在破壞胡適式的對「事實」的理性主義幻覺。但要同時超越兩者，顯然需要更進一步的準備。胡適的新禪史以神會作爲其「過渡時期」的歷史主體，胡蘭成同樣需要回答，誰在哪裏「覺悟」了「什麼」？

以《禪是一枝花》第一則重解「武帝問達摩」的公案爲例。印度人菩提達摩於梁普通元年（520）由海路抵廣州傳法。梁武帝迎至金陵，因談論佛理不契，達摩遂渡江入魏。止嵩山少林寺，終日壁觀，號「壁觀婆羅門」。後傳授衣法於慧可，後被推爲東土禪宗初祖。這是中國禪宗史的開端性事件，在《碧巖錄》中自是第一則。雪竇禪師舉公案云：

> 【舉】梁武帝問達摩大師：『如何是聖諦第一義？』摩云：『廓然無聖。』上問：『朕建寺齋僧有何功德？』摩云：『無功德。』帝曰：『對朕者誰？』摩云：『不識。』帝不契，達摩遂渡江至魏。
> 〔註25〕

〔註24〕同上。
〔註25〕胡蘭成：《禪是一枝花》，上海：上海社會科學院出版社，2004年，第2頁。

　　胡蘭成認爲，達摩本人在這則公案中的角色並不是最重要的。他只是按照大乘佛法「標準」的「空性」之義中規中矩地回答了梁武帝，武帝試圖以世俗的得失邏輯來叩問眞諦的道理，是以武帝不會，達摩離去，「都不爲奇特」。從佛理來說，達摩「西來」即是「如來」之義：無所從來，亦無所去，無一法可傳。於是胡蘭成評道：「卻說達摩西來，這就是多此一舉，無端端的惹是生非。但文明的歷史就是多事多出來的。這層道理達摩還不及中國人更懂得。」〔註26〕

　　這裡的「中國人」，指的是梁武帝身邊的高僧寶誌（418～514）。在胡蘭成看來，無所從來的「西來」這一歷史動作之所以能被我們看到，或者說，其作爲中國禪宗歷史「開端」的意義建構，實際上是在達摩「至魏」後經由寶誌點撥梁武帝而完成的。寶誌對答梁武帝的幾句話，讓帝認識到達摩乃是眞正的聖僧，遣人去追，達摩卻「招亦不歸」。如此，「達摩的這三答一走變成千古的不尋常了」。達摩之「去」，「遂成了歷史的機，一失難追了。」〔註27〕

　　照胡蘭成的看法，這則公案的講述方式本身已經喻示了中國禪宗的形塑過程。所謂「歷史」，乃是由主體的問題意識發動而形成的，從這個層面來說，「歷史」也就是公案。「禪宗對中國歷史究竟起到怎樣的作用？」這個問題是一個「述行」結構，它預先設定了主體和客體的位置。也就是說，胡蘭成要處理胡適神會式的「反諷英雄」的悖論，必須在歷史話語的內部重審「主體與對象」的關係。

　　從敘事學的角度，是寶誌使「來」「不契」和「去」重新奔流起來。像胡蘭成中年以後的所有文本一樣，對這則公案的解讀鮮明地反映了他「中華文明」的本位立場。他認爲，儘管中國和印度皆有高超的哲學，而佛教在印度衰落下去，卻在中國得以持存，個中原因便是印度人「不知托開」。如達摩不能自行解釋自己行爲的意義一般，高妙的眞理在印度只是「顯體」不能生「用」。而中國的黃老識得「機」，孔孟則有積極入世之思想，這一點，正是印度的佛教徒要向西宏傳教法的原因。達摩的「震古爍今」之語就是「吾觀此土有大乘氣象」，所以作偈頌曰，「我本來此土，傳法度迷情，一花開五葉，結果自然成。」而胡蘭成強調，不管達摩的舉動用意爲何，他的意圖只有通

〔註26〕同上，第3頁。
〔註27〕同上，第328頁。

過寶誌這個「二傳手」才達到了圓滿。不論「一花開五葉」是歷史還是神話，它都形成了一種持續性的精神氛圍。是這種氛圍，而不是乾癟無味的「史實」，造就了可供回憶、講述和再創造的「文明」。

看上去，這仍然是對中、印等「文明」程度的高低進行價值分判的敘事。而胡蘭成的用意，不是達摩和寶誌本人的「覺悟」之高低，而是他們扮演不同的角色、共同合作織造了同一個故事。在第十八則公案「慧忠國師無縫塔」裏，胡蘭成將釋迦佛說法四十九年比喻為蹈海行船：開出一道浪頭波紋來，「大海依然是個鴻蒙。慧忠國師百年之後的無縫塔，即是說的大自然的這鴻蒙。但是先頭的船過去了，後頭還有船來，所以國師說吾有付法弟子耽源。」〔註28〕這是將「說法者本無法可說」的佛教原理用於描述「講述歷史的方法」和「歷史本身的形態」。在第二十則「龍牙無西來意」中，他又以此為跳板，再次迴護了達摩的故事：「達摩若是只為有意開悟東土眾生而來，那他就是小了。他的應當是更有無名的大志。所以龍牙要說『沒有祖師西來意』也可以說。但是亦不可執著於無意這一句。沒有名目的大志動處、則生出名目，有名目即是有私意了，這私意是好的，無論是為開悟東土眾生，或只為愛一人。翠岩拿禪板打來，是為要開這一竅。」〔註29〕。

與其說，達摩要傳予東土「佛法真諦」，不如說，達摩的「歷史目的」是自我否定的。「空」需要以「有」來顯，所以達摩無之如何地來了，如船過無痕。法本無可傳，又不能刻意去傳，只有見「機」行事。「機」是梵禪與中國儒道文化結合的範疇，胡蘭成常常提到的「聲前一息」「起興」，都是「機」的異語。胡氏所宗者為黃老之說，因而極喜「機」字，其對於「機」「興」等範疇的解釋往往橫生妙意，甚至認為此一字妙趣，比宋儒「要觀其喜怒哀樂未發時的氣象」要來得好〔註30〕。

胡蘭成認為「機」是對印度佛教「空色」和「因緣」的一種超越。「印度人雖知有空色，而不知有陰陽」，「陰陽這一關不通過，法的問題畢竟亦難圓滿解答」。中國的禪宗「以機說法，機不是依於因緣，這樣就一下子解除了從來佛教的對因緣的困惑。而肯定有萬物之機，亦就是極明確地肯定了法了。」

〔註28〕 同上，第61～63頁。

〔註29〕 胡蘭成：《禪是一枝花》，上海：上海社會科學院出版社，2004年，第69～70頁。

〔註30〕 參見薛仁明主編：《天下事，猶未晚──胡蘭成致唐君毅書八十七封》，臺北：爾雅出版社印行，2011年。第227頁。

〔註 31〕在他看來，禪「機」論早已從印度佛學「識」與「因緣」是幻是眞的
困局中跳了出來。「機」是控制「天道」與「人事」之邊界的按扭和軸承，它
來自於主體的「位置」變化。按照他的理解，達摩只能「發球」、不能「傳球」，
因爲來到了中土，賓主的位置就變了。胡蘭成對「敘述」的認識立足點極爲
敏感，他一向迷戀「人境」「偏正」「賓主」〔註 32〕等構造法，正因爲它們體
現了敘述的角色位置，以及由此產生的權力關係。「凡人行事說話是要對景，
就令人感動」〔註 33〕。如洞山禪師以「五位回互正偏」來接人解答，分別是
「正中偏、偏中正、正中來、偏中至、兼中至」，胡氏就此評說：「座標一改
變，即高低大小寒暑亦都隨之而改變。冰可以爲火，火可以不熱。」〔註 34〕
達摩自梵入華，主動成了被動，他的佛教理論就化成了他與武帝的問答場景
本身：

> 「廓然無聖」是初機混茫，萬物尚未然。對朕者「不識」是初
> 機相接，未有名字。「建寺齋僧無功德」是機機不連續。凡此蓋非達
> 摩始意所及。〔註 35〕

胡蘭成眼中的達摩與寶誌與胡適的神會的差別就在這裡：他對歷史人物
自身沒有道德品評的意味，只考察他們在敘事中的功能。達摩本人或許不知
道「機」，其故事也可能是後人杜撰，但他原本就只存活在這個故事裏。三問
三答，一如胡蘭成常用的「男女情歌對唱」，是與「中土文明」試探中擦撞出
的火花，而寶誌則讓這火光穩定下來、傳遞下去。正如胡蘭成眼中「中國」
的理論圭極——太極「陰陽魚」一樣，達摩與寶誌正是一體。眞與好、體與
用之間原本沒有隔閡，然而要用語言描述出來，就像要描述連續性的、不可
分割的時間而採用擬聲詞「滴」與「答」一樣，需要人爲地製造「開端」和
「結尾」，製造對話者，也就是通常所說的「主體」和主體的「動作」。達摩
的「傳法」，寶誌的「接引」，只是敘述這一行爲自身的邏輯表現。於是，胡
蘭成稱達摩是太極拳的「擒住」，是第一掌；寶誌不讓達摩的「去」落地，恰

〔註 31〕 胡蘭成：《禪是一枝花》，上海：上海社會科學院出版社，2004 年，第 114 頁。
〔註 32〕 此句化於臨濟義玄《四料簡》：「有人奪人不奪境，有時奪境不奪人，有時人
　　　　境俱奪，有時人境俱不奪」。王陽明弟子王龍溪的「眾人和應，君子異應，聖
　　　　人敵應」，亦此意。
〔註 33〕 胡蘭成：《禪是一枝花》，上海：上海社會科學院出版社，2004 年，第 58 頁。
〔註 34〕 同上，第 122 頁。
〔註 35〕 同上，第 2 頁。

如第二掌「托開」，故事就寫了下去〔註36〕。兩個人的「共謀」成就了「歷史之機」：達摩與武帝「不契」、西來好像是白費工夫，多了一事；而寶誌對達摩的肯定，「亡羊補牢」，爲時已晚，又仿若少了一事。於是陰陽相合，完成了對武帝在否定和肯定意義上的雙重啓蒙，「體」和「用」、「滴」與「答」仍是一體。

——這則公案完整的「述行」意義，在胡氏此後的公案解讀中時時有新枝生出。他通過在各則公案之間跳宕，用不同的方式一再渲染它的價值。在第二十則「龍牙無西來意」中，當達摩的事跡已經在中國落地生根，成了一個常規的「話頭」，龍牙山的證空和尙分別問翠微和臨濟禪師「如何是祖師西來意」，這兩人一個拿過禪杖，一個拿過蒲團，都去打這個問話者。而證空所答皆是「打且任打，要且無祖師西來意。」胡蘭成解曰：臨濟拿蒲團打證空，是打響了「達摩的行處與時節因緣」。而證空不取一捨一，變成偏廢；「亦不把未有名目的大志與動處並動時結成一個理論的體系，他對臨濟亦像對翠微的強橫，這才是堪傳授的好弟子。他道：『打即任打，要且無祖師西來意。』如此來對揚。便是因於動處與動時，而成了有名目的私意裏，亦仍一寸寸都是未有名目的大志。」〔註37〕

在胡蘭成那裏，聖人和英雄的境界是做春天，讓世人去做春水春花〔註38〕。且不論是否有以聖人自喻的虛榮在，這種敘事的邏輯卻是值得探究的：因爲從認識主體的角度來說，「未有名目的大志」實際上是「天道」的象徵。而看不見的「天道」不在別處，只能在看得見的「春水」「春花」這「有名目的私意」裏。從國族論的主體立場來說，「國」能帶給「民」的，也正是「不知人事」的四季的境界。

胡蘭成實際上演繹了鈴木大拙的觀點：「歷史的角色或創造者不是歷史學家可以做客觀掌握的。構成他的個體性或主觀性的東西，不能從歷史性的考察去獲得。」〔註39〕胡適所宣揚的「科學精神」表面上與此並不衝突，然而在他看來，神會是一個老謀深算的政治家，並不相信他所宣揚的教義。禪宗公案表層是故弄玄虛的謎題，裏層則是清晰的政治意圖，這種對「所指」的

〔註36〕同上，第 213 頁。

〔註37〕胡蘭成：《禪是一枝花》，上海：上海社會科學院出版社，2004 年，第 66～67 頁。

〔註38〕同上，第 198 頁。

〔註39〕（日）鈴木大拙：《禪：答胡適博士》，《禪學隨筆》，孟祥森譯，臺北：志文出版社，2000 年。

狹隘設定使胡適不能不用極爲「擰巴」的邏輯來處理佛教和中國歷史的關係。他給神會設定了一種充滿道德主義和權謀論意味的「知」，這種「知」的認識範圍之狹窄，最後往往必須通過一種常見的「大歷史」邏輯來疏通：「歷史」乃是無情的滔滔江水，神會與慧能只是局限於自身歷史處境中的「英雄」，他們不知道那些政治權術將要刺激中華民族自身的「眞理」潛能：「具有懷疑精神」的程朱理學。然而這種歷史邏輯，反過來又令胡適所推舉的「人類的理性」變得尷尬了。

這種結果與胡適慣用的歷史敘事倫理有關。在《中國哲學史大綱・卷上》的「導言」中，所謂哲學史研究的三個目的——明變、求因、評判，〔註 40〕已經內在地「規定」了胡適「發現問題」的方式。在具體的操作過程中，它往往演變成了「人物＋歷史流程」的模式，即將人物拉到前臺，將歷史歸於「背景」，不斷地建構歷史主體和「歷史過程」之間的「操作性」關係。抖落歷史「包袱」的快感需要一種戲劇性力量。要造成「僞造偶像」和披著袈裟反佛這種雙重的破壞效果，一個沒有留下自己的著作、在「歷史的幕後哂笑」的和尚自然再合適不過了。它需要「涇渭分明」的轉折點和一個被賦予高度象徵化意義的「歷史主體」。然而，胡適對於佛教、對於神會在道德意義上的反感卻使這個主體充滿了滑稽的味道，也就是說，胡適把「客觀性」和「主觀性」放在了同一個平面上。當神會所「知」的本體和對象都是「政治倫理」的時候，胡適就無法阻止反諷的發生。

在胡蘭成對公案禪的重解當中，有著與胡適截然相反的歷史觀和認識論秩序：他的「天道」與「人事」是立體的，並不在同一個「位相」上。他清晰地從這兩個完全不同的角度來談論「知」的分配。

在著名的「南泉斬貓」〔註 41〕公案中，胡蘭成評道，「就人事來說，貓兒可說是做了兩堂僧眾的贖罪者，但是就天道來說，就安不上這種宗教的感情。」歷史上的戰爭大事，往往是「抗命者皆誅，來降者皆赦，不分個人的情節。」南泉禪師的弟子趙州禪師聽說了斬貓事件，便脫下草鞋戴在頭上出去，其師

〔註40〕《胡適學術文集・中國哲學史》，北京：中華書局，1998 年，第 23 頁。
〔註41〕其事見《禪是一枝花》第六十三則：「池州南泉寺一日東西兩堂爭貓兒。方丈普願禪師見之，遂提起貓兒云：『道得即不斬。』眾不對。禪師遂斬貓兒爲兩段。」第六十四則：「南泉禪師復舉前話，問弟子趙州從捻，趙州便脫草鞋，於頭上戴出。南泉云：『子若在，恰救得貓兒。』」，胡蘭成，《禪是一枝花》，上海：上海社會科學院出版社，2004 年，第 170～173 頁。

便說：當時你要在，那隻貓便有救了。胡蘭成解曰：南泉斬了貓，是站在天道的「當斷即斷」的角度，而趙州的搞怪做奇則是人事的「拗」，如小孩子跟父母要賴。天道不分是非曲直，而人事則要講是非曲直。「歷史」形成的方式，是一節節地「發」於天道，成於「人事」。〔註42〕

胡蘭成對這一套「知」與「不知」的辯證法的使用可謂嫻熟以極，特別是對於他最喜愛的《紅樓夢》的解讀。說寶黛二人若非相知，則無從諦觀起，但寶玉也未必「都知道得黛玉」。黛玉「是所謂『法王法令不如是』，否則她與賈寶玉兩人也不會時時對鬧又對泣了。但這『不如是』才是絕對的眞實，而再也沒有人比賈寶玉更是這眞實的知己了。」〔註43〕

在胡蘭成的邏輯中，胡適的「哲學」也是對「本體」的探討，他的「客觀」本應是對「天道」的異名和轉換，但他講述和看待問題的方式，卻把無情的天也拉到了「有情」的場域。胡適認爲中國禪宗是對佛敎的「自反」，其主要理由之一就是禪僧們以「佛是乾屎橛」等話語來「自我褻瀆」。對此，胡蘭成是以「心性論」的「返照自心」來加以解釋的。禪僧說話不避「死忌」和「不潔」，只是「激烈」，並非「不恭」，「像小孩說便溺，所以無礙。」而「有些禪居上的曠達，與人說話故犯死忌，故觸不潔，那都是不敬。」

按照「天道」與「人事」的二分法，胡適的神會「知」的是人事，不知的是天道；而胡蘭成的達摩「知」的是天道，不知的是「人事」。寶誌則是既知天道，亦知人事的「圓融」人物。他是胡蘭成所選定的那個中華文明的歷史主體：他「懂得」達摩是高僧，表明他有本體之覺悟；他與帝王的應對，顯示出他也具有胡適筆下的神會的「政治智慧」。然而由於拋下了胡適在神會身上附著的「壞的佛敎」的思想包袱，寶誌的形象也恢復了禪學的本體尊嚴。他知道自己要使「達摩和武帝的對話」成為一個故事，將「話頭」奪過來，這就是被後來北宋黃廷堅等人用於詩學理論的「點鐵成金」「奪胎換骨」。以模仿「頌古」的方式，胡蘭成這樣描述寶誌的功績：

　　水滸傳裏捎公張橫的歌聲：

　　昨夜華光來趁我　臨行奪下一金磚

　　寶誌是把達摩的草鞋都奪下來了〔註44〕。

────────────

〔註42〕同上，第171～174頁。

〔註43〕同上，第224頁。

〔註44〕同上，第2頁。

四、反諷與偶然：歷史是「我」

胡蘭成認爲，經典可以如神會一般僞造，自我也可以如梅蘭芳在戲臺上一般扮演，只要造出來、演出來的是「本體上的眞」：「時節因緣，對世人要應病與藥。如達摩見南朝佛事侈汰，其答梁武帝問便說造寺寫經度僧，並無功德。所以雖是勸人爲善，亦要見人說人話，見鬼說鬼話，而且今天必要是說的今天的話。」〔註45〕

今天必須說今天的話，是胡蘭成自認能走出「胡適禪學案困局」的最後一步。胡適爲了讓歷史敘述滿足於他的「科學」「理性」觀念而強將重負堆積到神會身上，神會的「個人」理性也因此被「歷史」理性所玩弄。這種理性主義的認識論範圍上的問題，可以說是一種現代版本的「宿命論」，它正是現代性的神學邏輯的表徵——「歷史」是過去之物，對於「前人」，「後人」具有絕對的精神權威，然而歷史敘述本身卻抹去了「後人」的主觀視角。

胡蘭成強調，歷史「事實」雖然可以考據，但考據的功能卻不是爲了鎖定「過去」的意義。治史是爲了當下，這個常識的「動機」仍要亮出來，避免以普遍性掩蓋特殊性。「聖諦不過是箭跡，人家箭已射過新羅國去了，你還在這裡問跡？對朕者誰？是像張騫的乘槎到了銀河見一女子，亦不知是織女，而等後年問了嚴君平知道是織女，他已不能再來了。但這一對面，世上已千年，所以注云：『腳跟下草已數丈。』」〔註46〕「五四運動時胡適之說打倒舊禮教……當時自有當時之機與當時之事，你若今日仍來順著說，就不親切了。」〔註47〕

留下並持存的只是歷史寫作者、考察者和閱讀者的精神氛圍，這是胡蘭成反覆表達的歷史觀的一部分。對他來說，要避免「文明國家」走向「國家主義」的專制性，需要糾正的便是那種隨時會將歷史「必然化」的傾向。

無論在胡適、鈴木大拙還是胡蘭成那裏，「主體」與其所成就的「歷史大勢」之間都具有無法掌控的偶然性。如果把「歷史」和「文明」看作是宏大的、確定的、不可動搖的實然之物，偶然性就會被視爲一種威脅，需要被隱藏到敘述的「幕後」。胡適發現神會的過程中，對偶然性的排斥是顯而易見的，這種排斥必然產生反諷。相反，如果敘述者能夠承認偶然性的存在，反諷也

〔註45〕同上，第 20 頁。
〔註46〕胡蘭成：《禪是一枝花》，上海：上海社會科學院出版社，2004 年，第 2 頁。
〔註47〕同上，第 52 頁。

就消失了。在鈴木大拙的禪學表述中，禪以其不均衡的美學面貌出現，其內在精神就是抓住偶然，而發現其中含藏的必然。胡蘭成則進一步將鈴木的思想主題化，強調偶然性「倒是正解」〔註48〕。文明本質的宏大想像往往是由歷史的邊角料生發而來；歷史「轉折」的關節點充滿了「險決」之眞，「差一點織田信長就敗於桶狹間，差一點明治維新就沒能成功，差一點聖德太子與芭蕉就沒有來到世間。天意的不增不減是偶然的，是歷史的幸運。」〔註49〕

　　然而，如果一味地爲「偶然成就正史」的邏輯開解，也會遭遇到另外的問題。比如：「遊戲」和「扮演」如何能避免虛無主義的玩世不恭？

　　西方世界的後結構主義理論發動了一場又一場的「文化革命」，但當其反啓蒙理性的目的論姿態凝固下來，也同樣變身成與全球化消費社會的邏輯相適應的新的本質主義。後馬克思主義學者特里·伊格爾頓曾對此做出嚴厲批判：虛無主義成爲一種「遺忘的政治」，一種「更狡詐的、消費型的資本主義」，它消費的是「僞東方主義」等文化。在沒有什麼可以再破壞之後，「非規範已成了規範」〔註50〕。嚴肅的上班族就是曾經的嬉皮士，後結構主義的「遊戲神通」所造成的反彈，也許使國家主義更加固化了。

　　到目前爲止，除了摒除宗教徒的立場和將「賓主」易位到中國之外，胡蘭成與鈴木大拙的基本觀點都是一致的。然而，正是在伊格爾頓所提出的問題的癥結之處，我們才能看清胡蘭成在面對這個問題時所做的工作。

　　偶然性本身並不構成反諷，關鍵在於排除自我的偶然。禪的思想、無的思想、東方的思想，在西田幾多郎和鈴木大拙那裏常常是劃等號的〔註51〕，而追索《碧巖錄》在中日之間流轉的命運，會發現這個等式的建構充滿了偶然性。據柳田聖山、梅原猛等人的說法，西田和鈴木的「無」思想最初來自於一部名不見經傳的中國公案集《無門關》，而且僅是其第一則〔註52〕。這是受到《碧巖錄》影響而「偶然出現的一本書」，西田也只是偶然讀到了它。禪的要訣遠不僅僅是「無」，而被偶然抓住的《無門關》卻成爲日本學者以「無」

〔註48〕　同上，第113頁。

〔註49〕　胡蘭成：《心經隨喜》，北京：中國長安出版社，2013年，第92頁。

〔註50〕　（英）特里·伊格爾頓著，商正譯，《理論之後》，北京：商務印書館，2009年，第57頁。

〔註51〕　參見（日）柳田聖山著，毛丹青譯：《禪與中國》，北京：生活·讀書·新知三聯書店，1988年。

〔註52〕　（日）柳田聖山、梅原猛，毛丹青譯：〈關於禪的對話〉，《禪與中國》，同上，第183～184頁。

來塑造東方文明精神本質的歷史契機，建立了近代日本哲學中影響極大的思想體系，該體系則進一步影響了竹內好在 60 年代的「以亞洲為方法」的理論，乃至著名的「竹內魯迅」的形象建構。

對於胡蘭成來說，鈴木的問題在於他恰恰未能在學說中包括自身的建構性和偶然性。在與胡適的辯論中，鈴木一直強調禪來自於生活本身，來自於「內心」本具的「佛性」，公案是直指人心，見性成佛的工具。但他並未讓他的聽眾深刻認識到，這個「心」和「性」必須先是「我」心。「我」不是任意的，它是唯一的。是不能縮減、不能對象化的「我」。參禪的覺悟是「我」的覺悟，而真正的普遍性的平等，也只能建立在這個「我」的基礎上，而鈴木禪學在其大眾化傳播的過程中，卻減弱了對這個所歸處的說明（一個原因是，「我」很自然地被與「個性主義」「存在主義」混淆起來）。

胡蘭成認為，對「萬法歸一，一歸何處？」這類「話頭」，如果回應以佛教哲學的那些「標準答案」，就很可能「不及格」。因為那是別人的寶藏，「是觀念邏輯學的話，一點意味也沒有」〔註 53〕。在第九十七則「金剛經云若為人輕賤」中，他評述「雪竇禪師這樣讀經解經的方法，與今天學校裏教師的講要切題甚是不合。他的讀佛經只是聞風相悅。而他的解經則是創造。你若要說他是杜撰亦得。然而歷史上的事，當交代之際，譬如出的序題是唐朝，而出來的答案卻是宋朝。國父的偉大，便亦在於他的不切合於清朝出的序題，而只答他自己的新題。」〔註 54〕

這是胡蘭成對歷史的「隔空應答」。從某種意義上說，它也可以看作是對中國禪宗自六祖慧能以來「以心印心」的「傳燈錄」傳統的一個接續。像他對唐君毅所言，他讀公案，原是「當閒書看，如同看六朝文」，也像周作人自言「非專業」地讀佛經，卻得了心靈相契，自稱「與那班禪師是『同居長干里，生小不相識』」〔註 55〕。

這種自信並非空穴來風。即使是從美學的角度，胡蘭成也沒有曲解禪本身的精神：公案不是寓言，儘管它保留著轉化成寓言的可能，但勢必會掏空它原本具有的「現場性」。而胡蘭成並沒有將公案當成寓言來讀。他知道「公

〔註 53〕 胡蘭成：《禪是一枝花》，北京：中國社會科學院出版社，2004 年，第 84 頁。
〔註 54〕 同上，第 240 頁。
〔註 55〕 薛仁明主編：《天下事，猶未晚——胡蘭成致唐君毅書八十七封》，臺北：爾雅出版社印行， 2011 年，第 124 頁。

案」是特殊性與普遍性的結合，既是「我」自己的事，又是發生於任何地方的事。即如廢名在《莫須有先生坐飛機以後》中所說的「本地風光」是對空間上的精神烏托邦的「即時性」的詮釋，胡蘭成的「代代出英才」不僅意味著歷史是「正在進行」的，也呼應著他對公案中所蘊藏的「公與私」的關係的理解。「從哪裏來、到哪裏去」這類問題是「公」的普遍性所在，但提出和解答問題的方式卻無法重複。在這一意義上，「公案」之公也是絕對之私。

正因「我」是偶然的和個體的，敘述才能從先驗論中解放出來。胡蘭成的達摩以「無名大志」避免了歷史主體的實體化和歷史目的論，馬祖用「遊戲」和「扮演」「打出」了文明的新局，並化解了個體和歷史之間的緊張關係，寶誌則既知天道，又知人事——這是胡蘭成以「禪解」的形式對時代的哲學和思想命題所做的左右逢源的應答。而最終，避免政治哲學和文化哲學的困局、從所有「公案」的牆壁中衝殺出去的方法，就是永遠回到「我」的經驗。以第十二則「麻三斤」的解讀爲例：

【舉】：僧問洞山：『如何是佛？』山云：『麻三斤。』圓悟著語云：『指槐罵柳。』雪竇頌云：『金烏急，玉兔速，善應何曾有輕觸。展事投機見洞山……』」〔註56〕

胡適將此視爲禪師故弄玄虛「不說破」，鈴木大拙則認爲「麻三斤」是祖師對於「當下生活情境」的「如實如是」的回答。而《碧巖錄》的作者、也是公案的第一解讀者圓悟克勤所批判的「錯誤答案」中，就包含了胡適和鈴木的解法。

從宗教角度，禪者參公案的目的是堵住以「有爲」、「邏輯」的心去問「爲什麼」的習慣，它提出問題，卻把所有從理性思考得出的「答案」都「困死」，最終讓「是」在心中爆裂開來，證悟解脫。在這一終極的意義上，所有的公案都是「困法」，然而它作用的目的和範圍顯然與胡適「解決具體問題」的「困法」不同。放棄理性思考是禪宗公案所設置的基本困境，參禪者自然不能以推理的方式來解讀前人的開悟場景，但佛教的「無我空觀」這些「標準」答案同樣是死路一條。圓悟克勤批判了「空」「有」「非空非有」等所有的「正確」答案，因爲答題者「不對機」。他們對所指的執著使他們忘記了「能指」。在回答時充滿了眞理在手的傲慢，以及想「獲得正解」的「理性主義」欲望。

〔註56〕胡蘭成：《禪是一枝花》，北京：中國社會科學院出版社，2004 年，第 45 頁。

胡蘭成找到的方法是：無論怎樣，都要將問題的死水轉化爲其他的東西。在引用了前人觀點後，他開始了自己的解讀：

> 此刻我要來寫，卻想起從前一段事：有男子陪女子從東京去橫濱，兩人立在擁擠的電車裏，男的面對她，喜愛她是個現代的漂亮女子，只覺越看越近，越看越喜，越看越是她，越看越是我。而她叫他叔叔，什麼都是眞的，什麼都是不對。兩人一路説話，他想要説的是我與你此刻這樣的在一起，而他卻來説蘿蔔。電車飛掠過軌道邊的地裏種有蘿蔔。他道：『小時跟在竈頭看我母親把蘿蔔切成半月的一片片做湯，單加了醬油，什麼作料都沒有，晚飯桌上擺出來，此時檐頭也正有半月出來了，我喜歡湯碗裏的一片片蘿蔔，薄薄的，透明的。』電車搖搖的，他説時眼睛盡看著站在面前的她，千言萬語都説不著她。這一天眞正是『金烏急，玉兔速』。這蘿蔔即可比那麻三斤，如雪竇説的善應何曾有輕觸。她若有所覺，亦只是一個疑：不會吧？〔註57〕

直接用一段仿若言情小説的段子來「解」公案，是首先從那個問答的「對境」中「殺」出去。同時，「公案」之間是橫向聯繫的。胡蘭成的「解」中提到蘿蔔，乃是呼應著另一則公案「趙州蘿蔔」而來。其事爲：有人問趙州和尚「你見過南泉禪師？」州答：「鎮州出大蘿蔔頭」〔註58〕。這是典型的「所問非所答」的「公案套路」，即如本則「如何是佛？麻三斤」一樣。但胡蘭成的解釋顯示，答辭雖然都出於「偶然」，卻並不「隨便」。聯想總是有其特定情境。談戀愛而説蘿蔔，就像《詩經》的問桃花答婚嫁。這是胡蘭成常説的「起興」。但那「蘿蔔」説出來之後，卻又轉成了童年的記憶，帶著童年記憶的「他」，現在正在這個「戀愛的現場」，這個搖晃的電車裏呢。

在這裡，「歷史」是時間「空間化」的結果。時間不僅是一個「名相」，不僅是「象」，還有其「形」。月亮和薄薄的蘿蔔片是一種象形的比附，但重要的是，那是「我」自己的童年回憶。這一段優美的描述也正對應著鈴木大拙的公案禪理：「禪，沒有歪理，沒有語言遊戲，更沒有詭辯」〔註59〕。公案裏的「亭前柏樹子」「吃茶去」只是日常生活而已，是禪師們將生活轉成道用

〔註57〕 胡蘭成：《禪是一枝花》，北京：中國社會科學院出版社，2004年，第45頁。
〔註58〕 同上，第89頁。
〔註59〕 （日）鈴木大拙著，朱也譯，《禪者的思索》，北京：中國青年出版社，1989年，第29頁。

後所留下的痕跡。但要理解這些痕跡，唯有在自己的生活中尋找。以「寶誌」、以「孫中山」、以「孫悟空」、以禪僧或蕩子的形象，都可以映像和比擬自己，但這些比擬都不能將「我」徹底消解。它們是一個又一個的舞臺面具。在某種意義上，《禪是一枝花》是對胡適尋找「民主」之意圖的一種回應：向還未徹底凝固和對象化的、充滿各種可能性的歷史過程的致敬。在作者筆下，以「無名目的大志」來到中國的達摩、作為「政治亡命者」而在日本使禪宗發揚光大、進而影響形成了武士道的祖元，「文明革命」的孫中山，「天下起兵」的毛澤東，都或隱或顯地象徵著「中國文明」的本體、認識和實踐。而若要問胡蘭成文明、歷史、中國的主體是誰，他會說，那只能是「胡蘭成」。

　　胡蘭成散文最強烈的風格化特徵，就是他總是不斷地談到自己。在對歷史的解讀中不斷摻入個人經驗，這在正統歷史學者那裏不可容忍，然而這種無所不在的自戀與郁達夫、蘇曼殊這類「國族隱喻」式的「私小說家」相比，有一個步驟上的致命差別：前者直接用小說主人公所受的愛情挫傷來隱喻和召喚國族的悲情主義：「祖國啊，你快強大起來吧！」儘管作者本人的經歷與小說主人公是幾乎可以完全對應的，但兩者卻不能同時出現，它們是相互替代的轉喻式的關係。當問蘇曼殊「我是誰」的時候，他會迷失於「是中國人還是日本人」的身世之恫中。這是個依附於一個「生滅」「有為」的社會屬性的「我」。而在胡蘭成那裏，先有不能被喻體所掩蓋的「我」，才可以在此基礎上建設「自我」和他者、和共同體、和世界的種種象徵性和普遍性的關係。在「我」與「情境」之間是有一種間隔的，這種間隔或許就是「即心即佛」的那個「即」字，也是「體用不二」的「體」和「用」之「間」的那個東西。直接投入「情境」（不論是「歷史」還是「民族」，還是「公案」中的故事）的水池中，一個會游泳的人也可能一下子忘了自己本有的能力，而在水中胡亂掙扎；而如果想到「我」，情境就變成了「我」的「用」。

　　引文中的月亮就在「普遍性與特殊性」的關係中走了好幾遭：它首先是公案中的「月亮」，一個普遍性的時間-視覺-詩學標誌，而敘述者通過它架起了一座夢幻般的浮橋：「蘿蔔」這個場景是在《今生今世》中出現過的，它是胡蘭成「自傳」的一部分。由此參比，這個「他」的確就是「我」。「他」在那個晚上所看到的月亮，在「想像界」（歷史）中打上一個實在界（自我）的標記。其次，在對「國族」的觀念性思考中，月亮才進一步轉化成「國族的美學」，借著這種「普遍性」，情境切換到東京到橫濱的車上，這個場景令人

想到張愛玲的小說《封鎖》。熟悉張胡之緣的人皆知，胡蘭成正是通過閱讀這篇小說與張氏結緣的。橫濱的電車的時代情境是「戰後日本」，與《封鎖》中的「抗戰上海」對應了起來。它是普遍的，關乎所有的男女；也是特殊的，他和這個女人的相遇；他和張愛玲的相遇。當他們的情事成為文壇故事的一部分之後，在這個新的場景中，他的流亡生活也在雙重意義上被再現了。

童年的月亮、橫濱的電車，都是與歷史相「親」的方法，一個是與「禪宗史」，一個是與「現代中國史」。最後，它又回到了唐宋公案的場景中：金烏玉兔，穿越如梭。

通過這種機巧的時空轉換，「他們」的問題也被轉化為「我」的問題，並在「我」的情境中獲得了解答。與此同時，它更新了公案，把公案中的「心」傳遞了下去──這也是「《傳燈錄》」本來的意義。

歷史敘述的這種「多層性」與「唯我性」，就是胡蘭成自認為能夠超越「禪宗案」中兩位主角的地方。他認為他們的真正失誤，就在於忘記了問題乃是由「我」而起。神會是隨著史料的發現而偶然被抓來的人物，胡適卻將「儒家」和「美國工業主義」的自我情感隱藏在神會這張以客觀為名的、反諷的面具下；鈴木將禪宗普遍化以便於它的傳播，卻讓人忽略了它是（日本的）（鈴木的）禪這個維度。引入絕對之「我」，是同時衝破「實證的歷史」和「超歷史的神秘主義」之間的路徑。這是胡蘭成版本的心性論和唯意志論：「俺在高高處行，深深處隱，平平處夢，若無高高深深平平處，可曾有俺？答：高處深處平處乃因俺而有，非俺因高處深處平處而有。」「處」可碎，「我」卻碎不得：

> 天無二日，世無二主，畫八卦的只有一個伏羲。他是像一株芙蓉生在雁蕩山最高處，便只是這株芙蓉花開得自在，此地沒有佛，沒有法，沒有祖師，也沒有英雄美人，但又是什麼都沒有失落放過。但這株芙蓉花亦即是英雄美人的現在身。有人重重憂患，但他的人亦還是生在無憂患處。〔註60〕

在那個「什麼也沒有放過」的「自在之處」，「我」所有見聞覺知的資源，無論來自公共還是私人的領域，無論來自感官還是理性，都可以被靈活運用，其各自的來源卻仍清晰可辨：選取任何一點，又都可以牽延至全部，無有不足。引入「我」的經驗，意味著對詩學、哲學、歷史、政治等各觀念領域的

〔註60〕（日）鈴木大拙著，未也譯，《禪者的思索》，北京：中國青年出版社，1989年，第19頁。

「激活」。從宋代開始，公案禪逐漸成爲一種大眾流行文化現象。禪院問答已經形式化和知識化，並培養體制內的知識分子。「我」的經驗性成分被撤除後，批判人生的任務就從唐代的禪學中退縮下來，移交給了宋學。如同柳田聖山所說，公案變成了心理主義，失去了光。〔註61〕而胡蘭成的「我」的詩學，在某種意義上，不僅是在中國自身的文化文學傳統中對「現代性」的問題的演繹，同時，他也對這個傳統進行了「革命」性的接續。

有趣的是，同在6、70年代將禪學應用到「後結構主義」理論中的羅蘭・巴爾特，曾在課堂上被學生指出對禪宗佛祖「拈花微笑」故事的知識錯誤。對此他回答道：知識從來沒有連貫性。「我」對「作爲一些教義的、系統的、歷史的本體」完全不瞭解。「佛祖只是一個名字，如同一個小說人物的名字一樣。那本來可以是我本人……我之所以選擇佛祖，是因爲我想送給他一枝鮮花！因爲我很喜歡佛祖。可是，什麼是熱愛佛祖的最佳方式？是從歷史出發，還是從我的現實出發談論他？是依照他的生平，還是根據我的生活？」〔註62〕

巴爾特與學生的問答無異於也是一則公案，它很像胡適、鈴木和胡蘭成的故事的縮略版，也讓我們回到本文的問題中：索解歷史或「民族」等宏大命題，一定要收到不能縮減的「我」（那就是萬法所歸的「一」），但如何由「我」再（從敘述中）回到萬法？

對此，胡蘭成最清晰的「應和」蘊含在《禪是一枝花》第五十三則「馬大師野鴨子」〔註63〕中。

——其事爲：馬祖與其弟子百丈看到野鴨子飛過。師云：是什麼？丈云：野鴨子。師云：什麼處去也。丈云：飛過去也。大師遂扭百丈鼻頭。丈作忍痛聲。師云：何曾飛去。對這則公案，雪竇禪師的頌古詩是「野鴨子，知何許，馬祖見來相共語。話盡山雲海月情，依前不曾還飛去。」並下批「欲飛去，卻把住。道！道！」

——胡蘭成評說：雪竇的頌，其詩如靜物畫，此後必動起來，將飛去的鴨子一把攬住，讓人喝綵「好本領」，但是下一手又怎樣呢？總不能扭住不動，

〔註61〕（日）柳田聖山著，毛丹青譯，《禪與中國》，北京：生活・讀書・新知三聯書店，1988年，第169頁。

〔註62〕（法）羅蘭・巴爾特著，張祖建譯，《中性》，中國人民大學出版社，2010年，第97～98頁。

〔註63〕胡蘭成：《禪是一枝花》，北京：中國社會科學出版社，2004年，第145～146頁。

撇死鴨子。這便是雪竇禪師接了前人的話頭答了，又拋給後人的問題：「道！道！」，就是「說呀，說呀」。

胡氏繼而說：這要是我來答，便是「我一攬住，我就乘之而飛。」而到此處也沒有結束。作者自稱將此答案得意地呈給兄長看了，卻被兄長問住：「飛又是怎樣的飛法？說呀！說呀！」於是「我」也卡住了。

接下來，兄長的回答，方是這則公案「轉出」的地方，也是解公案這一「述行」回到「中華文明」主題上的方式：

把這天地之機，野鴨子的欲飛去之勢，畫爲伏羲的卦象，製爲治世的禮樂，在歌舞裏，在書法與圍棋裏展翅翱翔，五里一徘徊，下視山川城郭皆明劃〔註64〕。

——該公案的內在層次，仍是胡蘭成關於華/梵之差和儒、佛、道三教的看法：印度佛教「寂滅爲樂」，因此說野鴨飛過只是幻覺、妄識，便到此爲止。而中國的禪宗在生滅無常的「有爲法」中認真「演戲」，「攬住」鴨的欲飛之機，答「乘之而飛」，也已是到了禪宗的頂點。而胡蘭成心中的至高點是黃老之學：以黃老爲體，以佛爲境，以儒爲用。唯有「我哥哥」的話，才是黃老與儒的事，是中國式的「文明的造形」和「體中生用」。看破之後的入世，才是他心中文明金字塔的最高點。

主要參引文獻

1、明立志、潘平編，《胡適說禪：一個實用主義者的佛教觀》，北京：團結出版社，2007 年。

2、（日）柳田聖山著，毛丹青譯，《禪與中國》，北京：生活·讀書·新知三聯書店，1988 年。

3、胡蘭成：《禪是一枝花》，北京：中國社會科學院出版社，2004 年。

4、耿雲志主編，《胡適論爭集》，北京：中國社會科學院出版社，1998 年。

5、（日）鈴木大拙著，未也譯，《禪者的思索》，北京：中國青年出版社，1989 年。

6、薛仁明主編：《天下事，猶未晚——胡蘭成致唐君毅書八十七封》，臺北：爾雅出版社，2011 年。

7、（宋）圜悟克勤著，尚之煜校注，《碧巖錄》，鄭州：中州古籍出版社，2011 年。

〔註64〕同上，第 146 頁。

他山之石與反躬自省
——論竹內實的中國研究

葉楊曦

（山東大學文學院）

　　1923 年，正值外國列強瓜分中國之際，在山東的鄉間小鎮「張店」，一個日本男孩呱呱墜地。他姓竹內（たけうち），名實（みのる），日後成為日本國內著名的中國研究學者。2013 年，竹內實在京都東北的高野寓所走完了不算平凡的一生，彌留之際家人相伴左右，也算壽終正寢。雖然對於自小體弱多病的竹內實來說，九十辭世當屬高壽，但他的離開仍是日中學術界的損失，對此兩國新聞傳媒皆有報導，學者亦不乏悼念之辭與回憶文章。

　　2013 年 7 月 30 日，竹內實在家中就餐時倒下，送醫不治而別。8 月 1 日，日本《朝日新聞》、《日本經濟新聞》等便刊文記事，強調竹內實「現代中國研究第一人」的身份和關於毛澤東的論述〔註1〕。當日中國主流媒體《新華網》轉載《環球網》的消息，又另外加上「曾獲毛澤東接見」的提示〔註2〕。日中傳媒的後續跟進與學人的追憶述懷又突出竹內實的文革研究、「友好容易理解難」的名言及晚年傾心翻譯的木偶劇《項羽與劉邦》〔註3〕。上述報導與文章

〔註1〕　〈中國研究者の竹內實さん死去　毛沢東論など記す〉，《朝日新聞》，2013年 8 月 1 日，http://www.asahi.com/obituaries/update/0801/OSK201308010161. html.〈竹內實氏が死去　現代中國研究の第一人者、京大名譽教授〉，《日本經濟新聞》，2013 年 8 月 1 日，http://zh.cn.nikkei.com/gate/big5/www.nikkei.com/article/DGXNASDG0101S_R00C13A8CC0000/.

〔註2〕　〈日著名中國研究學者竹內實逝世　曾獲毛澤東接見〉，《新華網》，2013 年 8月 1 日，http://news.xinhuanet.com/2013-08/01/c_125103523.htm.

〔註3〕　劉燕子，〈竹內實與日本文革研究〉，《開放雜誌》，2013 年 9 月號，頁 83～87。〈竹內實：友好容易理解難〉，《北京青年報》，2013 年 8 月 9 日，http://bjyouth. ynet.com/3.1/1308/09/8193526.html.〈晚年の竹內實さん、中國の劇 100 話翻譯　項羽と劉邦の物語、原稿 2 千枚の情熱〉，《朝日新聞》，2013 年 8 月 20日，http://www.asahi.com/shimen/articles/TKY201308190662.html.

涉及的幾個面向都是竹內實學術生涯裏集中用力的地方，他的中國研究興趣廣泛，涉及政治、經濟、軍事、歷史、文學等人文社科的眾多方面。

1978 年，竹內實的《茶館：中國的風土與世界相》被司馬長風譯為中文，並以《中國社會史話》為題由香港文藝書屋出版，是為中國學界首次譯介其專書〔註4〕。2013 年，香港天地圖書有限公司刊行程麻編譯之《竹內實的中國觀——第一本中文自選集》，這也是在竹內實有生之年問世的最後一本漢譯論著〔註5〕。頗為巧合的是，中國學者對竹內實著述的翻譯都與香港有關，甚至從某種意義上講，可以說是以香港為原點，最終又回到了香港。筆者淺見，香港本地學者有必要而且應該發出聲音，表達自己的意見，追懷、體認並思考竹內實的中國研究。

有鑒於竹內實獨特的生活經歷與豐富的文字著述，本文將在概述其生平與學術的基礎上，從兩本專著入手，對他取鏡中國背後的學術旨歸及最終訴諸的中國觀進行論述，最後和竹內實的中國研究展開對話，體認其治學特點。

一、徘徊與遊走：竹內實的生平和學術

（一）生平

竹內實曾幽默地解釋過自己的名字：「我的名字最好記，人家都說竹子裏面是空的，但我的名字叫『竹內實』」〔註6〕。他 1923 年生於中國山東膠濟鐵路沿線的農村，現今已屬淄博市張店區。父母為普通農民，自日本愛知縣赴華經營日式旅店。5 歲時喪父，由母親一人撫養帶大。小學三年級開始學習漢語。1934 年 11 歲時，隨母親、弟妹移居偽滿洲國「新京」（今吉林長春）。小學畢業後進入新京商業學校。1942 年因考入東京二松學舍專門學校（前身漢學塾二松學社，現二松學舍大學）而回到日本。翌年，以「學生上陣」名義於愛知縣豐橋工兵部隊參軍。入伍四月即因病住院，日本戰敗前兩月退伍，未赴前線。1946 年考入京都大學文學部，專攻中國文學，師從時任東方文化研究所語言研究室主任的倉石武四郎。大學期間曾擔任冰心的課堂口譯，聽過吉川幸次郎（杜甫）、大手拓次、萩原朔太郎（象徵主義詩歌）、北原白秋、

〔註4〕 竹內實，《茶館：中國の風土と世界相》，東京：大修館書店，1974；竹內實著，司馬長風譯，《中國社會史話》，香港：文藝書屋，1978。

〔註5〕 竹內實著，程麻譯，《竹內實的中國觀——第一本中文自選集》，香港：天地圖書有限公司，2013。

〔註6〕 徐一平，《我和竹內實先生》，《中華讀書報》，2006 年 11 月 15 日。

宮澤賢治（新體詩）、貝冢茂樹（中國古代史）、青木正兒（元雜劇）等人的課。新中國成立的那年，竹內實大學畢業，隨倉石師轉入東京大學大學院（即研究院）。二年級時，參與營救過丸山昇。三年級首次參加示威活動（「五‧一」事件），並受其影響，思想開始左傾，加入日本共產黨。大學院修了的同時，竹內實前往東大中國研究所「就職」，後因缺少中國語教員而轉職東京都立大學。1953 年夏天竹內實重返闊別十餘年的中國，以運送俘虜死難者遺骨航船口譯員的身份去過天津，又作爲日中友好協會訪華團口譯員，訪問北京、上海、重慶與瀋陽。此後多次來華，尤其是 1960 年隨日本文學代表團訪華之際，在上海經陳毅引介，受到毛澤東的點明表揚和接見〔註7〕，還見到周揚，結識趙樹理、老舍，訪問上海電影製片廠，見到趙丹。1962 年被日本共產黨除名。1966 年擬參加《朝日新聞》文革考察團，但中國方面邀請函上並無名字。1970 年因不滿於東京都立大學教職員支持學生「革命造反」，辭去教職。1973 年進入京都大學，由助教授直至教授，並出任京都大學人文科學研究所所長。此後曾擔任立命館大學、北京日本學研究中心等多機構的教授。1979年隨日本學術振興會訪問團重回改革開放的中國。1987 年從京都大學退休。1987 年開始擔任日本現代中國研究會會長，直至 1994 年。1992 年獲第三次福岡亞洲文化獎（福岡アジア文化賞）。1999 年被日本政府授予勛三等旭日中綬章。2008 年生平最後一次來華，赴井岡山參加毛澤東詩詞國際學術研討會，並接受毛新宇採訪。2013 年逝世於日本京都，享年九十。

（二）學術

竹內實是筆耕不輟、勤奮多產的學者。1988 年京大人文研主辦的《東方學報》專門刊發過《竹內實教授著作目錄》一文，據筆者目檢，目錄包括編著 29 部，翻譯 29 部，監修 5 部，論文更是多達 403 篇，爲數可觀〔註8〕。一直進行《竹內實著譯年表》編寫工作的程麻根據不完全統計得出，他「一生共出版關於中國的論著、譯著約 50 種上下，幾乎每月都在報刊上刊登三四篇文章，總數超過千篇以上」〔註9〕，字數接近千萬。余項科有更爲詳細的蒐集

〔註7〕 毛澤東，〈美帝國主義是中日兩國人民的共同敵人〉（一九六○年六月二十一日），氏著，中共中央文獻研究室編，《毛澤東文集》第八卷，北京：人民出版社，1999，200～208 頁。附注云，「這是毛澤東同日本文學代表團的談話」。
〔註8〕 〈竹內實教授著作目錄〉，《東方學報》，1988 年 60 期，頁 733～749。
〔註9〕 程麻，〈竹內實：「可以走了」——一位中國學者的哀思與憶念〉，《中華讀書報》，2013 年 9 月 4 日。

考證，指出從 1946 年 23 歲時發表的首篇論文〈麵包，即 pain〉（〈「麵麭」、つまり「パン」〉）開始直到 2013 年 10 月櫻美林大學緊急出版的《轉變的中國　靜止的中國》（〈變わる中國　變わらぬ中國〉）爲止的 67 年間，竹內實獨著、共著、監修、監譯、文集等書籍不下於 218 種，包括隨筆、譯文、書評等在內的文章則多達 1431 篇〔註10〕。

竹內實的代表論著包括《毛澤東的詩與人生》（1965，與武田泰淳合著）、《毛澤東與中國共產黨》（1972）、《毛澤東的生涯》（1972）、《魯迅遠景》（1978）、《魯迅周邊》（1981）、《日本人心目裏的中國形象》（1966、1992）、《中國的思想——傳統與現代》（1967、1999）、《現代中國的文學》（1972）、《文化大革命》（1973、編譯）、《茶館——中國的風土與世界像》（1974）、《友好容易理解難》（1980）、《北京——世界都市物語》（1992、1999）、《蟋蟀與革命中國》（2008）、《中國的世界——人、風土、近代》（2009）、《竹內實中國論自選集》（2009）、《漂泊的孔子，復活的論語》（2011），等等。最爲中國學界稱道的，是竹內實監修的二十卷本《毛澤東集》、《毛澤東集補卷》，較爲全面地收錄了毛澤東在建國前的著述，體現出京都學派重視文獻資料的傳統學風。另一方面，中國對其作品的譯介除引言部分提及的《中國社會史話》與《竹內實的中國觀》兩書外，程麻主持編譯的十卷本《竹內實文集》無論在數量還是內容上最爲可觀，涵蓋了竹內實研究中的毛澤東、文化大革命、中國傳統文化、中國現代文學、比較文學與文化、中日關係及時事政治等各個主題。

竹內實著作等身，數量驚人，短期內要想完全進入著實不易，但大致可以窺見，他從研究日本人如何看待中國入手，逐漸轉入表達自己的中國觀。這兩點正可以用代表竹內實學術生涯起點與終點的兩部專著來概括，即從作爲他山之石的《日本人心目裏的中國形象》到用於反躬自省的《竹內實的中國觀》。

二、他山之石與反躬自省：以兩部專著爲中心

（一）他山之石：《日本人心目裏的中國形象》

《日本人心目裏的中國形象》1966 年由春秋社在東京出版，是竹內實最

〔註10〕 余項科，〈生きている中國——竹內實先生を偲ぶ〉，《蒼蒼》2013 年 57 號（竹內實先生の逝去を悼む追悼文および追悼記事），
http://www.21ccs.jp/soso/takeutisenseituito/tuitoubun_yo.html.

早獨立完成的一部學術專著。其日文原名爲《日本人にとっての中國像》，之所以並未使用日本學界流行的「中國觀」，竹內實主要是考慮相較於前者的系統，他更關心「中國像」背後「未必能形成體系的印象，甚至是無意識的東西」〔註11〕。作者著力討論「日本人對於中國形象的探求與描述，以及藉助於這種形象對中國和日本問題的思考」，他所關心的，是「日本觀念裏與中國有關的那些東西」。書中諸篇「既非『中國論』，也不是所謂的『日本論』」，而是類似於溝通兩國的橋樑〔註12〕。作者的這些努力似乎可以書中的一句話來概括：想要「把中國作爲『他山之石』」〔註13〕。

此書彙集了作者從上世紀五十年代末至六十年代初八年間所寫的17篇中國評論文章。竹內實於戰後開始進入中國研究，內中所收反映出他初登學術舞臺時的思考，從中可以窺見其日後研究的端倪。根據作者原意，這些文章可劃分爲四類：1. 階段性研究評估、2. 當前形勢研究、3. 歷史回顧與整理以及 4. 研究方向探討。〔註14〕如結合其中文章的發表或撰寫時間來看，則可較爲清晰地看出作者對本課題的探討從其時之文學現狀入手，進而不斷上溯，推至近代，最後返回當下，繼續與當代文學對話，並著眼於未來研究。

最早寫成之〈昭和文學裏的中國形象〉刊佈於 1957 年，正處於昭和時代（1926～1989）中段，奠定了全書的論述基調。竹內實在前言中就明確表示

〔註11〕 竹內實，〈《日本人心目裏的中國形象》後記〉，氏著，程麻譯，《竹內實文集》第一卷《回憶與思考》，北京：中國文聯出版社，2002，頁 141。

〔註12〕 竹內實，〈はしがき〉，氏著，《日本人にとっての中國像》，東京：岩波書店，1992，頁 276。中譯見竹內實，《〈日本人心目裏的中國形象〉序言》，《回憶與思考》，頁 332。

〔註13〕 竹內實，〈戰後文學と中國革命〉，竹內實，《日本人にとっての中國像》，東京：春秋社，1966，頁 186。中譯見竹內實，《戰後文學與中國革命》，氏著，程麻譯，《竹內實文集》第五卷《日中關係研究》，北京：中國文聯出版社，2004，頁 107。

〔註14〕 具體篇目與發表時間如下：1.〈兩次「戰後」與國際主義〉（1965）；2.〈使命感與屈辱感——關於文學的民族責任觀點〉（1960）、〈戰中派的挫折感與屈辱感——接觸井上光晴《虛構的弔車》〉（1960）、〈戰爭帶給「中國」的〉（1960）、〈對所謂「橋梁」關係的思考——談日中關係的基礎〉（1960）、〈「銅鑼美學」的啓示〉（1960）、〈脫亞論的終止〉（1961）、〈戰爭文學與人道主義〉（1961）、〈戰後文學與中國革命〉（1962）、〈中國核試驗與日本知識分子〉（1965）；3.〈三代人的中國見聞——從嶺雲、漱石到元軍人〉（1959）、〈明治漢學者的中國紀行〉（1963）、〈一個漢學者的中國紀行〉（1959）、〈夏目漱石的《滿韓處處》〉（1959）、〈昭和文學裏的中國形象〉（1957）、〈中國文學研究與中國觀〉（1960）；4.〈日本人心目裏的中國形象〉（1965）。

他對昭和以來文學的考察不滿足於只是勾勒日本人心目裏中國形象的變化，更想揭示出這種變化背後折射出的認識主體日本人自身「思想變化、生活變化，以及政治或經濟方面的變化等等」，並通過變化軌跡幫助認識到「如今應該怎樣評價中國形象的問題」〔註15〕。作者結合中國實際而將昭和文學分作戰前（1926～1935）、戰中（1936～1945）和戰後（1946～1955）三個階段。竹內實在具體論述中指出，戰前時期中國形象的基本特點是對無產階級的同情，雖然其抒情至今令人感動，但大部分詩歌、小說、戲劇等在表現革命中國時過於直白，流於公式化與概念化，缺乏感同身受的實際體驗。能夠擺脫這種表面化危險的是反戰文學，由於其中不僅使中國登場，而且以日本士兵為主體，「通過日本問題反映中國」，清醒地意識到作品面對日本讀者。另外，中國的無產階級革命也影響到橫光利一在上海的實地經歷，幫助其打開「新感覺派的活路」。竹內實因而稱中國形象在日本文學的微妙轉變中「發揮了即使不是決定性的，也具有相當重要的作用」。戰中十年，文學逐漸被荒廢，所謂「戰爭文學」與作為「滿洲」紀行的「大陸開拓文學」佔據主流，報告文學開始氾濫。其特點是內容空洞，「缺乏真正洞察戰爭本質的力量，也沒有這方面的熱情」。在日本軍國主義者心目裏，中國形象「相當蒼白」，這種無知與不理解帶來的凄慘印象不能不喚起竹內實內心「敏感而又沉重的反省」。即使是對戰爭有抵抗意識的武田泰淳《司馬遷》與竹內好《魯迅》在「接近正確的中國」上也有段距離。戰後階段方才有日本人深入思考中國問題，無論是武田泰淳的《審判》，還是堀田善衛的《時間》都體現出對中國的贖罪意識。但另一方面，即「積極描繪中國所發生的巨大變化」，日本文學中卻表現不夠。此外，在堀田善衛的《喪失祖國》與《歷史》裏的中國游移擺蕩，邊界模糊，恰恰反映出「輪廓清晰並穩定的日本」並不存在。通過上述分析，竹內實將三個時期文學裏的中國形象歸納成「革命的中國」、「空白的中國」與「贖罪的中國」。

　　為了探究當代日本文學裏中國形象的源流，竹內實自昭和文學開始向前追溯，從明治、大正之交夏目漱石的《滿韓處處》，到明治末年宇野哲人的《「支那」文明記》，到明治晚期田岡嶺雲的《戰袍餘塵》、安東不二雄的《「支那」

〔註15〕竹内實，〈昭和文学における中國像〉，《日本人にとっての中國像》，頁315。
　　　　中譯見竹內實，《昭和文學裏的中國形象》，《竹內實文集》第五卷《日中關係研究》，頁2。

漫遊實記》與內藤湖南的《燕山楚水》，再到明治中前期岡千仞的《觀光紀遊》，直至明治初年竹添進一郎的《棧雲峽雨日記》，等等。在對上述不同時期中國行紀的詳細分析中，讀者可以看到日本人心目裏中國形象的變遷軌跡。這些文學作品的作者大多是漢學者，雖然最初的竹添進一郎與岡千仞皆以漢語行文，但竹內實認爲作爲竹添精神、文化母國的中國正是岡千仞所極力批判的。早期對於中國的崇敬思想與精神隨著時間的推移逐漸動搖：截然區分古典中國與現代中國，雖然內藤湖南、宇野哲人、夏目漱石等對儒家聖賢和古代經典依然心嚮往之，但安東不二雄等人對現代文化已毫無興趣，而是更關心經濟、軍事領域的發展，形成「奇妙的二律背反」〔註16〕。更值得注意的是，田岡嶺雲等人否定戰爭的寫作姿態在昭和初年得到繼承，影響到日本無產階級革命文學的創作與發展。

　　在回顧歷史的同時，竹內實也進一步深化對日本當代文學的研討，而相關主題多是從此前昭和文學的總論中申發出來。戰爭期間，「八紘一宇」、「大東亞共榮圈」等口號凸顯出日本人的民族使命感，竹內實析論保田與重郎和竹內好等人筆下平民的使命感及其瀰漫與消失。戰後，日本挫敗的國內形勢又使人沮喪，作者結合井上光晴的《虛構的弔車》、太宰治的《惜別》、田中英光的《暈船》、武田泰淳《風媒花》《審判》與堀田善衛的《時間》等討論這種挫折感、屈辱感及由此引發的贖罪意識，贊揚武田與堀田文學作品的責任擔當，尤其是兩人文學活動在「溝通中國的民族主義與現代日本」〔註17〕之間的橋樑作用。日本人對於中國革命既有民間的「親近感」，也有官方的「驚恐感」。日本的民族主義必須立足於中國、朝鮮等亞洲民族利益的基礎上，應該結合中國的民主主義與社會主義促發新的日本民族主義，而不是一味「強調日本思想的自立」〔註18〕。橋本身固然重要，但首先應該夯實地基，重視岸的建設，只有這樣，中日兩國才有可能恢復邦交並加深相互理解。而就在不久的十年之後，竹內實等眾多日本人積極推動和翹首以盼的中日恢復邦交便成爲現實。

〔註16〕〈明治漢学者の中國紀行〉，《日本人にとっての中國像》，頁231。
〔註17〕〈戰後文学と中國革命〉，《日本人にとっての中國像》，頁195。中譯見《戰後文學與中國革命》，《竹內實文集》第五卷《日中關係研究》，頁116。
〔註18〕〈橋のうえの眼覺め──日中關係の基礎となるもの〉，《日本人にとっての中國像》，頁140。中譯見〈對所謂「橋梁」關係的思考──談日中關係的基礎〉，《日中關係研究》，頁102。

　　全書最後，竹內實以同題論文總結既往研究並展望未來。他注意到普通日本人的「舊中國」意識，並抱以懷疑的態度，以便更好地樹立「新中國」觀念。面對「舊」、「新」兩個中國，日本人心目裏的距離感遵循著「零距離與無限大」〔註 19〕的變化模式，而其背後「無非都是多次受到來自中國的刺激所出現的情緒變化」〔註 20〕。作者希望今後繼續此項研究時能「對自己以前那些不太自覺的觀念進行反思」。

　　1992 年《日本人心目裏的中國形象》同名再版，內容則做了很大的改動。〔註 21〕除了在第二部分「日本人心目裏的中國形象」保留了原書的 4 篇文章外，另加入第一部分「啊，大東亞共榮圈」，由〈難民的思想〉、〈建國的思想〉與〈安撫的思想〉3 篇論文組成。在〈難民的思想〉中，作者結合「滿洲」開拓團活動的記錄和重回故地者的描述，探討日本人在「滿洲」的殖民開拓，敗戰時的悲慘境遇與日後反思，指出日本帝國主義侵略在給中國、朝鮮等亞細亞民族帶來災難，引發內戰饑荒的同時，亦造成大批殖民地日僑「難民」的出現。其流毒餘害甚至波及戰後，這些以「大東亞共榮圈」為信條的「難民」因失去國家保護而出現，其「不定型、無秩序、無價值的生活」〔註 22〕依然深受「民主主義」的侵擾。〈建國的思想〉則帶著日本為何要建立「滿洲國」的疑問，推源溯流，迴歸此概念的歷史脈絡，梳理其建制沿革、地理區劃、開拓活動與住民流動。作者認為「滿洲國」是「日本對中國侵略下建立的傀儡政權，是對帝國主義行為的偽裝」〔註 23〕，建國思想是「伴隨現實過程發展起來的思想」。最後一篇〈安撫的思想〉主要論述日軍戰中推行的「宣撫班」策略。「安撫的思想」一方面是「轉向者的思想」〔註 24〕，另一方面是被稱作「反八路軍」、「反共」等「反」的思想。它伴隨軍隊的移動而被宣傳，政權確立後則停用。安撫的最終目的是「必須加深與中國民族的接觸」〔註 25〕。

〔註 19〕〈日本人にとっての中國像〉，《日本人にとっての中國像》，頁 390。中譯見《日本人心裏的中國形象》，《回憶與思考》，頁 243。

〔註 20〕〈日本人にとっての中國像〉，頁 392。中譯見〈日本人心裏的中國形象〉，頁 245。

〔註 21〕竹內實本意將此書命名為《昭和文學裏的中國形象》，出版時的題名是責任編輯改動的結果。

〔註 22〕〈難民の思想〉，《日本人にとっての中國像》，頁 32～33。

〔註 23〕〈建國の思想〉，《日本人にとっての中國像》，頁 38。

〔註 24〕〈建國の思想〉，《日本人にとっての中國像》，頁 80。

〔註 25〕〈宣撫の思想〉，《日本人にとっての中國像》，頁 124。

「安撫的思想」伴隨日本戰敗而被廢止,但「思想」的行爲「安撫」卻並未消除。

第一部分最早作於 1970 年 8 月 15 日前後,當時竹內實剛因故辭去東京都立大學教職,出於生計考慮,也爲了紀念這個特殊的日子,他選擇以當時日本歷史學中犯忌的「大東亞共榮圈」爲題。如果說前一個十年他尚能「給人如飢似渴的印象」,那麼七十年代的他則有「被孤立」〔註26〕的感覺。作者少年時代有一半時間在康德紀元的「新京」長春度過,甫及成人,即遭遇所謂「大東亞戰爭」,甚至在歸國服役期間試圖回到「滿洲」而未果。他研究「滿洲國」,更多與其莫名其妙、曖昧含糊的身份有關,受童年記憶影響甚深。

「日本人心目裏的中國形象」是竹內實進行中國研究時的重要課題。但他的用意並不止於描述「他山之石」,而是將其帶入自己心目裏中國形象的探討之中。從上世紀四十年代末初入學術界開始,竹內實在對中國傳統文化與現代社會保有濃厚興趣的同時,又一直以追蹤時政的熱情緊跟時代潮流,從毛澤東到文化大革命再到改革開放,不斷就中國國內的熱點問題發表見解。而在這些努力的背後可以看到他借鏡中國以反躬自省的學術姿態。

(二) 反躬自省:《竹內實的中國觀》

2009 年日本櫻美林大學東北亞總合研究所出版了三卷本的日文《竹內實中國論自選集》,在其卷首,作者有如下說明:「第一卷是與我現在內心仍關注的『文化大革命』有關的拙文的彙集,第二卷爲『轉變的中國』,那是我時時注視著的動向,第三卷像是上兩座山脈谷間的平地,集中了影評、魯迅論、風土論與人物論,題爲『電影與文學』。」

這套書收錄了作者討論自己心目裏中國形象的相關論述中最具代表性的學術文章。以此爲基礎,結合十卷本中文版《竹內實文集》,中國學者程麻編譯出《竹內實的中國觀》一書,2013 年由香港天地圖書有限公司出版。此書有一個副標題,叫「第一本中文自選集」,表明其面對的是中國讀者。

結合日文《自選集》的編排框架,讀者根據中譯本的 12 篇選目可以看出他對於自身的學術定位。自日譯本第三冊《電影與文學》中選入的最多,有〈魯迅和他的弟子們〉(1956)、〈阿金考〉(1968)、〈魯迅與孔子〉(1982)、〈從窰洞文學到城市文學〉(1990)、〈電影描繪的風情、風俗與傳統〉(1994)、〈電

〔註26〕〈あとがき〉,《日本人にとっての中國像》,頁 276。中譯見《〈日本人心目裏的中國形象〉後記》,《回憶與思考》,頁 141。

影譜〉（1999）等 6 篇，其次為見收於第一冊《文化大革命》中的篇目，包括全部作於文革期間的〈郭沫若的自我批判與文化革命〉（1966）、〈我心中的紅衛兵〉（1966）、〈對話毛澤東──「牛鬼蛇神」及其他〉（1968）、〈「文革」和日本思考方式〉（1974）、〈皇帝型權力與宰相型權力──從第四次全國人民代表大會看「批林批孔」的走向〉（1975）共 5 篇，在第二冊《轉變的中國》中出現的篇目則只有〈根本價值觀：中華思想〉（1999）1 篇。

　　不同於《日本人心目裏的中國形象》，本書按照時間順序編排內中諸文。有學者稱「竹內實來到日本後重新接近中國的切入點是文學」〔註 27〕。如果進一步縮小範圍，那麼可以說與戰後成長起來的其他日本第一輩現代中國研究者類似，他也是通過魯迅研究進入這一領域。但竹內實也有自己的特點，他涉及魯迅的論述並不僅僅局限在魯迅本身。此書以最早發表之《魯迅和他的弟子們》開篇，作者在文中將重心放在魯迅得意門生蕭軍與胡風在新中國成立後的遭際問題，與當時接連不斷的「批判運動」展開對話。他提出「獨立於政治的『文學』之類觀念確實曾不斷受到『革命』激流的洗禮」〔註 28〕的問題，直言不諱地指出當時所謂「向魯迅學習也許只是一個口號」〔註 29〕而已，暗合對於魯迅在新中國被誤讀，形象遭受歪曲的不滿。與魯迅直接相關的另有兩篇文章：〈阿金考〉與〈魯迅與孔子〉，二者都隱含批判新中國時政的意味。前文的寫作有意模仿文革時推動者所作的影射之文。〈阿金〉是魯迅一篇雜文的題目，主人公是受雇於魯迅對面人家的女傭。作者將文中劃線部分與當時的政治形勢做了細緻的比對，在魯迅其他作品中找出「阿金」的影子，並結合中國文學裏的潑婦形象與現實社會某些「革命者」的投影進行討論，讚揚魯迅「深刻挖掘社會」〔註 30〕的努力，將魯迅格言改寫為「現實之於虛妄，正與文學相同」，指出其文學之特點正在於「以虛構的文學去抨擊虛假的現實」。時隔半個多世紀，竹內實在回憶時明確稱「文章針對的是江青

〔註 27〕 馬場公彥、竹內實著，程麻譯，《竹內實，一身兩棲於日中之間・採訪解說》，《竹內實的中國觀──第一本中文自選集》，頁 340。（原載馬場公彥《戰後日本人的中國形象──自日本戰敗到文化大革命、日中恢復邦交》（《戰後日本人の中國像──日本敗戰から文化大革命・日中復交まで》，東京：新曜社，2010）

〔註 28〕 〈魯迅和他的弟子們・解題〉，《竹內實的中國觀──第一本中文自選集》，頁 11。

〔註 29〕 〈魯迅和他的弟子們〉，《竹內實的中國觀──第一本中文自選集》，頁 16。

〔註 30〕 〈阿金考〉，《竹內實的中國觀──第一本中文自選集》，頁 149。

夫人」〔註31〕。〈魯迅與孔子〉也與現實息息相關。該文本為作者 1981 年在京都所作的報告，對象是赴東京參加辛亥革命七十週年學術研討會的中國近代史研究者。文革中隨著林彪叛國墜機而開始了「批林批孔」運動，其中曾經反對儒教的魯迅受到頌揚。孔子很早以前在中國便是至聖先師，而魯迅的聖人地位則是 1937 年毛澤東在延安親口所授：「孔夫子是封建社會的聖人，魯迅則是新中國的聖人」〔註32〕。更加弔詭的是，民國年間，魯迅曾代表官方主持過祭孔大典。作者以祭孔期間的魯迅日記為主要材料，聯繫其雜文、書信等分析出魯迅的屈辱感受與複雜心境。認為他不拒絕擔任祭祀神官出於兩方面的考慮：一是並非完全牴觸陳舊事物，二是迫於生計。但無論如何，他都「沒有過於屈服」。

著眼於整個中國現代文學，竹內實總結「中國大陸文化的基礎仍是窯洞文學」〔註33〕1942 年以前「延安壓倒性的主流是城市型文學（戲劇）」，而毛澤東〈在延安文藝座談會上的講話〉則只將「窯洞文學」視作文學。雖然建國時召開的文藝工作者代表大會期待「城市文學」重回主流，但從延安的「思想改造」運動開始，到反右，再到文革，經過文學領域重複的批判運動，「城市文學」終被否定。對此，竹內實在文革結束後認為「已經到了打破停滯與惡性循環的時候」，必須清除頻繁政治鬥爭給文學帶來的嚴重創傷，期待超脫於二者之上的作品，遵循文學自身的運行法則。

1960 年訪華期間，竹內實在上海見到了趙丹，當時「不禁湧出了淚水」〔註34〕。這是一種親眼所見印證銀幕接觸時的真情流露。在電影方面，竹內實並非要做專業性的影評，所關注的也不是具體技術的運用，而是「通過電影瞭解中國動向」〔註35〕，更看重影像自身的活力與生機，關注其所傳遞的中國風土人情與文化傳統。

毛澤東與文革研究是竹內實中國研究的核心領域，貫穿整個學術生涯始終。他出版的首部專題性學術論著便是與前輩武田泰淳合作的《毛澤東的詩

〔註31〕 〈阿金考・解題〉，《竹內實的中國觀——第一本中文自選集》，頁 126。
〔註32〕 〈魯迅與孔子〉，《竹內實的中國觀——第一本中文自選集》，頁 153。此句並未收入《毛澤東選集》。
〔註33〕 〈從窯洞文學到城市文學〉，《竹內實的中國觀——第一本中文自選集》，頁 214。
〔註34〕 〈電影描繪的風情、風俗與傳統〉，《竹內實的中國觀——第一本中文自選集》，頁 215。
〔註35〕 〈電影譜・解題〉，《竹內實的中國觀——第一本中文自選集》，頁 255。

與人生》，而且除後者所寫《後記》外，正文部分皆由竹內實一人完成〔註36〕。
上文提到的 1960 年中國之行是竹內實一生中最爲難忘的，主要因爲他受到
毛澤東的點明表揚。本書之〈對話毛澤東——「牛鬼蛇神」及其他〉（〈毛澤
東に訴う——「牛鬼蛇神」その他〉）在十卷本中文《竹內實文集》中僅保
留了副標題，而此文的特色恰恰如主標題所揭示的：站在一個平等客體的角
度與毛澤東展開對話。他對毛澤東的終極定位是「中國最後的革命家和造反
派」〔註37〕。「牛鬼蛇神」是唐人杜牧對李賀詩作的評語，毛澤東起初使用
該詞時只想表達原意，即「妖魔鬼怪」，但日後詞義轉變。從 1963 年的等同
於「地主、富農、反革命分子」逐步引申，文革期間被紅衛兵與造反派利用。
不過，竹內實對毛澤東在詞義轉變過程中扮演的角色做了客觀的切分：「不
太好說毛澤東應負有多大責任」〔註38〕，但文革期間各種運動歸根結底是「黨
內政治鬥爭」〔註39〕、「權力鬥爭」〔註40〕，客觀上樹立了「毛澤東思想絕
對權威」〔註41〕的地位。書中最能代表作者借鏡中國幫助日本人「反躬自省」
態度的是〈「文革」和日本思考方式〉一文。文革曾一度在日本廣受讚同，此
文藉此以考察「戰後日本一種流行的思維方式」〔註42〕。現實中的文革實際
與回憶裏的童年記憶給竹內實以倍感熟悉、似曾相識之感，而他又強烈質疑
文革中的行爲。他曾坦率表露過自己對於文革的矛盾心理：「既對『文革』難
以共鳴，又對採取那種實際做法的紅衛兵覺得有些熟悉」〔註43〕。新中國成
立初期，「群眾」與「潮流」的力量得到肯定，戰後日本人心目裏的中國形象
是「誇張的現實」。文革對他們來說是痛苦的轉變，轉向「令人掃興的現實」，

〔註36〕 武田泰淳、竹內實，《毛沢東 その詩と人生》，東京：文芸春秋社，1965。
〔註37〕 〈對話毛澤東——「牛鬼蛇神」及其他〉，《竹內實的中國觀——第一本中文
自選集》，頁 77。
〔註38〕 〈對話毛澤東——「牛鬼蛇神」及其他〉，《竹內實的中國觀——第一本中文
自選集》，頁 60。
〔註39〕 〈對話毛澤東——「牛鬼蛇神」及其他〉，《竹內實的中國觀——第一本中文
自選集》，頁 73。
〔註40〕 〈「文革」和日本思考方式・解題〉，《竹內實的中國觀——第一本中文自選
集》，頁 92。
〔註41〕 〈對話毛澤東——「牛鬼蛇神」及其他〉，《竹內實的中國觀——第一本中文
自選集》，頁 71。
〔註42〕 《「文革」和日本思考方式・解題》，《竹內實的中國觀——第一本中文自選
集》，頁 79。
〔註43〕 〈我心中的紅衛兵・解題〉，《竹內實的中國觀——第一本中文自選集》，頁 34。

導致兩種喪失：一是「依據中國校正日本喪失方向」，一是「隱藏的天皇制觀念喪失崇拜的對象」，但依舊有日本人對文革保持信仰。林彪出逃使文革開始受到質疑，而其垮臺前後的兩種形象「生動地反映了中國從『文革中國』走向『反革命中國』的轉變過程」。日本人看待中國時對「令人掃興的現實」相當討厭，故意視而不見，選擇「誇張的現實」〔註44〕，而後者支撐了日本的天皇制思想信仰。竹內實大聲疾呼的是日本人正視那些「令人掃興的現實」〔註45〕，導致兩種喪失：一是「依據中國校正日本喪失方向」，一是「隱藏的天皇制觀念喪失崇拜的對象」〔註46〕，但依舊有日本人對文革保持信仰。林彪出逃使文革開始受到質疑，而其垮臺前後的兩種形象「生動地反映了中國從『文革中國』走向『反革命中國』的轉變過程」〔註47〕。日本人看待中國時對「令人掃興的現實」相當討厭，故意視而不見，選擇「誇張的現實」，而後者支撐了日本的天皇制思想信仰。竹內實大聲疾呼的是日本人正視那些「令人掃興的現實」，不要試圖忘卻。

　　本書正文以《根本價值觀：中華思想》結尾。竹內實在文中將「中華思想」當作轉變的中國裏不變的內在價值觀，探討其歷史源流，揭示其本真含義。與此同時，作者不僅發現它在危機意識方面與日本「尊王攘夷」思想的相似性，而且提出現今的政治應該利用「中華思想」等傳統文化分析社會。

　　「魯迅」、「電影」、「毛澤東」、「文革」與「中華思想」構成了竹內實生平惟一一本中文自選集的關鍵詞，也是他希望呈現給中國讀者的，自己心目裏中國形象的代表。在某種意義上，這是竹內實生前留給學術界的最後面影：他的研究從文學入手，但不限於此，視野開闊，跨越現代意義上越分越細的學科界限，融匯古今。雖然論述題材有著鮮明的中國特色，但其背後的關懷則是人文日本式的。

〔註44〕　〈「文革」和日本思考方式·解題〉，《竹內實的中國觀——第一本中文自選集》，頁86。

〔註45〕　〈「文革」和日本思考方式·解題〉，《竹內實的中國觀——第一本中文自選集》，頁90。

〔註46〕　〈「文革」和日本思考方式·解題〉，《竹內實的中國觀——第一本中文自選集》，頁87。

〔註47〕　〈「文革」和日本思考方式·解題〉，《竹內實的中國觀——第一本中文自選集》，頁96。

三、政治、生活與學術：竹內實的中國研究

（一）命之所繫、魂牽夢縈

竹內實一生與中國友好，他將個人經歷與生命體驗融入中國研究之中。在戰後日本的中國研究者中，竹內實的情況最爲特殊。他在中國農村出生長大，少年時代在日本的海外殖民地「滿洲國」度過，直到成人以後才返回東瀛，因而他對中國的親切感與生俱來。竹內實甚至曾經在 1995 年寫過題爲〈我的故鄉在中國〉的隨筆。〔註48〕有學者便認爲：「關於竹內實對中國的認識途徑，印象最深的是那鄉下小鎮的風土人情難以磨滅的烙印，以及對在異國土地上以女人之手撫育了自己的母親的迷戀之情。」〔註 49〕竹內實中國觀的根基是其「對故鄉和母親純眞依戀的延伸」〔註 50〕。

在本文首章，筆者曾花費筆墨詳細介紹竹內實的生平，主要是希望展現其特殊的教育背景與人生經歷，而這兩點的背後有中日雙方的合力在起作用。竹內實在中國度過其成年前的時光，「足足生活了十八年」〔註51〕，接受了完整的基礎教育，學會漢語。由於 11 歲前都生活在山東農村，他對中國的民間文化風俗與中下層民眾的生存狀態有過親身體驗。童年記憶令其印象深刻，雖然他在長春呆了 7 年，也學到不少東西，但「總也忘不了在山東的那段生活」〔註52〕，「如今能夠出版這樣的系列文集（筆者注：指《竹內實的中國觀》），原因之一是我出生在山東省」〔註53〕。竹內實涉足中國研究是在 1949 年新中國成立之後，並將此作爲自己畢生耕耘的學術園地。這固然與其求學期間所受中國語學文學教育、京大與東大兩校不同學風的交匯影響以及京都大學中國研究所的整體氛圍息息相關，更是和他的生命體悟密不可分。在寫作過程中，他「覺得自己好些地方涌生出與中國的天空融合爲一的那種神秘之感」。對其而言，「中國是懷念的故鄉」：

> 或許是那種對中國的眷戀，一種望鄉的情愁，牽引我從事中國
> 的研究。確切地說，除了研究中國，自己已無出路。換句話說，爲

〔註48〕 竹內實，〈我的故鄉在中國〉，《竹內實文集》第一卷《回憶與思考》，頁 22～24。

〔註49〕 〈竹內實：一身兩棲於日中之間・採訪解說〉，頁 339。

〔註50〕 〈竹內實：一身兩棲於日中之間・採訪解說〉，頁 341。

〔註51〕 竹內實，〈自序〉，《竹內實的中國觀──第一本中文自選集》，頁 9。

〔註52〕 竹內實，〈《竹內實文集》自序〉，《回憶與思考》，頁 3。

〔註53〕 〈自序〉，頁 10。

了塡平無盡的鄉愁，我渴望有關中國的書籍，撰寫有關中國的論文！
對我而言，歷來的學說如何論述中國的種種，並不重要，自己如何
看待中國，透過各種資料的描述，釐清那些模糊點，並加以援引，
使自己的思想得以明確下來，這才是重要的工作〔註54〕。

中國是竹內實命之所繫、魂牽夢縈的地方。在本文重點討論的《竹內實
的中國觀》序言中，作者也自稱：「那是我專注於中國研究的產物，與我性命
攸關。其中談論的事情，不妨說都和自己的生命有聯繫」〔註55〕。

（二）「不當變色龍」

數年前，在日本學者馬場公彥進行的一次訪談中，竹內實稱自己的中國
研究最早立足於三點：「一、以自己心中的『中國』爲研究對象；二、進行書
桌上的研究。三、有中國人的地方就有『中國』」〔註56〕。

上文提到，竹內實在 1960 年訪華時曾得到毛澤東的點名表揚，但由於他
在此後連續公開批判中國的核試驗及反右、文革等運動，因而被中國政府「貼
上了『非友好人士』的政治標籤」，禁止來華。與此同時，他「在日本被劃爲
另一種『政治異類』」〔註57〕。馬場公彥認爲竹內實的獨特經歷相較他人多了
一層「土腥味」，這「實際卻成了阻礙其進入研究小團體的主要原因」〔註58〕。
但即便如此，竹內實依舊對中國充滿了感情，以上規則正是他在這種孤獨感
與親近感籠罩下確立的，並自述「從那以後，我豁然開朗，心謐安寧了。想
什麼就寫什麼的，內心無愧，文責自負，不當變色龍」。這種「不當變色龍」
的原則使竹內實在當時的中國研究者中獨樹一幟。

他站在自己的立場看待中國問題，既不投合民意，也不逢迎官方，而是
進行獨立寫作。他以批判的眼光冷眼旁觀，因而能在本國對文革一片贊聲裏
洞察其中的隱憂，當日本人將中國共產黨視爲天皇制觀念崇拜的對象時能一
語道破他們心目裏誇張的中國形象背後的虛幻空洞。因爲「不當變色龍」，所
以他不會見風使舵，隨波逐流，中日友好運動分裂之際斷絕同所有團體的聯
繫，在「學潮」中與學生保持距離，也能因不滿教師支持學生「革命造反」

〔註54〕 竹內實，〈致中文讀者〉，氏著，郭興工、黃英哲校訂，《解剖中國的思想——
　　　　傳統與現代》，臺北：前衛出版社，1996，頁 5。
〔註55〕 〈自序〉，頁 9。
〔註56〕 〈竹內實：一身兩棲於日中之間・採訪解說〉，頁 338。
〔註57〕 〈竹內實與日本文革研究〉，頁 86。
〔註58〕 〈竹內實：一身兩棲於日中之間・採訪解說〉，頁 339。

而辭去大學教職。可以說，他的那種孤獨感與主動選擇的自我隔絕、自我邊緣化有關。另一方面，竹內實的「不當變色龍」並不排斥人性的溫情，雖然「經常通過以文人爲中心的知識分子批判來看中國」，但文革期間曾定下戒律：不對自己認識的作家、編輯等中國朋友落井下石。

（三）「友好容易理解難」

上述這段訪談後來被馬場公彥整理爲專章收入《戰後日本人的中國形象》一書，使用了「竹內實：一身兩棲於日中之間」（竹內實　一身で二つの生を生きる）的標題，這較爲準確地反映了竹內實畢生致力的事業：推動中日兩國的溝通交流與互相理解。

正式從事中國研究後，他利用一切機會接觸中國：隨日本代表團訪華，接待赴日交流的中國學者，去電影院與銀幕上的中國相遇，等等。不同於從書本獲得的間接文字經驗，現實的中國更能給其以活生生的眞實感，從而促進研究的開展。他的中國研究需要一種近似於人類學田野調查的現場感。惟一的例外是從 1960 到 1979 年的十九年間，竹內實一直無法重回中國，最大原因便是文革。在這種情況下，他給自己中國研究確立的第二條規則是上文提到的「進行書桌上的研究」。竹內實結合自己對於中國傳統文化的理解，此前來華接觸的中國政治、文學人物與中國社會風土，以及所在教研室訂購的《人民日報》、《人民文學》等報刊的閱讀經驗與文革展開對話。雖然他能富有預見性地加以批判，提醒日本人不可盲目樂觀，但整個過程中其心情無疑是複雜而壓抑的，所以有學者會說「《文革觀察》是先生著作中最『難產』的一本」〔註 59〕。

1980 年，竹內實出版了改革開放以來他對於中國時政的看法，題爲《友好容易理解難》。〔註 60〕雖然這一表述並非他的獨創，亦見於日本學者的論著，但它基本能代表竹內實心目裏中日兩國關係從過去到現今的狀況。對於「友好容易理解難」，作者的具體內涵，他曾有過具體解釋：

> 日本與中國「友好」或者「不友好」其實不重要，或者説沒那
> 麼重要，兩國之間的歷史、文化、習俗和內在心理，甚至不同的情

〔註 59〕〈竹內實與日本文革研究〉，頁 85。
〔註 60〕竹內實，《友好は易く理解は難し，80 年代中國への透視》，東京：サイマル出版会，1980。

感、語言表達方式的理解更重要，小圈子，小團體和個人層面上的
舒筋活絡，血脈相通更重要。〔註61〕

從以上內容看，他關注的不只是表面上兩國和諧的現象，而更多是民間
層面彼此的換位思考與溝通互動。歷史上有很長一段時間，中國和日本都使
用相同的書寫體系，雖然口語不通，但能通過「以筆代舌」的筆談形式實現
交流。兩國同屬東亞漢文化圈，人民「內心的感受方式、道德觀念、知識結
構等，往往是根據某些基本原則而展開」〔註62〕。近代以來，中日間的矛盾
與摩擦不斷，關於對方的認識和想像經常不是流於虛幻空泛，就是陷入仇視
詆毀，這很大程度上是由於缺乏有效的溝通交流所造成。竹內實一生在中日
之間奔波：在中日戰爭剛剛完結、兩國外交基本中斷的上世紀五十年代，他
隨民間團體訪華，為破冰努力；中國發生文革之際，他能冷眼旁觀，未雨綢
繆，既反對頭腦過熱，又推動消弭誤解；中國改革開放之後，他追蹤中國現
實，促進中國消息在民眾間傳播。竹內實雖然做出了「友好容易理解難」的
判斷，但也寫過「結冰層層封，雙方不乏遠見人，毅然送春來」〔註63〕這樣
的俳句，他對中日關係的前景仍抱有期待。

（四）「中國研究雜家」

上文提到，竹內實在研究日本人心目裏的中國形象時，注意聯繫明治、
大正兩代，追溯昭和文學的歷史源流。其實不限於此，他的很多研究都是結
合推源溯流，以史為鑒。竹內實是隨著新中國的成立進入中國研究的，此前
並沒有現成的日本人關於現代中國的研究範式可供參考。他結合傳統，在古
代中國與近代中國裏發現現代中國。通過不斷摸索與反覆實踐，竹內實逐漸
走出一條具有自我風格的研究之路，將現代中國研究確立為一門獨立學科。
他在研究中注意保留古典趣味，有些文章如〈城牆裏的成熟——對中國歷史
和文化的一種視角〉〔註64〕及〈中華世界的國家與王朝——其如何「統一」？〉

〔註61〕 〈竹內實與日本文革研究〉，頁86。
〔註62〕 張伯偉，〈從「西方美人」到「東門之女」〉，《跨文化對話》，2011年第28輯，
　　　　頁225～226。
〔註63〕 于青，〈中日名人漢俳聯句〉，《人民網》，2009年5月2日。
　　　　〈http://world.people.com.cn/GB/1029/42354/9227938.html〉.
〔註64〕 竹內實，〈城牆裏的成熟——對中國歷史和文化的一種視角〉，氏著，程麻譯，
　　　　《竹內實文集》第九卷《中國歷史與社會評論》，北京：中國文聯出版社，2006，
　　　　頁160～172。

〔註 65〕等，倘若單從標題上看，完全關於中國傳統的題材，但最後的立足點卻都放在幫助日本人理解現代中國上。

　　竹內實留下的文字裏，有很大一部分篇幅不長，屬於時評社論。雖然與同代人一樣，竹內實也是通過文學進入中國研究，但他另有追蹤新聞時事的熱情，將政治引入學術。《竹內實文集》第七卷《中國改革開放進程追蹤》中收錄的文章就是很好的佐證。竹內實的中國研究是將文學、歷史、哲學、政治等結合在一起的綜合研究，而非純粹的文學研究，跨越了現代意義上越分越細的學科邊界，因而可被稱爲「中國研究雜家」。

　　竹內實希望作爲思想家被接受：「我想成爲思想家，但現在還只是一名教授」（僕は、思想家になりたかったが、たったの教授でした）〔註 66〕。他的文章背後有情懷：一爲相伴始終的鄉愁；二是做中國研究，面對日本問題，介入當下文化建設。從形象學上看，這些文章在潛移默化中起到改變社會集體想像的作用，從而促進日本人與時俱進地形塑自己的中國觀。竹內實爲報章而寫的時評社論受眾廣泛，不僅能引導日本普通民眾對於中國的理解走向正途，而且也在一定程度上幫助日本政府做出有利於中日關係的決策。據此而言，竹內實的中國研究有其思想性的一面，不過相對而言更偏向政治。筆者這樣表述，並非意圖否認竹內實的學術價值，而是想指出學術生產的不同機制。學者可分爲學院派與社會型兩類，竹內實更多屬於第二種類型。竹內實是「中國研究雜家」，如果一定要按現今的學科體系劃分，那麼他的研究更接近於國際政治。學術貢獻並不只是論文與實驗，竹內實的學術觀點對於政府決策的影響本身就是一種學術貢獻。

（五）「竹內中國學」的學術影響

　　竹內實的中國研究曾被總結爲「竹內中國學」〔註 67〕。竹內實本人在日本學術界並非主流人物，不僅由於研究路數異於諸家，不被認同，也與眾多弟子的鼓吹不力有關。不過，「竹內中國學」的學術影響依然有跡可循，例如美國學者傅佛果（Joshua A. Fogel）的中日研究。從嚴格意義上講，傅佛果最多只能算竹內實的私淑弟子。上世紀七十年代在哥倫比亞大學攻讀博士學位

〔註 65〕竹內實，〈中華世界的國家與王朝——其如何「統一」？〉，《中國歷史與社會評論》，頁 293～301。
〔註 66〕〈生きている中國——竹內實先生を偲ぶ〉。
〔註 67〕具體內容可參〈竹內實：「可以走了」——一位中國學者的哀思與憶念〉。

期間，他曾經獲得獎學金前往京都大學交換一年，當時的指導老師便是竹內實。傅佛果的博士論文是通過遊記文學探討近代到現代日本人中國觀的改變，曾經提及日本旅行者的住宿問題：「早期日本旅行者十分依賴日本使臣或少數日本旅居經商者。但在世紀之交，已經有很多日本旅店、餐館及浴室可供那些深居簡出或因害羞而不準備嘗試住在本地旅店或其他當地設施的日本人選擇。」〔註 68〕竹內實便是在傅佛果所描述的環境中出生的，當時他的父母在膠濟鐵路沿線的小鎮經營旅店。另外，上文提到，竹內實曾在《明治漢學者的中國紀行》（《日本人心目裏的中國形象》收錄）中以「文化母國」概括明治漢學者心目裏的中國，它也被傅佛果譯作「cultural motherland」在博士論文中襲用，展開議論，並明確表示他「對竹添遊記的閱讀受到竹內實的很大影響」〔註 69〕。若就最近的影響而言，竹內實《金印之謎》〔註 70〕與傅佛果《一件實物的來世：明治時代有關公元 57 年金印的辯論》〔註 71〕皆由漢光武帝賜予倭國的「漢委奴國王」金印展開，但是討論了不同的主題：竹內實偏於金印的思想史與文化史意義，傅佛果則側重學術史的展開。

四、結語：告別一個學術時代

論述竹內實應注意措辭，因為謙虛低調是其本人的一貫風格：他本人「在日本，決不是中國研究方面的『第一人』，也不是什麼『泰斗』。以前在演講之類的場合經常這樣介紹，我感到很不好意思」〔註 72〕。在《竹內實文集》的出版慶功會上，他謙稱自己的文章只是「應景之作，不值一文」〔註 73〕。這種風格也被其家屬秉承，「主要由親人料理先生的後事，不準備接受朋友的弔唁」〔註 74〕。

〔註 68〕 Joshua A. Fogel, The Literature of Travel in the Japanese Rediscovery of China, 1862～1945, Standford: Standford University Press, 1996, p.66.

〔註 69〕 The Literature of Travel in the Japanese Rediscovery of China, 1862～1945 , p. 317 注 2.

〔註 70〕 竹內實，〈金印之謎〉，氏著，程麻譯，《竹內實文集》第八卷《比較文學與文化研究》，北京：中國文聯出版社，2006，頁 286～326。

〔註 71〕 傅佛果著，吳偉明譯，〈一件實物的來世：明治時代有關公元 57 年金印的辯論〉，吳偉明編，《在日本尋找中國，現代性及身份認同的中日互動》，香港：中文大學出版社，2013，頁 61～71。

〔註 72〕 《竹內實文集》自序〉，頁 3。

〔註 73〕 李梓，〈日本逐漸淡忘對他的崇敬〉，《華人世界》，2007 年 2 期，頁 42。

〔註 74〕 〈竹內實：「可以走了」──一位中國學者的哀思與憶念〉。

　　竹內實的謙虛源自他對自身狀況的清醒認識，在最後的幾年裏，他常常預感到生命即將終結。2007 年前往上海參加毛澤東研究國際研討會時，竹內實曾不無傷感地表示：「這可能是我最後一次來到中國了」〔註 75〕。2011年撰文紀念魯迅誕辰 130 週年時，他吃力地表示：「去年夏天，倒於酷暑，雖有恢復，卻時好時壞，幾乎不能外出。所謂茫然自失，也正是我眼下的日子」〔註 76〕。而就在去世前 2 天接受程麻家訪的過程中，竹內實突然說出「可以走了」。程麻事後回憶起竹內實的神情語義，感覺「既像送客，也像在自言自語」〔註 77〕。筆者則從這短短四個字中讀出了竹內實面對死亡時的那份平靜安詳與孤獨蕭索，一方面他覺得自己想要說出的東西已經表達完畢，而另一方面踽踽獨行的竹內實留給世人的最後面影更多了幾分淒涼孤零的感覺。

　　竹內實有很多重要的學術成果在退休以後方才完成，九十高壽對於延續其學術生命的意義不言而喻。這讓人聯想起一句名言：「學術研究不靠拼命靠長命」。類似的表達亦見於竹內實向雙語刊物《藍》題贈的江戶儒者詩句：「少而學則壯而有為，壯而學則老而不死，老而學則死而不朽」〔註 78〕，它也可以看作是竹內實漫長學術生涯的寫照。

　　竹內實說過「很希望自己成為『戰後日本的中國（現、當代）研究』這一學術領域中一個被認識與被分析的對象」〔註 79〕。筆者在初步認識與分析竹內實的中國研究後以為，他最關心的應該是中日關係向什麼方向發展的問題。對此，中國學者並不樂觀，王曉秋稱「友好不易，理解更難」〔註 80〕，程麻也認為「竹內實先生似乎帶走了一個我們曾經熟悉的時代。在他身後到來的新時代，中日關係前景也許將吉凶未卜」〔註 81〕。竹內實的離開是一個時代的別離，具體而言，就是指戰後日本的第一輩現代中國研究者的學術時代。雖然其他同輩學者沒有竹內實那種獨特的個人經歷與生命體驗，對於中

〔註75〕 李梓，〈竹內實　日本最權威的毛研究專家〉，《華人世界》，2007 年 12 期，頁
　　　　 33。不過，竹內實最後一次來華是在一年後。
〔註76〕 竹內實，《近來我的瑣事與魯迅、孔子》，《文藝報》，2011 年 9 月 16 日。
〔註77〕 〈竹內實：「可以走了」——一位中國學者的哀思與憶念〉。
〔註78〕 〈竹內實與日本文革研究〉，頁 84。
〔註79〕 《〈竹內實文集〉自序》，頁 3。
〔註80〕 王曉秋，〈友好不易，理解更難——評《竹內實文集》第五卷《日中關係研究》〉，
　　　　 《博覽群書》，2006 年 10 期，頁 84～87。
〔註81〕 〈竹內實：「可以走了」——一位中國學者的哀思與憶念〉。

國的感情也不及竹內實「命之所繫、魂牽夢縈」那樣來得強烈渾厚，但至少大多保持了友好的態度和理解的嘗試。隨著時間的推移，與上一輩相比，這種「友好」與「理解」在日本當代學術界日漸式微。2009 年竹內實在日文自選集序言中將新中國成立以來的前 30 年視作「革命的中國」，後 30 年看爲「經濟的中國」。如今，新中國已經走進第三個 30 年，倘若迴歸「文化的中國」，或許有助於推動中日之間的友好，增強彼此的理解。

主要參考文獻

1、毛澤東：〈美帝國主義是中日兩國人民的共同敵人〉（一九六〇年六月二十一日），載氏著，中共中央文獻研究室編：《毛澤東文集》第八卷，北京：人民出版社，1999，頁 200～208。

2、竹內實著，司馬長風譯：《中國社會史話》，香港：文藝書屋，1978。

3、竹內實著，郭興工、黃英哲校訂：《解剖中國的思想——傳統與現代》，臺北：前衛出版社，1996。

4、竹內實著，程麻譯：《竹內實文集》第一卷《回憶與思考》，北京：中國文聯出版社，2002。

5、竹內實著，程麻譯：《竹內實文集》第五卷《日中關係研究》，北京：中國文聯出版社，2004。

6、竹內實著，程麻譯：《竹內實文集》第八卷《比較文學與文化研究》，北京：中國文聯出版社，2006。

7、竹內實著，程麻譯：《竹內實文集》第九卷《中國歷史與社會評論》，北京：中國文聯出版社，2006。

8、竹內實著，程麻譯：《竹內實的中國觀——第一本中文自選集》，香港：天地圖書有限公司，2013。

9、傅佛果著，吳偉明譯：〈一件實物的來世：明治時代有關公元 57 年金印的辯論〉，載吳偉明編：《在日本尋找中國：現代性及身份認同的中日互動》，香港：中文大學出版社，2013，頁 61～71。

10、竹內實：〈近來我的瑣事與魯迅、孔子〉，《文藝報》，2011 年 9 月 16 日。

11、王曉秋：〈友好不易，理解更難——評《竹內實文集》第五卷《日中關係研究》〉，載《博覽群書》，2006 年 10 期，頁 84～87。

12、李梓：〈日本逐漸淡忘對他的崇敬〉，載《華人世界》，2007 年第 2 期，頁 42。

13、李梓：〈竹內實　日本最權威的毛研究專家〉，載《華人世界》，2007 年第 12 期，頁 33。

14、徐一平：〈我和竹內實先生〉，載《中華讀書報》，2006 年 11 月 15 日。

15、張伯偉：〈從「西方美人」到「東門之女」〉，載《跨文化對話》，2011 年第 28 輯，頁 219～227。

16、程麻：〈竹內實：「可以走了」──一位中國學者的哀思與憶念〉，載《中華讀書報》，2013 年 9 月 4 日。

147、劉燕子：〈竹內實與日本文革研究〉，載《開放雜誌》，2013 年 9 月號，頁 83～87。

18、〈竹內實教授著作目錄〉，載《東方學報》，1988 年第 60 期，頁 733～749。

19、竹內實：《日本人にとっての中國像》，東京：春秋社，1966。

20、竹內實：《茶館：中國の風土と世界像》，東京：大修館書店，1974。

21、竹內實：《友好は易く理解は難し：80 年代中國への透視》，東京：サイマル出版會，1980。

22、竹內實：《日本人にとっての中國像》，東京：岩波書店，1992。

23、武田泰淳、竹內實：《毛澤東　その詩と人生》，東京：文藝春秋社，1965。

24、馬場公彥：《戰後日本人の中國像──日本敗戰から文化大革命・日中復交まで》，東京：新曜社，2010 年。

25、Joshua A. Fogel, *The Literature of Travel in the Japanese Rediscovery of China, 1862～1945*, Standford: Standford University Press, 1996.

（原刊《國際漢學研究通訊》總第 11 期（2016 年 1 月））

編後記

　　審讀完書稿的最後一字，已是子夜時分。一年前的場景，依舊歷歷在目。

　　本書是在 2015 年 11 月 15 日至 16 日北京大學舉行的「時代重構與經典再造（1872～1976）——博士生與青年學者國際學術研討會」的基礎上編就而成的一部專題論集。陳平原老師在〈小書背後的大時代——從《二十世紀中國文學三人談·漫說文化》說起〉一文（《讀書》2016 年第 9 期）中，曾對此次會議做出述評。該節題為「年輕人的機遇」。陳老師從 1985 年 5 月 6 日至 11 日召開的「中國現代文學研究創新座談會」（即著名的「萬壽寺會議」）一路談到三十年後的此次會議。在他看來，「任何一次年輕人間成功的聚會，都可能隱含著某種學術交鋒或思想突破」，而「基於此信念，北大甚至鼓勵博士生自己設計論題，申請經費，召開同齡人為主體的國際會議，老師們只是在幕後默默支持」——

　　　　去年十一月十五日至十六日，北京大學中文系主辦的「時代重構與經典再造（一八七二至一九七六）——博士生與青年學者國際學術研討會」，就是這麼開的（參見李浴洋：《一群學生娃　撐起國際學術研討會》，載《北京青年報》二〇一六年二月十六日）。我在這個研討會上做主旨演說，開篇談及「鐵打的營盤流水的兵」，結尾處回憶三十年前的「中國現代文學研究創新座談會」，並稱：「我們這一輩學者，好多人借住此次會議登上學術舞臺，因此很珍惜此記憶。三十年後，又一次營盤交接，盡可能為年輕人提供更好的學術環境與精神氛圍，是我們義不容辭的責任。」

文中提及的陳老師在會議開幕式上所做的主題演講〈彈性的「經典」與流動的「讀者」〉（原刊《北京青年報》2015 年 12 月 1 日）以及我撰寫的會議側記〈在「成長學術」中共同成長〉（原刊《北京青年報》2016 年 2 月 16 日，發表時改題爲〈一群學生娃　撐起國際學術研討會〉），已經分別作爲「代序」與「附錄」，收入本書中。陳老師再三表達的殷切期待，讓我與當初一起與會的朋友們備受鼓舞與感動。而至於此次會議是否完成了「又一次營盤交接」的歷史使命，則恐怕還有待於時間與實踐的檢驗。我們不做「內臺叫好」，但我們也樂觀其成。

　　關於會議本身的相關情況（包括思路形成、組織動員、日程設計以及現場效果），我在側記中已多有述及，此處不贅。而對於「時代重構與經典再造」這一主題的選擇與界定，我在會議的開幕式上也做出過說明。（參見本書附錄《時代意識與經典視野》，原刊《文藝報》2016 年 1 月 11 日）可以並不誇張地說，至少在初衷的層面上，此次會議的確是一次有意爲之的「學術集結」，是我們基於對當下學界以及學術進程的某種體驗與判斷，嘗試做出的一種認真回應與介入。

　　時隔一年，回頭來看，最爲令人感到欣慰與振奮的，倒還不是當初論學未名湖畔時的熱烈場面，而是在此後的一年之間，關於此次會議的話題與組織形式，始終在部分與會者中餘音裊裊。一方面，對於會議主題以及與會代表所提交論文的討論，從場內延續到了場外，一些相關的學術議題也被捲入或者帶動起來，有的甚至還在學界引起了不大不小的反響——一種眞正的「成長學術」正在可喜地展開。另一方面，好的會議向來都是「公心」兼「私誼」，而此次會議無疑也做到了這點：在過去一年間，通過這一會議締交形成的「學術共同體」，又先後在其他場合以多種形式一再「集結」，從而至少在一定範圍內成功地轉化成爲了一代學人的「基本盤」。

　　所有這些，既源於會議的「形式」，更與其「內容」直接相關。無獨有偶，差不多就在陳平原老師撰文回憶「小書背後的大時代」的同時，當年同樣參與了「中國現代文學研究創新座談會」的錢理群老師也在一次接受我的訪問時談到了有關 1980 年代的學術會議的話題。他說：「當時的學術會議不像現在這麼頻繁，這麼流於形式化，整個學科的學者除了一年舉行一次年會，專題性的會議基本也是一年只有一回。因此大家準備得都非常用心，都是帶著自己一年當中最好的論文前去參會。所以每開一次會，就會在學界形成一股

潮流。」（根據錄音整理）時過境遷，世殊事異，如今的學術生態與學者境遇，已遠非三十年前的前輩學人可以想見。在一場接一場的學術會議「走馬燈」式的接連上演的當下，「開會」已經成爲了相當數量學者的生活方式。在此情形下，如果還指望一場會議「就會在學界形成一股潮流」，恐怕已屬奢談。那麼退一步講，至少做到錢老師所說的「大家準備得都非常用心，都是帶著自己一年當中最好的論文前去參會」，這一要求是否還有可能實現？

當我在一年之後重新翻閱當時印製的會議論文集時，感到我們並沒有從俗。在很大程度上，我們還是達到了錢老師提出的要求。如此判斷，不僅出於我對各位作者的學術狀態與學思追求的瞭解，更源自一個基本事實——在過去一年間，他們中的絕大多數都認眞修訂了當初提交給會議的論文，而最終的定稿也大都發表在了具有良好口碑的學術期刊上，並且收穫了相當不錯的評價。

記得在會議剛結束時，曾有老師建議將論文集公開出版。而我以爲，無論給出多少理由，一次學術會議的「集結」終歸難免會帶有或多或少的偶然性。因此，單純出版一部會議論文集的意義可能比較有限。我當時希望，倘能假以時日，經過與諸位作者進行溝通，將會議論文集提升成爲一部專題性的學術論集，那才有出版的價值。

所謂「專題論集」，指的是一部具有顯豁的問題意識、豐富的展開面向以及相當程度的論述深度的學術文集。而強調與核心論題的相關性以及論文本身的質量，也就成爲了編輯專題論集的根本原則。本著這一態度，也在充分徵求了諸位作者意見的基礎上，我對當初會議論文集的選目進行了必要的調整，也把彼時圍繞「時代重構與經典再造」這一主題設計的十個具體議題——「世變與文運」、「儒家與道教」、「現代學術的展開」、「對話周氏兄弟」、「文本與圖像」、「譯事與詞章」、「說部內外」、「重審當代中國」、「啓蒙與革命」以及「戰爭與文學」——按照其各自涉及論文的最終完成效果，做了較大幅度的提煉與壓縮。經過重新整合，最終形成了「啓蒙與革命」、「戰時中國的世變與文運」、「現代學術的展開」、「重審周氏兄弟」、「詞章與說部」以及「聲音與圖像」六個分論題。同時又根據本書所屬叢書主編李怡老師的建議，以1949 年爲界，將有關此前時段話題的論文輯爲了「晚晴與民國卷」，而將有關此後時段話題的論文輯爲了「人民共和國卷」，分別編入他主持的「民國文化與文學研究文叢」與「人民共和國文化與文學叢書」中出版。

　　雖然追求結構完整，但不管是「晚晴與民國卷」與「人民共和國卷」兩卷的篇幅長短，還是同一卷中不同分論題所佔的比例大小，本書都不強求統一與均衡。換句話說，在突出論集的專題性的前提下，本書的編輯原則還有一條，那便是——寧缺毋濫。所以書中收錄的論文應當大都能夠對於相關議題的討論做出推進。當然，由於作者們還都是博士生與青年學者，文中不夠成熟與深刻之處自然也就在所難免。因此，我們也由衷期待學界師友給予批評指正。

　　事實上，正是由於諸多師友的扶持與幫助，會議在一年前才得以圓滿召開，本書也才得以以一種較為理想的形式問世。而對於他們的謝意與敬意，也是我們篤志前行的重要動力。

　　陳平原老師不僅在我申報「北京大學博士研究生國際專題學術研討會資助項目」時給予了大力支持，而且在立項成功以後，也對於會議籌備過程中的若干關鍵環節提出了十分具有建設性的指導意見。會議召開的 11 月份，是每年學術活動的「旺季」。陳老師原本已有非常重要的日程安排，但為了支持會議，他特地更改了行程。他不僅應邀在會議開幕式上發表了精彩的主題演講，而且還出任了首場專題討論的論文評議人，對於由他負責講評的每篇論文都給予了認真指導。這些都令我與與會代表一致感念與感佩。

　　王風老師與吳曉東老師是會議的另外兩位主要的指導老師。會議從籌備到召開，自始至終都得到了王風老師的悉心關懷。王老師為學極其謹嚴，做事也一絲不苟。幾乎所有可能的疏漏之處，皆因王老師的體察而得以避免。他不僅承擔了工作量極大的對會議進行學術總結的任務，而且在有的評議人老師臨時因故不能到場之際，還出色地進行了「替補」。吳曉東老師作為北大中文系中國現代文學教研室主任，不僅個人應邀出任了評議人，還積極號召與協調了教研室的全體師生一起參與到了會議的組織工作中來。而會議的最終成功，正是集體齊心協力的結果。

　　此外，夏曉虹、高遠東、孔慶東、王達敏、吳飛、姜濤與賀桂梅等諸位老師，或在會議籌備期間給予幫助，或在會議舉行時出任評議人，皆以認真的態度與高超的水準提升了會議的質量。

　　特別值得一提的是，會議還特邀了孫玉石老師與會。在會議召開的前一天，北大中文系隆重舉行了「中國現代文學研究的傳統——慶祝孫玉石先生八十華誕暨孫玉石學術思想研討會」。不少提前到會的代表都列席了這一十分

具有紀念意義的活動。而會議閉幕的 2016 年 11 月 16 日，正是孫老師八十壽辰的當日。孫老師應邀出席了會議閉幕式，並且做了言辭懇切的專題演講。作為德高望重的學術前輩，他的到場與發言使得會議「薪火相傳」的意味更加濃鬱。而全體與會代表也為孫老師獻上了一份別緻的生日禮物。（參見本書附錄《史的景深——致敬孫玉石先生》，原刊《中國社會科學報》2016 年 6 月 27 日）

需要說明的是，當初會議的申報與組織工作雖然主要由我負責，但全程離不開中國現代文學教研室在讀的博士生與碩士生的協作。尤其是路楊、張一帆與梁蒼泱三位，他們分擔了大量的具體工作，同樣也是會議的組織者。而其他十餘位專事會務工作的師弟師妹，更是為會議各項目標的順利達成做出了重要貢獻。

會議結束以後，海內外的多家學術期刊向與會代表進行了約稿。而《文藝報》《中華讀書報》《北京青年報》《中國文化報》《中國藝術報》與《中國社會科學報》等媒體也都對會議進行了相關報導。

最後，感謝李怡老師接受了本書的出版計劃。李老師在學界素以獎掖年輕一輩而著稱。我與他迄今只有一面之緣，但當我向他提及本書的選題後，他便慨然應允，將之推薦給花木蘭文化事業有限公司，使得本書的問世最終成為可能。李老師的這份信任，令人敬重。

謹以此書，獻給在學術道路上一同成長的朋友們。

李浴洋

2017 年 1 月 24 日，於京西暢春園